静山社ペガサス文庫

バーティミアス
ゴーレムの眼〈上〉

ジョナサン・ストラウド 作　金原瑞人・松山美保 訳

フィリパへ

ゴーレムの眼　上

もくじ

〈主な登場人物〉

バーティミアス……妖霊《ようれい》。中級《ちゅうきゅう》レベルのジン。五千歳《さい》をこえているので、まあまあベテラン。二年前《ねんまえ》にナサニエルに召喚《しょうかん》され、サマルカンドの秘宝《ひほう》をめぐる騒動《そうどう》に巻《ま》き込《こ》まれた。

ナサニエル（ジョン・マンドレイク）……国家保安庁《こっかほあんちょう》の若《わか》きエリート魔術師《まじゅつし》。ナサニエルというほんとうの名前《なまえ》は隠《かく》している。

ジェシカ・ウィットウェル……ナサニエルの新《あたら》しい師匠《ししょう》になった女魔術師《おんなまじゅつし》。国家保安庁《こっかほあんちょう》を管轄《かんかつ》する治安大臣《ちあんだいじん》。

ジュリアス・タロー……国家保安庁長官《こっかほあんちょうちょうかん》。ナサニエルの上司《じょうし》。

ヘンリー・デュバール……警察庁長官《けいさつちょうちょうかん》。ウィットウェルの強力《きょうりょく》なライバル。

ルパート・デバルー……………英国《えいこく》の首相《しゅしょう》。

ショールトウ・ピン…………ピン魔術洋品店《まじゅつようひんてん》を経営《けいえい》する魔術師《まじゅつし》。

クエンティン・メイクピース……首相《しゅしょう》と親《した》しい劇作家《げきさっか》。『アラブの白鳥《はくちょう》』の作者《さくしゃ》。

キティ…………………………一般人《いっぱんじん》の少女《しょうじょ》。ある事件《じけん》をきっかけにレジスタンス団《だん》に加《くわ》わる。

ヤコブ…………………………キティの幼《おさな》なじみの少年《しょうねん》。家族《かぞく》は印刷工場《いんさつこうじょう》を営《いとな》んでいる。

フレッド………………………レジスタンス団《だん》のメンバー。

スタンリー……………………レジスタンス団《だん》のメンバー。キティに対抗心《たいこうしん》を持《も》っている。

クィーズル……………………ジン。バーティミアスとはプラハ時代《じだい》からの戦友《せんゆう》。

プロローグ　陥落《かんらく》の夜《よる》

一八六八年《ねん》、プラハ

夜《よる》が訪《おとず》れた。敵《てき》の陣営《じんえい》にひとつまたひとつと、かがり火《び》がともりはじめた。今夜《こんや》はいつになく数《かず》が多《おお》い。暮《く》れなずむ平原《へいげん》に、赤《あか》い宝石《ほうせき》をばらまいたように無数《むすう》の炎《ほのお》がきらめいている。まるで、なにもない地面《じめん》に魔法《まほう》で街《まち》を出現《しゅつげん》させたかのようだ。それにひきかえ、おれたちのいる城壁《じょうへき》の内側《うちがわ》は、どこもかしこもよろい戸《ど》をしめきり、明《あ》かりひとつない。まったくあべこべの状態《じょうたい》だ。プラハの中心《ちゅうしん》は死《し》んだようにひっそりしているのに、まわりの田園地帯《でんえんちたい》が活《かっ》気《き》づいている。

すぐに風《かぜ》がおさまってきた。それまで何時間《なんじかん》も続《つづ》いた強《つよ》い西風《にしかぜ》が、せまりくる敵《てき》の気配《けはい》を運《はこ》んできていた。攻城砲《こうじょうほう》の音《おと》、兵士《へいし》たちの声《こえ》や馬《うま》のいななき、

✡I

七つの目《め》——この便《べん》利《り》な目《め》は重《かさ》なりあっていて、それぞれが現実《げんじつ》のちがった部分《ぶぶん》を映《うつ》しだす。第《だい》一の目《め》にはごくふつうの形《かたち》のあるもの（木《き》、建物《たてもの》、人間《にんげん》、動物《どうぶつ》など）が見《み》える。ちなみにこれはだれの目《め》でも見《み》える。ほかの六つの目《め》には、いろ

召喚《しょうかん》された妖霊《ようれい》たちのため息《いき》、魔法《まほう》のにおい。だがほどなく、風《かぜ》は不気味《ぶきみ》なほどぱったりとやみ、あたりは沈黙《ちんもく》に包《つつ》まれた。

おれはストラホフ修道院《しゅうどういん》のはるか上空《じょうくう》をただよっていた。くしくも三百年《ねん》前《まえ》におれが建《た》てたりっぱな城壁《じょうへき》のすぐ内側《うちがわ》だ。なめし革《がわ》のような翼《つばさ》を力強《ちからづよ》くゆったり動《うご》かしながら、おれは七つの目《め》を切《き》りかえて地平線《ちへいせん》をながめた（✡1）。だが目《め》を切《き》りかえたところで楽《たの》しいながめになるはずもない。なんたって英《えい》国《こく》の大軍勢《だいぐんぜい》が〈隠蔽《いんぺい》の魔法《まほう》〉のかげにかくれて、じわじわとせまってきているんだから。妖霊《ようれい》の大部隊《だいぶたい》の放《はな》つオーラが、しだいに暗《くら》くなる空《そら》にぼんやり見《み》えた。おれの七つの目《め》が一分《いっぷん》おきぐらいに短《みじか》くふるえる。それをきっかけにまた新《あら》たな軍勢《ぐんぜい》があらわれた。人間《にんげん》の部隊《ぶたい》が闇《やみ》のなかを力強《ちからづよ》い足《あし》どりでやってくる。その真《ま》ん中《なか》に大《おお》きな白《しろ》いテントがいくつかかたまって見《み》える。怪鳥《かいちょう》ロックの卵《たまご》かと見《み》まごうドーム型《がた》のテントだ。防御網《ぼうぎょもう》やいくつもの呪文《じゅもん》がクモの巣状《すじょう》に張《は》られている（✡2）。

おれは暗《くら》くなった空《そら》を見《み》あげた。荒《あ》れくるう黒雲《こくうん》を縫《ぬ》って、黄色《きいろ》い稲妻《いなずま》が西《にし》に走《はし》る。見《み》ると、稲光《いなびかり》の消《き》えたはるか上空《じょうくう》にくるくるまわる点《てん》が六つ浮《う》か

んな妖霊《ようれい》が黙々《もくもく》と任《にん》務《む》をこなしている姿《すがた》が映《うつ》る。おれのように比較的《ひかくてき》レベルの高《たか》い者《もの》になると、この七つの目《め》で同時《どうじ》に見《み》ることができるが、レベルの低《ひく》い者《もの》はそこまでの目《め》はもっていない。人間《にんげん》にいたってはかなりおそまつだ。魔術師《まじゅつし》は第《だい》二、第《だい》三の目《め》の機能《きのう》をカバーするコンタクトレンズを使《つか》っているが、大半《たいはん》の人間《にんげん》は第《だい》一の目《め》でしかものが見《み》えないため、魔法《まほう》のはたらきには

んでいた。〈爆発《ばくはつ》の魔法《まほう》〉がとどく距離《きょり》ではない。六つの点《てん》は一定《いってい》の速度《そくど》で左回《ひだりまわ》りに進《すす》みながら、最後《さいご》に城壁《じょうへき》を正確《せいかく》になぞって、こっちの防御力《ぼうぎょりょく》を調《しら》べている。

おっと、おれも同《おな》じことをしなきゃならないんだった。

ストラホフ門《もん》は城壁《じょうへき》の出《で》っぱったところにあって、いちばん攻撃《こうげき》を受《う》けやすいため、塔《とう》を建《た》てて守《まも》りを強化《きょうか》してある。古《ふる》びた門《もん》は三重《さんじゅう》の呪文《じゅもん》で封印《ふういん》され、門《もん》があくと、仕《し》かけられている魔法《まほう》がいくつも作動《さどう》する。塔《とう》のてっぺんにはいかつい胸壁《きょうへき》がならび、おびただしい数《かず》の番兵《ばんぺい》が目《め》を光《ひか》らせている。

ま、いちおう、計画《けいかく》ではそうだ。

おれは塔《とう》に向《む》かって飛《と》んでいった。タカの頭《あたま》をもたげ、なめし革《がわ》のようなつややかな翼《つばさ》をひるがえし、敵《てき》に見《み》つからないよう、薄《うす》いシールドをまとって。音《おと》を立《た》てずに、ひとつだけとび出《で》た石《いし》のてっぺんに裸足《はだし》でおりたった。

さあ、すばしこく血気《けっき》さかんな挑戦者諸君《ちょうせんしゃしょくん》、かかってきたまえ。遠慮《えんりょ》はいらない。

だが、なんの反応《はんのう》もない。おれは〈隠蔽《いんぺい》の魔法《まほう》〉を解《と》いて、そこそこすば

いっさい気《き》づかない。たとえば今《いま》も気《き》づかないだけで、触手《しょくしゅ》がわんさかついたなにかがおまえたちの背《はい》後《ご》にいる……かもな。

✡2

このテントにはまちがいなく英国《えいこく》の魔術《まじゅつ》師《し》たちがかくれている。激戦地《げきせんち》からはじゅうぶんはなれた安全《あんぜん》な場所《ばしょ》にいるというわけ。おれのチェコ人《じん》の主人《しゅじん》たちもまったくいっしょ。

しこいやつでもあらわれないか待《ま》ってみた。大《おお》げさにせきばらいしてみたが、それでも反応《はんのう》なし。

〈防御膜《ぼうぎょまく》〉がまたたきながら胸壁《きょうへき》の一部《いちぶ》をおおっている。その下《した》に五人《にん》の見《み》張《は》りがうずくまっていた（✡3）。〈防御膜《ぼうぎょまく》〉は幅《はば》がせまく、人間《にんげん》ならひとり、ジンなら三人《にん》までしかかくせない。そんなわけで膜《まく》の内側《うちがわ》はかなりイラついた雰囲気《ふんいき》だった。

「おい、おすなよ」

「イテッ！　その鉤爪《かぎづめ》をひっこめろ、バカヤロー！」

「ちょっとつめてくれ。おれの尻《しり》が丸見《まるみ》えだ。敵《てき》に見《み》つかっちまう」

「そしたらその尻《しり》のおかげでおれたちは戦《たたか》いにまきこまれるってわけか」

「翼《つばさ》をちゃんとたたんでおけよ！　目《め》をつかれそうで、あぶなくってしょうがない」

「だったらもっと小《ちい》さいものになれ。回虫《かいちゅう》なんかどうだ？」

「おい、もう一度《いちど》ひじでこづいてきたら、ただじゃ――」

「おれのせいじゃない。バーティミアスがおれたちをここにおしこんだん

戦場《せんじょう》では魔術師《まじゅつし》たちはかならずいちばん危険《きけん》な仕事《しごと》を自分《じぶん》たち用《よう》にとっておく。たとえば大量《たいりょう》の食料《しょくりょう》と水《みず》を前線《ぜんせん》の何《なん》キロも後方《こうほう》で勇敢《ゆうかん》に守《まも》るとか。

✡3 番兵《ばんぺい》はいずれも下級《かきゅう》のジンで、ふつうのフォリオットに毛《け》が生《は》えた程度《ていど》のやつらだ。このころのプラハは苦《くる》しい時期《じき》だった。魔術師《まじゅつし》たちは奴《ど》

だ。ったく、あのタコ……」

あーあ、なげかわしい。やる気《き》のない役立《やくた》たずが勢《せい》ぞろいしたってわけだ。

ちなみに、こいつらのやりとりをすべて披露《ひろう》するのはひかえておく。おれはタカ頭《あたま》の兵士《へいし》のまま、翼《つばさ》をたたんで前《まえ》へ出《で》ると、番兵《ばんぺい》たちの五つの頭《あたま》を手《て》ぎわよくたたいて注意《ちゅうい》を向《む》けさせた（✡4）。

「おい、見張《みは》りの仕事《しごと》をなんだと思《おも》ってる？」おれはぴしゃりといった。ふざける気分《きぶん》じゃなかった。六か月《げつ》におよぶ任務《にんむ》で、おれの成分《せいぶん》はヘロヘロなんだ。「〈防御膜《ぼうぎょまく》〉のかげで、ギャーギャー口《くち》ゲンカばかりしやがって……ちゃんと見張《みは》ってろと命令《めいれい》したはずだぞ」

情《なさ》けない声《こえ》でブツブツいう者《もの》や、体《からだ》をもぞもぞ動《うご》かしてうつむく者《もの》を尻目《しりめ》に、一匹《ぴき》のカエルが手《て》をあげた。

「あの、バーティミアス先輩《せんぱい》。ここで見張《みは》っててどうなるっていうんスか？だって英国軍《えいこくぐん》はそこらじゅうにいますよ。空《そら》にも地上《ちじょう》にも。それにうわさによるとあっちにはアフリートだけの部隊《ぶたい》があるっていうし。ほんとスか？」

おれは嘴《くちばし》を地平線《ちへいせん》のほうへ向《む》けて、目《め》を細《ほそ》めた。「たぶんな」


隷不足《れいぶそく》で、質《しつ》などかまっちゃいられなかった。おれが部下《ぶか》としてもらった番兵《ばんぺい》たちも例外《れいがい》ではない。どいつもこいつも戦《たたか》いにふさわしい恐《おそ》ろしい見《み》た目《め》になるでもなく、二匹《ひき》のうさんくさいチスイコウモリにイタチ、目玉《めだま》のとびでたトカゲに、グチっぽいカエルといったシケた姿《すがた》だ。

✡4 五つの頭《あたま》をテンポよ

カエルがうめき声《ごえ》をあげた。「こっちにはそんな強《つよ》いやつ、もうひとりも残《のこ》ってないのに……。ポイボスも殺《ころ》されたし。あっちにはマリッドもいるって聞《き》きました。それもひとりじゃない。しかも英国軍《えいこくぐん》の指揮官《しきかん》はすごい〈杖《つえ》〉をもってて、かなり強力《きょうりょく》な代物《しろもの》とか。遠征途中《えんせいとちゅう》でパリとケルンを破壊《はかい》してきたってうわさで……それもほんとスか?」

おれのかんむりの羽毛《うもう》が風《かぜ》にさかだった。「たぶんな」

カエルが今度《こんど》は甲高《かんだか》い声《こえ》をあげた。「そりゃあヤバいっスよ。わが軍《ぐん》は望《のぞ》みなしです。あっちの陣営《じんえい》じゃ、昼《ひる》からずっと召喚《しょうかん》がくり返《かえ》されてます。目的《もくてき》はあきらかでしょう。やつらは今夜《こんや》攻《ぜ》めてきます。このままじゃ、こっちはひとり残《のこ》らず死《し》んじまいますよ」

ふむ、ぐちばかりこぼして仲間《なかま》のやる気《き》に水《みず》をさすタイプだな(✡5)。おれはやつのいぼいぼの肩《かた》に手《て》を置《お》いた。「なあ、おまえ……名前《なまえ》は?」

「ナビンです」

「ナビン、いいか。聞《き》いたことをぜんぶ信《しん》じるもんじゃない。英国軍《えいこくぐん》が強《つよ》いのはたしかだ。正直《しょうじき》、あれだけの軍勢《ぐんぜい》はそうそう見《み》たことはない。だが、こく順《じゅん》にとなりにぶつけたってわけだ。一風《いっぷう》変《か》わったぜいたくなドミノたおしみたいなもんかな。

✡5 つまり図星《ずぼし》ってこと。

う考《かんが》えちゃどうだ？　あっちにはマリッドもアフリートだけの部隊《ぶたい》も、オルラもどっさりいて、そいつらが今夜一気《こんやいっき》に攻《せ》めてくる。まさにこのストラホフ門《もん》めがけて。よし、来《く》るなら来《こ》いだ。こっちにはやつらをけちらす作戦《さくせん》がある」

「えっ、どんな作戦《さくせん》です？」

「アフリートやマリッドたちを見《み》えなくしちまえばいい。おれたちみんなが幾多《いくた》の戦《たたか》いのなかで身《み》につけてきた方法《ほうほう》。つまり生き残り作戦ってやつだな。いいひびきだ」

カエルがふくらんだ目《め》をぱちくりさせておれを見《み》た。「戦《たたか》うの初《はじ》めてなんスけど」

おれはイラついたそぶりをした。「まあその作戦《さくせん》がだめでも、宮仕《みやづか》えのジンの話《はなし》じゃ、皇帝《こうてい》のおかかえ魔術師《まじゅつし》たちがなんらかの対抗手段《たいこうしゅだん》を考《かんが》えているらしい。背水《はいすい》の陣《じん》ってやつだ。ま、無謀《むぼう》な作戦《さくせん》だろうがな」おれはカエルの肩《かた》を軽《かる》くたたいた。「これで少《すこ》しはほっとしたか？」

「いえ、不安《ふあん》になるいっぽうで」

✡6　ちなみにやつらの収穫《しゅうかく》はゼロだったらしい。オルラたちの嘆《なげ》きの合唱《がっしょう》でわかった。なにしろプラハ郊外《こうがい》には人《ひと》っ子《こ》ひとりいなかったからな。英《えい》やれやれ。だいたいおれはこの手《て》のはげましがどうも苦手《にがて》だ。「よし」おれは投《な》げやりな口調《くちょう》でいった。「じゃあこうしろ。すばやく身《み》をかくし、逃《に》げられるところでは逃《に》げる。運《うん》がよけりゃ、主人《しゅじん》たちのほうが先《さき》に死《し》んでくれるだろう。おれとしちゃそれを当《あ》てにしてる」

このふぬけ発言《はつげん》に効果《こうか》があったと思《おも》いたい。まさにそのとき、敵《てき》の攻撃《こうげき》が始《はじ》まった。遠《とお》くでなにかがとどろき、おれの七つの目《め》ぜんぶがふるえた。全《ぜん》員《いん》がそれを感《かん》じた。突撃《とつげき》の合図《あいず》だ。おれはふりむいて闇《やみ》の奥《おく》を見《み》つめた。五人《にん》の番兵《ばんぺい》も胸壁《きょうへき》のうしろから順番《じゅんばん》に顔《かお》を出《だ》した。

平原《へいげん》を大軍《たいぐん》がおしよせてきた。

急激《きゅうげき》な上昇気流《じょうしょうきりゅう》に乗《の》ったジンたちが、先頭《せんとう》をきって向《む》かってくる。赤《あか》と白《しろ》のよろいに身《み》をかため、先《さき》が銀《ぎん》の細長《ほそなが》い矛《ほこ》をにぎっている。空《そら》には翼《つばさ》の音《おと》がひびき、甲高《かんだか》いさけび声《ごえ》が塔《とう》をふるわす。地上《ちじょう》からは幽霊《ゆうれい》のようなやつらが大群《たいぐん》でやってきた。オルラが骨《ほね》をけずって作《つく》った三叉槍《みつまたやり》を手《て》に、城壁《じょうへき》の外側《そとがわ》にならぶ小屋《こや》や家《いえ》におし入《い》っては、獲物《えもの》をさがしている（✡6）。そのそばをぼんやりした影《かげ》が飛《と》んでいた。グール、生《い》き霊《りょう》、陰気《いんき》であわれな幽霊《ゆうれい》が七つ

国軍《こくぐん》がイギリス海峡《かいきょう》をわたるとすぐに、チェコ政府《せいふ》は来《きた》るべきプラハ襲撃《しゅうげき》をむかえうつ準備《じゅんび》を始《はじ》めた。その最初《さいしょ》の対策《たいさく》として、街《まち》の人々《ひとびと》を城壁《じょうへき》のなかに入《い》れた。ちなみにプラハの城壁《じょうへき》は当時《とうじ》、ヨーロッパ一堅固《けんご》で、魔法《まほう》による土木建築《どぼくけんちく》の驚異《きょうい》といわれた代物《しろもの》だ。そうそう、その城壁建《じょうへきけん》築《ちく》におれが手《て》を貸《か》した話《はなし》はもうしたっけ？

の目それぞれにぼんやり映っている。数えきれないほどのインプやフォリオットが、歯《は》をカチカチ鳴《な》らしながら地上《ちじょう》にあらわれた。まるで砂嵐《すなあらし》か、恐《おそ》ろしいミツバチの大群《たいぐん》のようだ。そいつらがこぞってストラホフ門《もん》に向《む》かって突進《とっしん》してきた。

さっきのカエルがおれのひじをつついた。「いい話《はなし》が聞《き》けたんで、かなり自信《じしん》がつきました。先輩《せんぱい》のおかげっス」

おれはろくに聞《き》いちゃいなかった。大軍勢《だいぐんぜい》のはるか後方《こうほう》に目《め》をこらしていたのだ。ドーム型《がた》の白《しろ》いテントのそばに見《み》える小高《こだか》い丘《おか》に、ひとりの男《おとこ》が立《た》って、棒《ぼう》か杖《つえ》のようなものをふりあげている。ここからでは、こまかいところまではわからないが、男《おとこ》に力《ちから》があることはじゅうぶんすぎるほどわかった。男《おとこ》の放《はな》つオーラが丘全体《おかぜんたい》を照《て》らしている。見《み》つめていると、荒《あ》れくるう雲《くも》を稲妻《いなずま》がつきぬけ、男《おとこ》のふりあげた杖《つえ》の先《さき》に落《お》ちた。一瞬《いっしゅん》、昼《ひる》のように光《ひかり》があふれ、丘《おか》、テント、待機中《たいきちゅう》の兵士《へいし》たちが明《あか》るく照《て》らしだされた。だが光《ひかり》はすぐに消《き》え、男《おとこ》の杖《つえ》にエネルギーがすいこまれていく。包囲《ほうい》されたプラハの街《まち》に雷鳴《らいめい》がとどろいた。

「あいつが」おれは低《ひく》い声《こえ》でいった。「うわさに聞《き》くグラッドストーンだな」

ジンたちが城壁《じょうへき》にせまり、荒《あ》れ地《ち》や、砲撃《ほうげき》でこわれたばかりの建物《たてもの》の残骸《ざんがい》の上《うえ》をやってくる。一団《いちだん》がある地点《ちてん》を通過《つうか》したとき、仕《し》かけてあった魔法《まほう》が作動《さどう》した。青緑《あおみどり》の炎《ほのお》が空《そら》に向《む》かってふきあがり、先頭《せんとう》を飛《と》んでいたジンたちをその場《ば》で焼《や》きつくした。だが火《ひ》はまもなく消《き》え、生《い》きのびた者《もの》はかまわず進《すす》んでくる。

これがプラハ軍《ぐん》の迎撃《げいげき》の合図《あいず》となった。百人《にん》ほどのインプとフォリオットが城壁《じょうへき》からとびだし、小《ちい》さな雄《お》たけびをあげたかと思《おも》うと、飛行集団《ひこうしゅうだん》めがけて〈爆発《ばくはつ》の魔法《まほう》〉を放《はな》った。敵《てき》も同《おな》じ魔法《まほう》で反撃《はんげき》してくる。〈地獄《じごく》の業火《ごうか》〉や〈大奔流《だいほんりゅう》〉がぶつかり、夕闇《ゆうやみ》にとけあう。影《かげ》のいくつかがゆらめく炎《ほのお》を背《せ》に宙返《ちゅうがえ》りしたり、くるくるまわったりしている。その向《む》こうのプラハの街《まち》の周辺部《しゅうへんぶ》に、火《ひ》の手《て》があがっていた。オルラの第《だい》一陣《じん》がおれたちのいる門《もん》の下《した》に殺到《さっとう》し、強力《きょうりょく》な〈結合《けつごう》の魔法《まほう》〉をやぶろうとしている。おれが三百年前《ねんまえ》、この城壁《じょうへき》の土台《どだい》をかためるときにかけた魔法《まほう》だ。

おれは翼《つばさ》を広《ひろ》げ、戦《いくさ》にとびこもうと身《み》がまえた。すぐ横《よこ》でカエルがのどをふくらませ、ふてぶてしいしわがれ声《ごえ》をだしている。次《つぎ》の瞬間《しゅんかん》、遠《とお》くの丘《おか》の上《うえ》にいたグラッドストーンが杖《つえ》の先《さき》からエネルギーを放《はな》った。それが稲妻《いなずま》のように空《そら》に弧《こ》を描《えが》いて、たちまちストラホフ門《もん》の塔《とう》を破壊《はかい》した。胸壁《きょうへき》の真下《ました》だ。おれたちの〈防御膜《ぼうぎょまく》〉はティッシュペーパーみたいにあっけなくやぶれた。しっくいや岩《いわ》がくだけちり、塔《とう》のてっぺんがくずれ落《お》ちる。爆風《ばくふう》におれまでがくるくるとふきあげられ、地面《じめん》に落《お》ちる寸前《すんぜん》、干《ほ》し草《くさ》を積《つ》んだ荷車《にぐるま》の上《うえ》に思《おも》いきりつっこんだ。城攻《しろぜ》めが始《はじ》まる前《まえ》に、門《もん》の内側《うちがわ》に運《はこ》び入《い》れてあったやつだ。おれの頭上《ずじょう》で塔《とう》の木造部分《もくぞうぶぶん》が燃《も》えている。番兵《ばんぺい》たちは全滅《ぜんめつ》したのか、だれも見《み》あたらない。インプやジンがめまぐるしく空《そら》を飛《と》びまわり、はげしい魔法《まほう》の応酬《おうしゅう》をくりひろげている。死体《したい》が空《そら》からふってきた。建物《たてもの》の屋《や》根《ね》に火《ひ》がつき、近《ちか》くの家《いえ》から女《おんな》や子《こ》どもたちが悲鳴《ひめい》をあげてとびだしてくる。ストラホフ門《もん》はオルラの三叉槍《みつまたやり》につかれてぐらぐらしている。やぶられるのも時間《じかん》の問題《もんだい》だ。

そろそろプラハ軍《ぐん》からお呼《よ》びがかかるな。おれはいつものすばやい身《み》のこなしで、干《ほ》し草《くさ》の山《やま》からぬけ出《で》た。

「バーティミアス、さっさとその腰布《こしぬの》についたワラくず、はらい落《お》としたほうがいいわよ。城《しろ》であんたを呼《よ》んでるから」

おれは声《こえ》のするほうを見《み》た。「よう、クィーズル」

品《ひん》のよさそうな雌《めす》ヒョウが通《とお》りの真《ま》ん中《なか》にすわっていた。黄緑色《きみどりいろ》の瞳《ひとみ》がこっちを見《み》つめている。やがてクィーズルはめんどくさそうに立《た》ちあがり、二、三歩横《ぽよこ》へずれて、またすわった。火《ひ》のかたまりが飛《と》んできて、それまでクィーズルがすわっていた敷石《しきいし》にいきおいよくぶつかり、くすぶった穴《あな》を作《つく》った。「なんか騒《さわ》がしいわね」

「ああ。ここにいたらやられちまう」おれは荷車《にぐるま》からとびおりた。

「どうやら城壁《じょうへき》にかけてあった〈結合《けつごう》の魔法《まほう》〉がくずされたみたい」いいながらクィーズルはぐらついている門《もん》に目《め》をやった。「いいかげんな仕事《しごと》するからよ。いったいどこのジンが土台《どだい》をかためたのかしら？」

「さあな」おれはいった。「それで……主人《しゅじん》が呼《よ》んでるって？」

クィーズルはうなずいた。「急《いそ》いだほうがいいわ。でないとおたがい〈針《はり》のむしろ〉の罰《ばつ》を食《く》らうわよ。地上《ちじょう》を行《い》きましょう。空《そら》はかなりこんでるから」

「先導《せんどう》してくれ」

おれは黒《くろ》ヒョウに姿《すがた》を変《か》えると、クィーズルといっしょにせまい通《とお》りをフラドチャニ広場《ひろば》に向《む》かって走《はし》った。通《とお》りにはだれもいなかった。パニックになった人間《にんげん》たちがおしよせそうな場所《ばしょ》はさけたのだ。炎《ほのお》があたりの建物《たてもの》にどんどん広《ひろ》がっていく。屋根《やね》の切妻《きりづま》が落《お》ち、まわりの壁《かべ》がくずれていく。そのまわりをチビインプどもが、踊《おど》りながら手《て》で燃《も》えさしをつかんでふりまわしている。

プラハ城《じょう》では、皇帝《こうてい》の召《め》し使《つか》いたちが広場《ひろば》の点滅《てんめつ》する街灯《がいとう》の下《した》で、さまざまな色《いろ》や形《かたち》の家具《かぐ》や調度品《ちょうどひん》を荷馬車《にばしゃ》に積《つ》みこんでいた。おびえる馬《うま》を馬丁《ばてい》がやっとのことで街灯《がいとう》の支柱《しちゅう》につなぎとめている。街《まち》の上空《じょうくう》は一面《いちめん》赤《あか》く染《そ》まり、さっきまでいたストラホフ修道院《しゅうどういん》のほうからにぶい爆発音《ばくはつおん》が聞《き》こえた。城《しろ》の守《まも》りもないに等《ひと》しく、おれたちは正面《しょうめん》の入《い》り口《ぐち》からすんなり入《はい》った。

「これから陛下《へいか》の脱出《だっしゅつ》か？」おれは息《いき》を切《き》らしながら聞《き》いた。インプたちがあわてた様子《ようす》でおれたちとは逆方向《ぎゃくほうこう》に向《む》かっていく。頭《あたま》にのせた布《ぬの》の包《つつ》みを落《お》とさぬようバランスをとりながら走《はし》っていた。

「それが、この期《ご》におよんで自分《じぶん》よりかわいい鳥《とり》たちのことが心配《しんぱい》で」クィーズルはいった。「アフリートたちに鳥《とり》を安全《あんぜん》なところまで運《はこ》ばせろっていってるわ」緑《みどり》の目《め》が苦笑《にがわら》いするようにこっちを見《み》た。

「アフリートは全員《ぜんいん》やられちまっただろ」

「まあね。そろそろ到着《とうちゃく》よ」

おれたちは城《しろ》の北翼棟《ほくよくとう》に来《き》ていた。そこに魔術師《まじゅつし》たちの部屋《へや》がある。石《いし》の壁《かべ》には魔法《まほう》の痕跡《こんせき》がたっぷり残《のこ》っていた。おれたちはヒョウの姿《すがた》のまま長《なが》い階段《かいだん》をかけおり、スタッグ濠《ごう》をのぞむバルコニーに出《で》て、さらにアーチをぬけて階下《かいか》の召喚部屋《しょうかんべや》にたどりついた。そこは広々《ひろびろ》とした円形《えんけい》の部屋《へや》で、白《しろ》い塔《とう》の一階《かい》のほとんどを占《し》めている。おれも数百年《すうひゃくねん》にわたってよくここに召喚《しょうかん》されたものだが、いつも同《おな》じ場所《ばしょ》にあった呪文《じゅもん》の本《ほん》や香《こう》の壺《つぼ》、燭台《しょくだい》といった魔術用品《まじゅつようひん》が、今《いま》はすみにおしやられ、代《か》わりに十組《くみ》のイスとテーブルがならんでいた。どのテーブルにも〈水晶玉《すいしょうだま》〉が置《お》かれ、明《あ》かりにちらちら光《ひか》っている。十脚《きゃく》のイスには魔術師《まじゅつし》たちがひとりずつ背中《せなか》を丸《まる》めてすわり、目《め》の前《まえ》の玉《たま》を一心《いっしん》にのぞいていた。部屋《へや》は静《しず》まり返《かえ》っている。

　クィーズルとおれを呼《よ》びだした主人《しゅじん》は窓辺《まどべ》に立《た》って、望遠鏡《ぼうえんきょう》で外《そと》の暗闇《くらやみ》を見《み》つめていた（✵7）。こっちに気《き》づくと、声《こえ》を出《だ》すなというように人《ひと》さし指《ゆび》を口《くち》にあて、となりの小部屋《こべや》のほうへ手《て》まねきする。やつの白髪《しらが》まじりの髪《かみ》は、ここ数週間《すうしゅうかん》のストレスで真《ま》っ白《しろ》になっていた。ワシ鼻《ばな》はしぼんでゆがみ、目《め》はまっ赤《か》でインプの目《め》のようだ（✵8）。主人《しゅじん》は首《くび》のうしろをポリポリかきながらいった。「いわんでもいい。わかっている。あとどれくらいもちそうだ？」

　おれは黒《くろ》いしっぽを動《うご》かした。「一時間《じかん》てとこでしょう」

　クィーズルが広間《ひろま》のほうをふり返《かえ》った。魔術師《まじゅつし》たちが黙々《もくもく》とはたらいている。「ゴーレムを放《はな》すつもりね」

　主人《しゅじん》はぞんざいにうなずいた。「敵《てき》にかなりの痛手《いたで》をあたえられる」

「それじゃあ足《た》りませんよ」おれはいった。「十体《たい》いたって大《たい》した効果《こうか》はないでしょう。あの大軍勢《だいぐんぜい》を見《み》ましたか？」

「バーティミアス、おまえはあいかわらず考《かんが》えなしだな。いいかげんなこと

✵7
この望遠鏡《ぼうえんきょう》にはインプがとじこめられていて、人間《にんげん》が夜《よる》、外《そと》の様子《ようす》を見《み》られるようになっている。便利《べんり》な道具《どうぐ》だが、気《き》まぐれなインプがときどき景色《けしき》をゆがめたり、いたずらをしたりすることがある。たとえばレンズの前《まえ》に金《きん》のちりをえんえん流《なが》したり、不思議《ふしぎ》な幻《まぼろし》を見《み》せたり、見《み》ている本人《ほんにん》に見《み》おぼえのある幽霊《ゆうれい》を見《み》

をぬかしおって。これはただの陽動作戦《ようどうさくせん》だ。そのあいだに陛下《へいか》に東階段《ひがしかいだん》からお逃《に》げいただく。川《かわ》に小舟《こぶね》をつけてある。ゴーレムには城《しろ》をとりかこませ、われわれの撤退《てったい》を援護《えんご》してもらう」

　クィーズルはまだ魔術師《まじゅつし》たちのほうを見《み》つめている。魔術師《まじゅつし》たちは〈水晶玉《すいしょうだま》〉におおいかぶさらんばかりに顔《かお》を近《ちか》づけ、無言《むごん》で口《くち》を動《うご》かしながら、自分《じぶん》のゴーレムに指示《しじ》をあたえている。水晶《すいしょう》に映《うつ》っているぼんやり動《うご》く景色《けしき》は、ゴーレムの〈眼《め》〉に映《うつ》っているものだ。

「英国軍《えいこくぐん》はゴーレムなんて歯牙《しが》にもかけないと思《おも》うわ」クィーズルはいった。「きっとあやつっている魔術師《まじゅつし》たちを見《み》つけて殺《ころ》してしまうでしょうね」

　主人《しゅじん》は歯《は》をむいた。「そのころには陛下《へいか》は去《さ》っておられる。そこでだ。おまえたちふたりに命令《めいれい》する。陛下《へいか》の脱出《だっしゅつ》につきそい、お守《まも》りしろ。わかったか？」

　おれが前足《まえあし》をあげると、主人《しゅじん》が深《ふか》いため息《いき》をついていった。「なんだ、バーティミアス？」

「その、ひとつ提案《ていあん》なんですが。プラハはすでに包囲《ほうい》されてます。陛下《へいか》を連《つ》

せたりする。

✡8 主人《しゅじん》を比較《ひかく》するのは、顔《かお》のニキビをくらべるようなもんだ。ほかよりひどいやつもいるが、たとえいちばんマシなやつでも、こっちの気《き》に入《い》ることはない。このときの主人《しゅじん》はおれの仕《つか》えたチェコの魔術師《まじゅつし》のなかで、十二番目《ばんめ》にあたる。それほど冷《れい》酷《こく》じゃないが、いつもすっぱそうな不機《ふき》

れて脱出《だっしゅつ》したところで全員悲惨《ぜんいんひさん》な死《し》をとげるだけだ。あの老《お》いぼれじいさんのことはほっといて、こっそり逃《に》げだすってのはどうです？　カルロヴァ通《どお》りに小《ちい》さなビール蔵《ぐら》があって、そこに干《ひ》あがった井戸《いど》があります。大《たい》した深《ふか》さじゃない。入《い》り口《ぐち》はちとせまいですが……」

主人《しゅじん》が顔《かお》をしかめた。「わたしにそこにかくれろと？」

「まあ、きゅうくつでしょうが、おれたちでなんとかおしこめますよ。その太鼓腹《たいこばら》がちょいとやっかいですが、うまくおしこめば、入《はい》らないものなんてないし……イテッ！」おれのヒョウの毛《け》がパチパチと音《おと》をたて、とたんにおれは口《くち》をつぐんだ。いつものことだが、〈針《はり》のむしろ〉の罰《ばつ》ってやつは、せっかくの思《おも》いつきをじゃまする。

「おまえとちがって、わたしには忠誠心《ちゅうせいしん》がある！　主君《しゅくん》に強制《きょうせい》されずとも心《こころ》に恥《は》じることのないおこないをするのだ。もういちどいう。おまえたちふたりで命《いのち》をかけて陛下《へいか》をお守《まも》りしろ。わかったか？」

おれたちはしぶしぶうなずいた。そのあいだにも、近《ちか》くで爆発《ばくはつ》があり、床《ゆか》がふるえた。

嫌《げん》な顔《かお》をして、血管《けっかん》にレモンジュースが流《なが》れてるんじゃないかと思《おも》ったくらいだ。くちびるが薄《うす》く細《こま》かいことにうるさくて、帝国《ていこく》のためにはたらくことしか考《かんが》えてない野郎《やろう》だった。

「ついてこい」主人《しゅじん》がいった。「もう時間《じかん》がない」

さっきクィーズルといっしょにおりてきたばかりの階段《かいだん》をのぼり、足音《あしおと》のひびく廊下《ろうか》をぬけた。強烈《きょうれつ》な閃光《せんこう》が窓《まど》を照《て》らし、大《おお》きな悲鳴《ひめい》があちこちからあがっている。おれたちの主人《しゅじん》は今《いま》にも折《お》れそうな細《ほそ》い足《あし》を必死《ひっし》に動《うご》かし、ゼイゼイいいながら階段《かいだん》をのぼっていく。おれはクィーズルとそのわきをゆったり走《はし》った。

ようやくテラスに出《で》た。ここで何年《なんねん》か前《まえ》から皇帝《こうてい》が鳥《とり》を飼《か》っている。テラスは広《ひろ》く、こてこての青銅《せいどう》の飾《かざ》りがほどこされ、ドームや塔《とう》やエサ場《ば》の止《と》まり木《ぎ》もある。ドアもいくつかあって、皇帝《こうてい》がなかを歩《ある》きまわれるようになっていた。大《おお》きな木《き》や植木《うえき》がところせましとならべられ、おどろくほどいろんな種類《しゅるい》のオウムがいる。どれも遠《とお》い異国《いこく》からプラハへ連《つ》れてこられた鳥《とり》たちの子孫《しそん》だ。皇帝《こうてい》は鳥《とり》に夢中《むちゅう》だった。とくに、このところロンドンが力《ちから》をつけ、帝国《ていこく》の支配体制《しはいたいせい》がゆらぎはじめてからは、もっぱらこのなかにこもって、おともだちと話《はなし》をしていた。もっとも今《いま》は、外《そと》でくりひろげられている魔法《まほう》の応酬《おうしゅう》のせいで、夜空《よぞら》に走《はし》る亀裂《きれつ》に鳥《とり》がパニックを起《お》こし、テラスじゅうを飛《と》びまわっては、くるったように翼《つばさ》をバタつかせて、おぞましい鳴《な》き声《ごえ》をたてている。皇帝《こうてい》はずんぐりした男《おとこ》で、サテン地《じ》のひざ丈《たけ》ズボンに、しわくちゃのスモックみたいな白《しろ》い肌着姿《はだぎすがた》だ。そのうろたえぶりは、鳥《とり》と大《たい》して変《か》わらない。鳥《とり》の調教師《ちょうきょうし》たちに向《む》かってしきりにわめきたて、集《あつ》まっている側近《そっきん》には目《め》もくれない。

宰相《さいしょう》のマイリンクが、青白《あおじろ》い顔《かお》に悲《かな》しげな目《め》で皇帝《こうてい》のそでを必死《ひっし》にひっぱっている。「陛下《へいか》、お願《ねが》いでございます。英国軍《えいこくぐん》が城山《しろやま》におしよせてきております。安全《あんぜん》な場所《ばしょ》にうつっていただかなくては……」

「鳥《とり》たちを置《お》いていけるか！　わしの魔術師《まじゅつし》たちはどこじゃ？　ここへ呼《よ》べ！」

「陛下《へいか》、魔術師《まじゅつし》たちは戦《たたか》いに……」

「わしのアフリートはどうした？　忠実《ちゅうじつ》なポイボスは……」

「陛下《へいか》、何度《なんど》も申《もう》しあげておりますとおり——」

おれの主人《しゅじん》が皇帝《こうてい》の取《と》り巻《ま》きたちをおしのけて前《まえ》へ出《で》た。「陛下《へいか》、クィーズルとバーティミアスを陛下《へいか》のおともに献上《けんじょう》いたします。このふたりがわれわれの脱出《だっしゅつ》を手助《てだす》けし、それから陛下《へいか》の大切《たいせつ》な鳥《とり》たちをお守《まも》りします」

「よりによってネコ二匹《ひき》で守《まも》るだと？」皇帝《こうてい》はくちびるを真《ま》っ青《さお》にし、不満《ふまん》げに口《くち》をすぼめた（✡9）。

おれとクィーズルは肩《かた》をすくめて天《てん》をあおいでから、クィーズルは目《め》をみはるような美女《びじょ》に、おれは、エジプトの少年《しょうねん》プトレマイオスの姿《すがた》になった。

「さあ、陛下《へいか》」主人《しゅじん》がいった。「東階段《ひがしかいだん》へ……」

プラハの街《まち》に激震《げきしん》が走《はし》り、周辺《しゅうへん》は大半《たいはん》が火《ひ》の海《うみ》と化《か》していた。そのとき、チビインプがテラスの欄干《らんかん》をこえてとびこんできた。しっぽが燃《も》えている。インプは横《よこ》すべりしておれたちのそばでとまった。「ご報告申《ほうこくもう》しあげます。凶暴《きょうぼう》なアフリートが大勢《おおぜい》、こちらの攻撃《こうげき》をかわしながら城《しろ》に向《む》かってきます。指揮《しき》をとっているのはホノリウスとパターナイフ、どちらもグラッドストーンに仕《つか》える妖霊《ようれい》です。むちゃくちゃ強《つよ》くて、われわれの部隊《ぶたい》はたたきつぶされました」インプはそこでちょっとだまると、自分《じぶん》のくすぶっているしっぽを見《み》た。「あ、あの、水《みず》をさがしに行《い》ってもいいでしょうか？」

✡9　やつのほうがよっぽどネコみたいだろ？

「ゴーレムは？」マイリンクが強《つよ》い口調《くちょう》できいた。

インプはひるんだ。「は、はい。敵《てき》と戦《たたか》いだしたところです。わたしはもちろんあの煙《けむり》のかたまりからはじゅうぶんはなれていましたが、英国軍《えいこくぐん》のアフリートたちは混乱《こんらん》して多少後退《たしょうこうたい》したはずです。あの、水《みず》を――」

皇帝《こうてい》が鳥《とり》のような声《こえ》でわめいた。「でかした！　これで勝《か》てるぞ！」

「すぐにおしもどされます」マイリンクはいった。「さあ、陛下《へいか》、今《いま》のうちに参《まい》りましょう」

皇帝《こうてい》は抵抗《ていこう》したわりにはあっけなくテラスから連《つ》れ出《だ》され、おれたちは小《ちい》さな通用門《つうようもん》に向《む》かった。マイリンクとおれの主人《しゅじん》が一行《いっこう》の先頭《せんとう》にたち、皇帝《こうてい》はそのうしろを歩《ある》いていく。やつのずんぐりした姿《すがた》は取《と》り巻《ま》きたちのなかにうまくかくれている。クィーズルとおれはしんがりをつとめた。

そのとき閃光《せんこう》が走《はし》り、ふたつの黒《くろ》い影《かげ》が背後《はいご》の欄干《らんかん》をとびこえてきた。ぼろぼろのマントが風《かぜ》にはためき、黄色《きいろ》い目《め》がフードの下《した》でぎらついている。グールだ。ふたつの影《かげ》はテラスじゅうをはねまわったが、床《ゆか》にふれることはほとんどなかった。鳥《とり》たちがとたんにおとなしくなった。

おれはクィーズルのほうを向《む》いた。「おまえが行《い》くか？　それともおれが行《い》こうか？」

美女《びじょ》はにっこりほほえんだ。するどい歯《は》がのぞく。「あたしが行《い》く」そういうとクィーズルはせまりくるグールの相手《あいて》をしにもどっていった。おれは急《いそ》いで皇帝一行《こうていいっこう》を追《お》いかけた。

門《もん》をすぎると、細《ほそ》い小道《こみち》が濠《ほり》の北側《きたがわ》に向《む》かって城壁《じょうへき》の下《した》をくぐるようにのびていた。眼下《がんか》に広《ひろ》がる旧市街《きゅうしがい》は火《ひ》の海《うみ》だ。英国軍《えいこくぐん》の部隊《ぶたい》が通《とお》りをかけぬけていくのが見《み》える。プラハ市民《しみん》は逃《に》げる者《もの》も向《む》かっていく者《もの》も次々《つぎつぎ》にたおされていた。だがここからだとすべてが遠《とお》くに感《かん》じられる。聞《き》こえるのはかすかなため息《いき》のような音《おと》だけ。インプの群《む》れが鳥《とり》のように上空《じょうくう》をさまよっている。

わめきちらしていた皇帝《こうてい》もさすがにおとなしい。一行《いっこう》はだまったまま足早《あしばや》に夜《よる》の闇《やみ》をぬけた。ここまではまずまずだ。東階段《ひがしかいだん》のある黒《くろ》い塔《とう》にたどりつく。行《ゆ》く手《て》にじゃま者《もの》はいない。

羽《は》ばたきの音《おと》がして、クィーズルがおれのとなりにおりたった。顔《かお》が真《ま》っ青《さお》だ。わき腹《ばら》にケガをしている。「どうした？」おれはきいた。

「グールじゃなかった。アフリートよ。でもゴーレムが来《き》てたおしてくれたから、だいじょうぶ」

おれたちは城山《しろやま》の山腹《さんぷく》の階段《かいだん》をおりていた。炎上《えんじょう》する城《しろ》がヴルタヴァの川面《かわも》に映《うつ》る。物悲《ものがな》しくも美《うつく》しい光景《こうけい》だ。行《ゆ》く手《て》にはだれもおらず、おれたちを追《お》う者《もの》もいない。これで悲惨《ひさん》な戦場《せんじょう》ともおさらばだ。

ヴルタヴァ川《がわ》に近《ちか》づくにつれて、おれとクィーズルはたがいにほっとした視線《しせん》をかわした。プラハの街《まち》も帝国《ていこく》もなくなっちまったが、ここから無事《ぶじ》に脱出《だっしゅつ》することができれば、ささやかながらこっちのプライドは保《たも》たれる。おれたちは魔術師《まじゅつし》の奴隷《どれい》になることもいやでたまらないが、敵《てき》に打《う》ち負《ま》かされるのだってまっぴらごめんだからな。ま、どうやらこれで逃《に》げられそうだ。

ところが、城山《しろやま》のふもとに着《つ》こうというとき、伏兵《ふくへい》があらわれた。

とつぜん行《ゆ》く手《て》の階段《かいだん》に、ジン六人《にん》とインプの群《む》れがとびだしてきた。皇《こう》帝《てい》と取《と》り巻《ま》きはさけび声《ごえ》をあげてあたふたとあとずさった。おれとクィーズルは緊張《きんちょう》し、とびだそうと身《み》がまえた。

そのとき背後《はいご》で軽《かる》いせきばらいが聞《き》こえ、おれたちはいっせいにふりむいた。

やせた若《わか》い男《おとこ》が五段《だん》ばかり上《うえ》に立《た》っていた。しっかりかためたブロンドの巻《ま》き毛《げ》に大《おお》きな青《あお》い目《め》、サンダルにトーガという後期《こうき》ローマ帝国風《ていこくふう》のかっこうをしている。今《いま》にも泣《な》きだしそうな、虫《むし》も殺《ころ》さぬ純情青年《じゅんじょうせいねん》の顔《かお》をしているくせに、よくよく目《め》をこらすと、銀《ぎん》の刃《は》のついた大鎌《おおがま》をもっていやがる。

おれはほかの目《め》でチェックしてみた。ひょっとしたらじつは変人《へんじん》ってだけで、仮装《かそう》パーティに行《い》く途中《とちゅう》の人間《にんげん》なのかもしれないというありえない期待《きたい》をもって。だがもちろんそんなはずはなかった。かなり力《ちから》のあるアフリートだ。おれは思《おも》わず息《いき》をのんだ。こりゃあマズい（✡10）。

「グラッドストーン氏《し》より陛下《へいか》へごあいさつ申《もう》しあげます」若《わか》い男《おとこ》はいった。「グラッドストーン氏《し》は陛下《へいか》と親交《しんこう》を結《むす》びたいと申《もう》しております。それと、ほかの役立《やくた》たずどもはここから消《き》えてもらってけっこうです」

悪《わる》くない申《もう》し出《で》だ。おれは逃《に》げましょうという目《め》で主人《しゅじん》を見《み》たが、主人《しゅじん》は怒《いか》りにゆがんだ顔《かお》で、おれに前《まえ》に出《で》ろと合図《あいず》した。チェッ。しかたなくおれ

✡10　この手《て》のおそまつきわまりない芝居《しばい》をするアフリートはさけるにかぎる。じつはすごいやつだった。第《だい》六や第《だい》七の目《め》で見《み》ると、やたらとデカくて恐《おそ》ろしい体《からだ》つきをしていた。第《だい》一の目《め》にいかにもひ弱《よわ》な姿《すがた》をよそおったのは、ひねりのきいたユーモアをアピールしたかったからしい。ま、おれは笑《わら》えなかったが。

はアフリートのほうに近《ちか》づいた。

青年姿《せいねんすがた》のアフリートはあからさまに不満《ふまん》をあらわした。「ひっこんでろ、三流《さんりゅう》。おまえなんかの出《で》る幕《まく》じゃない」

その、ひとを小《こ》バカにした態度《たいど》にカチンときて、おれは胸《むね》をはった。「気《き》をつけろよ。おれを見《み》くびると痛《いた》い目《め》にあうぞ」

アフリートは目《め》をしばたたいて事情《じじょう》がのみこめない、というふうをよそおった。「ほほう？　おまえの名《な》は？」

「名前《なまえ》？」おれは大声《おおごえ》を出《だ》した。「名前《なまえ》なら山《やま》ほどある！　バーティミアス！　ジン族《ぞく》のサカル！　強者《きょうしゃ》ヌゴーソにして銀《ぎん》の翼《つばさ》をもつヘビ！」

おれはそこでわざと間《ま》をとった。だがアフリートは無表情《むひょうじょう》のままだ。「知《し》らんな。そんな名前《なまえ》は聞《き》いたことがない。とにかく――」

「ソロモンとしゃべったこともある」

「フンッ、それがどうした！」アフリートは鼻《はな》であしらった。「ソロモンとなんか、だれだってしゃべってる。あいつはそこらじゅううろうろしてたからな」

「おれは数々《かずかず》の城壁《じょうへき》を建《た》てなおした。ウルク、カルナック、プラハ……」

アフリートはにやっとした。「なに、ここの城壁《じょうへき》もか？　グラッドストーンが五分《ふん》でぶっこわしたここの城壁《じょうへき》を？　もしかしてジェリコの仕事《しごと》もおまえか？」

「そうよ」クィーズルが割《わ》って入《はい》った。「それがバーティミアスの最初《さいしょ》の仕《し》事《ごと》よ。本人《ほんにん》はだまってるけど――」

「おいおい、クィーズル……」

アフリートは大鎌《おおがま》をもてあそびながらいった。「これが最後《さいご》のチャンスだ、そこのジン。さっさと消《き》えろ。おまえに勝《か》ち目《め》はない」

おれは観念《かんねん》したように肩《かた》をすくめた。「それはどうかな」

で、悲《かな》しいかな、あっという間《ま》にこてんぱんにされた。おれの放《はな》った四つの〈爆発《ばくはつ》の魔法《まほう》〉は回転《かいてん》する大鎌《おおがま》にあっけなくかわされた。五発目《はつめ》はおれの渾身《こんしん》の一撃《いちげき》だったが、大鎌《おおがま》にまともにはね返《かえ》され、おれは階段《かいだん》の外《そと》にふきとばされて、成分《せいぶん》を大量《たいりょう》にまきちらしながら山《やま》を転《ころ》がり落《お》ちた。起《お》きあがろうとしたが、激痛《げきつう》が走《はし》ってまたたおれた。あまりにひどく痛《いた》めつけられ、すぐには回復《かいふく》できそうにない。

階段《かいだん》ではインプたちが皇帝《こうてい》の取《と》り巻《ま》きにおそいかかっている。クィーズルと図体《ずうたい》のデカいジンがたがいののどをつかみあい、おれのそばを転《ころ》がり落《お》ちていった。

アフリートはバカにするようにゆっくりこっちに向《む》かってきた。おれにウィンクをよこし、銀《ぎん》の大鎌《おおがま》をふりあげる。

その瞬間《しゅんかん》、おれの主人《しゅじん》が行動《こうどう》を起《お》こした。

やつはとりたてていい主人《しゅじん》ってわけじゃない。そもそも〈針《はり》のむしろ〉の罰《ばつ》をすぐに使《つか》いたがるしな。だが、やつが最後《さいご》にしたことは、やつのおこないのなかじゃ、いちばんマシだった。

インプがやつのまわりをとりかこんでいた。頭《あたま》をとびこえたり、足《あし》のあいだをくぐりぬけたりして、やつのかげにいる皇帝《こうてい》をつかまえようと手《て》をのばしている。やつは怒《いか》りのうなり声《ごえ》をあげ、上着《うわぎ》のポケットから〈爆破杖《ばくはづえ》〉をとりだした。〈爆破杖《ばくはづえ》〉ってのは新《あたら》しい魔術用品《まじゅつようひん》のひとつで、黄金小路《おうごんこうじ》の錬《れん》金術師《きんじゅつし》が英国軍《えいこくぐん》の攻撃《こうげき》に対抗《たいこう》するために作《つく》ったものだ。だが大量生産《たいりょうせいさん》の粗悪《そあく》品《ひん》で、手元《てもと》で暴発《ぼうはつ》するか、そうでなければいつまでたってもウンともスンともいわないかのどっちかだ。ま、いずれにしろ、これを使《つか》うときは敵《てき》に向《む》かってすばやく投《な》げることが肝心《かんじん》だが、おれの主人《しゅじん》は型《かた》どおりの魔術師《まじゅつし》で、ひとりで戦《たたか》うのに慣《な》れていない。命令《めいれい》の言葉《ことば》を早口《はやくち》でまくしたてたところまではよかったんだが、そこでちょっと迷《まよ》ってしまった。杖《つえ》をふりあげ、インプたちのほうへ投《な》げるふりはしたものの、どこに投《な》げるか、目標《もくひょう》をしぼりかねていたらしい。

その時間《じかん》がちと長《なが》すぎた。

〈爆破杖《ばくはづえ》〉は暴発《ぼうはつ》して、階段《かいだん》の半分《はんぶん》がふっとんだ。インプも皇帝《こうてい》も取《と》り巻《ま》きたちも空中《くうちゅう》にふきとばされ、タンポポの種《たね》のように散《ち》った。おれの主人《しゅじん》も一瞬《いっしゅん》にして消《き》えた。まるで最初《さいしょ》から存在《そんざい》していなかったかのように。

主人《しゅじん》の死《し》で、おれをつなぎとめていたかせがはずれた。

アフリートのふりおろした大鎌《おおがま》の刃《は》が、直前《ちょくぜん》までおれの頭《あたま》があった空間《くうかん》を切《き》り裂《さ》いて地面《じめん》につきささった。

こうして、何百年《なんびゃくねん》ものあいだに、十人《にん》あまりの主人《しゅじん》たちに仕《つか》えながら続《つづ》いてきたおれとプラハの関係《かんけい》は終《お》わった。だが、解放《かいほう》されて晴《は》れ晴《ば》れしたおれの成分《せいぶん》がそこらじゅうに広《ひろ》がるあいだも、おれの目《め》には燃《も》え続《つづ》けるプラハの街《まち》や、進撃《しんげき》してくる英国軍《えいこくぐん》の部隊《ぶたい》、泣《な》きさけぶ子《こ》どもたち、雄《お》たけびをあげるインプたちが映《うつ》っていた。ひとつの帝国《ていこく》の死《し》にぎわの苦《くる》しみと、新《あら》たな帝《てい》国《こく》の血《ち》の洗礼《せんれい》を目《ま》のあたりにしたおれは、ちっともよろこぶ気分《きぶん》にはなれなかった。

むしろ、これからすべてがどんどんいやな方向《ほうこう》に向《む》かうだろうという予感《よかん》がしていた。

第《だい》1部《ぶ》　あらたなる闘《たたか》い

I　黒《くろ》いマントのナサニエル

二千年《ねん》の歴史《れきし》をもつ偉大《いだい》なる英国《えいこく》の首都《しゅと》、ロンドン。国《くに》を動《うご》かす魔術師《まじゅつし》たちは今《いま》、この地《ち》を世《せ》界《かい》の中心《ちゅうしん》にしようともくろんでいる。少《すく》なくとも規模《きぼ》の点《てん》からいえば、目的《もくてき》はすでに達《たっ》せられた。ロンドンは帝国《ていこく》の富《とみ》をむさぼり、みにくく太《ふと》った都市《とし》になっていた。

ロンドンの街《まち》はテムズ川《がわ》の両岸数《りょうがんすう》キロにわたって広《ひろ》がり、すすけた家《いえ》なみのなかに宮殿《きゅうでん》、塔《とう》、教会《きょうかい》、商店街《しょうてんがい》が点在《てんざい》している。通《とお》りは旅行者《りょこうしゃ》や勤《つと》め人《にん》など人間《にんげん》の往来《おうらい》でごった返《がえ》し、活気《かっき》にあふれている。空《そら》では、インプたちが主人《しゅじん》のおつかいに翼《つばさ》の音《おと》をたてていそがしく飛《と》びまわっているが、ふつうの人《ひと》には見《み》えない。

テムズのにごった川面《かわも》につきだした埠頭《ふとう》もにぎやかだ。装甲《そうこう》の大艦隊《だいかんたい》が、世界《せかい》をめぐる航海《こうかい》に乗《の》りだすときを待《ま》ち、そのわきを、色《いろ》も形《かたち》もさまざまな商船《しょうせん》がいそがしく行《い》きかっている。大陸《たいりく》から来《く》るキャラック船《せん》、香辛料《こうしんりょう》を積《つ》んだ三角帆《さんかくほ》のアラブのダウ船《せん》。ずんぐりした中国《ちゅうごく》のジャンク船《せん》、小型《こがた》マストの優雅《ゆうが》なアメリカの快速帆船《かいそくはんせん》。テムズ川《がわ》の船頭《せんどう》たちの舟《ふね》が、それらの船《ふね》をとりかこむような形《かたち》で、交通整理《こうつうせいり》をしている。船頭《せんどう》たちはいつものように大声《おおごえ》をはりあげ、先《さき》を争《あらそ》って外国船《がいこくせん》を桟橋《さんばし》に誘導《ゆうどう》している。

ロンドンには東西《とうざい》ふたつの重要《じゅうよう》な地区《ちく》がある。東《ひがし》は経済《けいざい》の中心地《ちゅうしんち》シティ。各国《かっこく》の商人《しょうにん》が取引《とりひき》をしている。西《にし》はテムズの急《きゅう》カーブにそって広《ひろ》がる、行政《ぎょうせい》の中枢《ちゅうすう》ウェストミンスター地区《ちく》。魔術師《まじゅつし》たちが国《くに》の領土《りょうど》の拡大《かくだい》と保護《ほご》のために休《やす》みなくはたらいている。

少年《しょうねん》はロンドンの中心部《ちゅうしんぶ》で仕事《しごと》をすませ、歩《ある》いてウェストミンスターにもどるところだった。急《いそ》いでいる様子《ようす》はない。昼《ひる》にはまだ間《ま》があるというのに、外《そと》はすでに暑《あつ》く、えり足《あし》に汗《あせ》がにじんでいる。黒《くろ》いロングコートのすそがそよ風《かぜ》に軽《かる》くひるがえり、うしろになびく。少年《しょうねん》はそれがかっこよく見《み》えることを知《し》っていて、満足《まんぞく》そうに歩《ある》いていた。どことなくなぞめいた印象《いんしょう》をあたえるのだろう。すれちがう人々《ひとびと》がふり向《む》くのを感《かん》じる。これがほんとうに風《かぜ》の強《つよ》い日《ひ》だと、コートのすそが水平《すいへい》にはためき、とてもかっこいいとはいえないのだが。

少年《しょうねん》はリージェント通《どお》りを横切《よこぎ》り、白《しろ》い摂政時代風《せっしょうじだいふう》のビルのあいだを通《とお》って、ヘイマーケット劇場《げきじょう》のほうへ進《すす》んだ。清掃業者《せいそうぎょうしゃ》が劇場《げきじょう》の入《い》り口《ぐち》をはいている。若《わか》い果物《くだもの》の売《う》り子《こ》たちがすでに商売《しょうばい》を始《はじ》めている。ある娘《むすめ》のトレーには、形《かたち》のいい食《た》べごろのコロニアルオレンジが山《やま》と積《つ》まれていた。南《みなみ》ヨーロッパで戦争《せんそう》が始《はじ》まってからは、オレンジはめったに出回《でまわ》らなくなった。少年《しょうねん》は歩《ある》きながら手《て》を伸《の》ばし、売《う》り子《こ》の首《くび》から下《さ》がった小《ちい》さなスズの器《うつわ》に硬貨《こうか》を巧《たく》みに投《な》げ入《い》れると、オレンジを一個《こ》つかみとって歩《ある》いていく。売《う》り子《こ》が礼《れい》をいうのにもふり返《かえ》らず、歩調《ほちょう》をゆるめない。コートのすそがかっこよくひるがえる。

トラファルガー広場《ひろば》につい最近《さいきん》たてられたばかりの、色《いろ》とりどりの縞模様《しまもよう》のポールがならんでいる。作業員《さぎょういん》たちがポールのあいだにロープを張《は》っていた。ロープには赤《あか》、白《しろ》、青《あお》のしゃれた旗《はた》がたくさん結《むす》ばれている。少年《しょうねん》は立《た》ちどまってオレンジの皮《かわ》をむきながら、その作業《さぎょう》をながめた。

作業員《さぎょういん》のひとりが横《よこ》を通《とお》った。重《おも》い旗《はた》をかかえて汗《あせ》をかいている。

少年《しょうねん》は声《こえ》をかけた。「おい、きみ。これはなにごとだい?」

作業員《さぎょういん》の男《おとこ》は横目《よこめ》でちらりと見《み》て、少年《しょうねん》の黒《くろ》のロングコートに目《め》をとめると、あわてて頭《あたま》をさげた。手《て》にした旗《はた》を落《お》としそうになる。「明日《あす》の〈創始者記念日《そうししゃきねんび》〉の準備《じゅんび》です。国民《こくみん》の祝日《しゅくじつ》ですから」

「あ、グラッドストーンの誕生日《たんじょうび》か! すっかり忘《わす》れていた」少年《しょうねん》はオレンジの皮《かわ》のかけらを道《みち》ばたに投《な》げすてると、また歩《ある》きだした。作業員《さぎょういん》は旗《はた》をかかえなおし、小声《こごえ》で毒《どく》づいている。

ホワイトホール通《どお》りには大《おお》きな灰色《はいいろ》のビルが建《た》ちならび、ゆるぎない権力《けんりょく》のにおいがたちこめている。見《み》る者《もの》を威圧《いあつ》するながめだ。堂々《どうどう》とした大理石《だいりせき》の柱《はしら》に大《おお》きなブロンズのドア。無数《むすう》の窓《まど》には一日《いちにち》じゅう明《あ》かりがたえない。グラッドストーンをはじめとする、名士《めいし》の石像《せきぞう》がならんでいる。どの像《ぞう》も眉間《みけん》にシワをよせ、国家《こっか》の敵《てき》から正義《せいぎ》を守《まも》りぬこうという信念《しんねん》があらわれている。だが、少年《しょうねん》は像《ぞう》の前《まえ》を軽《かる》い足取《あしど》りで通《とお》りながら、悪《わる》びれる様子《ようす》もなく、残《のこ》っているオレンジの皮《かわ》をむいた。それから警護《けいご》の者《もの》に軽《かる》く頭《あたま》をさげ、身分証《みぶんしょう》をちらっと見《み》せると、通用門《つうようもん》から国家保安《こっかほあん》庁《ちょう》の中庭《なかにわ》に入《はい》った。大《おお》きなクルミの木《き》が影《かげ》を落《お》としている。少年《しょうねん》はようやく立《た》ちどまった。オレンジの残《のこ》りをほおばり、ハンカチで手《て》をふいてから、えり、そで、ネクタイを直《なお》し、最後《さいご》に髪《かみ》をうしろになでつける。よし、仕事《しごと》だ。

ラブレースのクーデター事件《じけん》のときの活躍《かつやく》で、ナサニエルが一躍《いちやく》エリートの仲間入《なかまい》りをしてから二年《ねん》がたった。十四歳《さい》のナサニエルは、サマルカンドの秘宝《ひほう》を政府《せいふ》に返《かえ》したときより頭《あたま》ひとつ分背《ぶんせ》がのびた。体《からだ》も大《おお》きくはなっていたが、あいかわらずやせていて、自慢《じまん》の黒髪《くろかみ》をはやりのくしゃっとしたロングにしている。勉強《べんきょう》ばかりしているせいで細面《ほそおもて》の青白《あおじろ》い顔《かお》をしているが、目《め》だけはぎらぎらし、動作《どうさ》のひとつひとつにおさえきれないエネルギーが感《かん》じられる。

ナサニエルは持《も》ち前《まえ》のするどい観察力《かんさつりょく》ですぐに気《き》づいた。国家《こっか》に仕《つか》える大勢《おおぜい》の魔術師《まじゅつし》のなかでひとかどの者《もの》になるには外見《がいけん》が重要《じゅうよう》だ。古《ふる》い服《ふく》など着《き》ていたら、二流《にりゅう》だと思《おも》われて相手《あいて》にされない。ナサニエルは外見《がいけん》にことのほか注意《ちゅうい》をはらっていた。国家保安庁《こっかほあんちょう》から給料《きゅうりょう》をもらうと、さっそく黒《くろ》の細身《ほそみ》のスーツと、イタリア製《せい》のロングコートを買《か》った。どっちも時代《じだい》を先取《さきど》りしたハイセンスな服《ふく》だと自負《じふ》している。靴《くつ》も先《さき》のとがった細身《ほそみ》のものをはき、ポケットチーフは日々《ひび》派手《はで》なものを選《えら》んで、胸元《むなもと》をはなやかに見《み》せている。そうやってビシッとキメて、官庁舎《かんちょうしゃ》の中庭《なかにわ》を、書類《しょるい》の束《たば》をかかえてきびきびと歩《ある》きまわった。その姿《すがた》はどこかツルやサギを思《おも》わせた。

ナサニエルはほんとうの名前《なまえ》をだれにも知《し》られていない。同僚《どうりょう》にも魔術師仲間《まじゅつしなかま》にも、公《おおやけ》の名《な》前《まえ》ジョン・マンドレイクで通《とお》っている。

以前《いぜん》にも、ふたりの魔術師《まじゅつし》がその名《な》を使《つか》っていたが、どちらも大《たい》して名《な》をあげてはいない。初《しょ》代《だい》はエリザベス女王時代《じょおうじだい》の錬金術師《れんきんじゅつし》で、宮廷《きゅうてい》でおこなわれた名高《なだか》い実験《じっけん》の場《ば》で鉛《なまり》を金《きん》に変《か》えて見《み》せた。だがこれは、あらかじめ金《きん》の球《たま》に薄《うす》い鉛《なまり》の膜《まく》をおおい、それに熱《ねつ》を加《くわ》えて、膜《まく》をとかしただけだった。アイディアは悪《わる》くはなかったが、結局《けっきょく》インチキがばれて、錬金術師《れんきんじゅつし》は首《くび》をはねられた。二代目《だいめ》ジョン・マンドレイクは家具職人《かぐしょくにん》の息子《むすこ》で、マイトの研究《けんきゅう》に一生《いっしょう》を費《つい》やした。この男《おとこ》は一七〇三種《しゅ》ものマイトを発見《はっけん》したが、あるときそのなかの一匹《ぴき》、小《こ》エリミドリハネスズメバチという二流《にりゅう》のマイトに刺《さ》され、体《からだ》が長《なが》イスほどにはれあがったあげく死《し》んでしまった。

前任者《ぜんにんしゃ》たちのこうした不名誉《ふめいよ》を、ナサニエルは気《き》にしていなかった。それどころかひそかにほくそえんでいた。ぼくがジョン・マンドレイクの名《な》をあげてやる……。

ナサニエルの師匠《ししょう》ジェシカ・ウィットウェルは年齢不詳《ねんれいふしょう》の女魔術師《おんなまじゅつし》だ。真《ま》っ白《しろ》なショートヘアで、体《からだ》は骨《ほね》と皮《かわ》といってもいいほどやせていた。政府《せいふ》の四強《きょう》のひとりとして、長《なが》いこと君臨《くんりん》している。ウィットウェルは弟子《でし》ナサニエルの才能《さいのう》をみとめ、それをじゅうぶんにのばしてやろうとしていた。

ナサニエルは河畔《かはん》にたつ師匠《ししょう》の豪邸《ごうてい》の広《ひろ》い一室《いっしつ》に住《す》み、規則正《きそくただ》しい規律《きりつ》ある生活《せいかつ》を送《おく》っていた。家《いえ》はモダンで家具《かぐ》が少《すく》なくすっきりとしている。床《ゆか》にはヤマネコの毛《け》のような灰色《はいいろ》のじゅうたんがしかれ、壁《かべ》はどこも純白《じゅんぱく》。家具《かぐ》はガラスやシルバーメタルや北欧《ほくおう》の白木《しらき》のものだった。整然《せいぜん》とした屋敷《やしき》は殺風景《さっぷうけい》といえなくもなかったが、ナサニエルはしだいに屋敷《やしき》のよさがわかってきた。この家《いえ》には、時代《じだい》をになう有能《ゆうのう》な魔術師《まじゅつし》に求《もと》められる自制心《じせいしん》、明解《めいかい》さ、効率《こうりつ》のよさがにじみ出《で》ている。

ウィットウェルの趣味《しゅみ》は、図書室《としょしつ》にもすみずみにまで活《い》かされていた。魔術師《まじゅつし》の家《いえ》の図書室《としょしつ》は暗《くら》く陰気《いんき》な場所《ばしょ》と決《き》まっていて、本《ほん》はたいていエキゾチックな動物《どうぶつ》の革《かわ》で装丁《そうてい》され、背表紙《せびょうし》にペンタクルやルーン文字《もじ》の呪文《じゅもん》の刺繍《ししゅう》がほどこされている。だが、それはもはや前世紀《ぜんせいき》のスタイルだと、ナサニエルはウィットウェルの家《いえ》に来《き》て思《おも》い知《し》った。ウィットウェルはヤロスラフ印刷社《いんさつしゃ》に注文《ちゅうもん》して、自分《じぶん》の本《ほん》をすべて白《しろ》の革装《かわそう》にし、索引《さくいん》をつくって黒《くろ》インクで一冊《さつ》ずつ番号《ばんごう》をしるしていた。

きれいな白《しろ》い本《ほん》がならぶ白壁《しらかべ》の部屋《へや》の中央《ちゅうおう》に、長方形《ちょうほうけい》のガラステーブルが置《お》かれている。ナサニエルはそこで週《しゅう》に二日《ふつか》、高度《こうど》な魔術《まじゅつ》の秘法《ひほう》を勉強《べんきょう》していた。

ウィットウェルの弟子《でし》になったばかりの一時期《いちじき》、ナサニエルは猛勉強《もうべんきょう》し、記録的《きろくてき》な速《はや》さで次々《つぎつぎ》に高度《こうど》な召喚《しょうかん》の技《わざ》を身《み》につけた。これには師匠《ししょう》もおどろき、よろこんだ。ナサニエルは数日《すうじつ》のうちに、もっとも低《てい》ランクの悪魔《あくま》（マイト、モウラー、ゴブリンインプ）から中級《ちゅうきゅう》（全《ぜん》レベルのフォリオット）上級《じょうきゅう》（さまざまなレベルのジン）の召喚《しょうかん》へと進《すす》んだ。

あるとき師匠《ししょう》は、ナサニエルが見《み》るからに強《つよ》そうなジンの青《あお》い尻《しり》をパンッとたたいて退去《たいきょ》させるのを見《み》とどけると、感心《かんしん》した様子《ようす》でいった。「大《たい》したものね、マンドレイク。ほんと天性《てんせい》だわ。ヘドルハムホールでもすばらしい勇気《ゆうき》と記憶力《きおくりょく》で強力《きょうりょく》な悪魔《あくま》を退去《たいきょ》させるのを見《み》せてもらったけど、ふつうの召喚《しょうかん》もこれだけこなせるとは知《し》らなかったわ。この調子《ちょうし》ではげめば、出世《しゅっせ》はまちがいなしね」

ナサニエルはひかえめに礼《れい》をいった。師匠《ししょう》の前《まえ》でやってみせた召喚《しょうかん》のほとんどが初《はじ》めてでないことはだまっていた。もちろん、十二歳《さい》ですでに中級《ちゅうきゅう》レベルのジンを召喚《しょうかん》したこともいっていないし、バーティミアスのことは決《けっ》して口《くち》にしなかった。

若《わか》き弟子《でし》の才能《さいのう》にこたえ、ウィットウェルは新《あたら》しい魔術《まじゅつ》の秘訣《ひけつ》を伝授《でんじゅ》してくれた。それこそナサニエルが長《なが》いこと望《のぞ》んでいたことだ。師匠《ししょう》の指導《しどう》のもと、ナサニエルは召喚《しょうかん》した悪魔《あくま》にいくつもの仕事《しごと》をさせたり、半永久的《はんえいきゅうてき》に仕《つか》えさせたりする術《すべ》を学《まな》んだ。もうアデルブランド・ペンタクルのようなめんどうな道具《どうぐ》にたよらずにすむ。さらに、敵《てき》のスパイから身《み》を守《まも》るために体《からだ》に網状《あみじょう》のセンサーを張《は》り、不意討《ふいう》ちにあったときに、即座《そくざ》に魔法《まほう》の攻撃《こうげき》を流《なが》し去《さ》る〈大奔流《だいほんりゅう》〉も知《し》った。こうしてナサニエルは、ほんのわずかのあいだに五、六歳年上《さいとしうえ》の魔術師《まじゅつし》たちと同《おな》じだけの知識《ちしき》を吸収《きゅうしゅう》し、公《おおやけ》の仕事《しごと》につく準備《じゅんび》がととのった。

新米《しんまい》の魔術師《まじゅつし》はだれであれ、最初《さいしょ》は下級役人《かきゅうやくにん》としてはたらくことになっている。そこで実務《じつむ》を通《とお》して学《まな》んでいくのだ。仕事《しごと》につく年齢《ねんれい》は、才能《さいのう》や師匠《ししょう》の力《ちから》によって変《か》わってくる。ナサニエルには才能《さいのう》と有能《ゆうのう》な師匠《ししょう》のほかに、別《べつ》のあとおしもあった。ホワイトホール界隈《かいわい》のカフェでは有名《ゆうめい》な話《はなし》だが、ナサニエルはデバルー首相《しゅしょう》から目《め》をかけられているのだ。スタートからみんなの注目《ちゅうもく》をあびるのは当然《とうぜん》のことだった。

師匠《ししょう》はナサニエルにいった。「秘密《ひみつ》は決《けっ》してもらさないこと。とくに自分《じぶん》のほんとうの名前《なまえ》はね。おぼえていたらだけど。とにかく貝《かい》のように口《くち》をとざしなさい。でないとあれこれさぐられるわよ」

「だれにさぐられるんですか？」ナサニエルはきいた。

「これから敵《てき》になるかもしれない相手《あいて》。だれだって、ひとの弱《よわ》みはにぎりたいものよ」

魔術師《まじゅつし》は生《う》まれたときの名前《なまえ》をひとに知《し》られたら大《おお》きな弱点《じゃくてん》となる。ナサニエルはとにかく用心《ようじん》していた。最初《さいしょ》のうちはつけこみやすいタイプと思《おも》われたらしく、パーティではきれいな女魔術師《おんなまじゅつし》が入《い》れかわり立《た》ちかわりよってきては、さかんにほめそやし、生《お》い立《た》ちなどをしきりにたずねてきた。ナサニエルはそうした見《み》えすいた誘導尋問《ゆうどうじんもん》を軽《かる》く受《う》け流《なが》していたが、そのうちもっと危険《きけん》な手《て》が使《つか》われるようになった。寝《ね》ているあいだにインプが部屋《へや》に忍《しの》びこみ、ナサニエルの耳元《みみもと》で甘《あま》い言葉《ことば》をささやきながら、本名《ほんみょう》を聞《き》きだそうとしたこともあった。あのとき対岸《たいがん》のビッグベンの鐘《かね》が鳴《な》らなければ、うっかり本名《ほんみょう》を明《あ》かしていたかもしれない。大《おお》きな鐘《かね》の音《ね》で眠《ねむ》りからさめ、目《め》をあけたとき、ベッドのすみでうずくまっているインプを見《み》つけた。ナサニエルはすぐになじみのフォリオットを呼《よ》んだ。フォリオットはインプをつかまえると、つぶして小石《こいし》に変《か》えた。

インプを石《いし》にしてしまったせいで、インプをあやつっている魔術師《まじゅつし》がだれかはききだせなかった。この一件《いっけん》以来《いらい》、ナサニエルはこのフォリオットに夜《よる》じゅう寝室《しんしつ》を見張《みは》らせている。

やがて、ジョン・マンドレイクの身元《みもと》はそうかんたんにききだせそうもない、とわかると、それ以上《いじょう》の詮索《せんさく》はなくなった。そして、十四歳《さい》になるかならないかでナサニエルは予定《よてい》どおり任命《にんめい》を受《う》け、国家保安庁《こっかほあんちょう》の職《しょく》についた。

2 レジスタンス団《だん》

オフィスに着《つ》くと、ナサニエルは秘書官《ひしょかん》の冷《つめ》たい視線《しせん》と、今《いま》にもくずれてきそうな未決書類《みけつしょるい》の山《やま》にむかえられた。

秘書官《ひしょかん》は赤毛《あかげ》の髪《かみ》をなでつけた小《こ》ぎれいな若者《わかもの》で、部屋《へや》から出《で》ようとしたところで立《た》ちどまっていった。「遅刻《ちこく》だぞ、マンドレイク」神経質《しんけいしつ》そうに指《ゆび》でメガネをすっとおしあげる。「今度《こんど》はどんな言《い》い訳《わけ》をするつもりだ？　立場《たちば》をわきまえろよ。われわれ常勤者《じょうきんしゃ》と同《おな》じなんだ」秘書官《ひしょかん》はドアのそばでぐずぐずしながら、ひどくふきげんな顔《かお》をした。

ナサニエルはイスにどっかと腰《こし》をおろした。机《つくえ》に足《あし》をのせたくなったが、目立《めだ》ちすぎてはいけない。そこでただやる気《き》のない笑《え》みを見《み》せるだけにした。「タロー長官《ちょうかん》と事件現場《じけんげんば》に立《た》ち会《あ》っていたんだ。朝《あさ》の六時《じ》から。なんなら、長官《ちょうかん》がもどってきたらきいてくれ。くわしく説明《せつめい》してくれるだろう。それほどの機密《きみつ》じゃなければね。ところでジェンキンス、きみのほうはなにをしてたんだい？　コピー取《と》りか？」

秘書官《ひしょかん》はくやしそうに歯《は》を食《く》いしばり、メガネをおしあげた。「ま、せいぜいがんばれよ、マンドレイク。おまえは今《いま》、首相《しゅしょう》のお気《き》に入《い》りだが、いつしくじるともかぎらないからな。また事件《じけん》だって？　今週《こんしゅう》もう二件目《けんめ》だろ？　どうせすぐに皿洗《さらあら》いにもどされて、そのあとは……まあいずれわかるさ」秘書官《ひしょかん》はもったいぶって背《せ》を向《む》けると、さっさと部屋《へや》を出《で》ていった。

ナサニエルは閉《し》まったドアをにらみつけ、それからちょっと宙《ちゅう》を見《み》つめると、しょぼつく目《め》をこすり、腕時計《うでどけい》を見《み》た。まだ九時《じ》四十五分《ふん》か。今日《きょう》は長《なが》い一日《いちにち》になりそうだ。山積《やまづ》みの書類《しょるい》にようやく目《め》を向《む》けると、ナサニエルはため息《いき》をついて、シャツのそで口《ぐち》を直《なお》し、いちばん上《うえ》のファイルに手《て》をのばした。

ナサニエルは子《こ》どものときからこの仕事《しごと》にずっと興味《きょうみ》をもってきた。国家保安庁《こっかほあんちょう》は師匠《ししょう》ジェシカ・ウィットウェルが大臣《だいじん》をつとめる巨大組織《きょだいそしき》、治安省《ちあんしょう》の一部《いちぶ》だ。以前《いぜん》は独立《どくりつ》した省《しょう》だったが、前《まえ》の師匠《ししょう》アーサー・アンダーウッドの死後《しご》、首相《しゅしょう》からの信頼《しんらい》のあついウィットウェルの支配下《しはいか》に入《はい》っている。ここではさまざまな犯罪《はんざい》、とくに海外《かいがい》の暴動《ぼうどう》や国内《こくない》の反体制派《はんたいせいは》によるテロの捜査《そうさ》を担当《たんとう》している。ナサニエルは入庁《にゅうちょう》した当初《とうしょ》、ファイリング、コピー、お茶《ちゃ》くみといった雑務《ざつむ》しかやらせてもらえなかったが、その期間《きかん》はそれほど長《なが》くはなかった。

その出世《しゅっせ》の早《はや》さは、ライバルたちが陰口《かげぐち》をたたいているような「単《たん》なるえこひいき」によるものではなかった。たしかに首相《しゅしょう》と治安大臣《ちあんだいじん》のジェシカ・ウィットウェルの後《うし》ろ盾《だて》はあったし、このふたりに逆《さか》らおうとする人間《にんげん》は庁内《ちょうない》にはだれもいなかったが、ナサニエル自身《じしん》が無能《むのう》で、なみの仕事《しごと》しかできなければ、そんな後《うし》ろ盾《だて》も意味《いみ》がない。ナサニエルは才能《さいのう》にめぐまれているうえに、一生懸命《いっしょうけんめい》はたらいた。出世《しゅっせ》はめざましく、数《すう》か月《げつ》のうちに単調《たんちょう》な事務《じむ》の仕事《しごと》をてきぱきこなし、十五歳《さい》を前《まえ》に、国家保安庁長官《こっかほあんちょうちょうかん》ジュリアス・タローの補佐官《ほさかん》になった。

タローは背《せ》が低《ひく》く、体《からだ》も気性《きしょう》も闘牛《とうぎゅう》のような男《おとこ》だった。いちばんマシなときでも無愛想《ぶあいそう》でイラついている。不意《ふい》に怒《おこ》りだして、部下《ぶか》があわててきげんをとることもよくある。ほかの目立《めだ》つ特徴《とくちょう》は顔色《かおいろ》だった。異常《いじょう》に黄色《きいろ》く、ラッパズイセンのようなあざやかな色《いろ》をしている。庁内《ちょうない》で原因《げんいん》を知《し》っている者《もの》はいなかったが、遺伝《いでん》ではないかという者《もの》もいた。魔術師《まじゅつし》とサキュバスの子《こ》だからだろうというのだ。だが、人間《にんげん》と妖霊《ようれい》の混血《こんけつ》など生物学的《せいぶつがくてき》にありえないため、魔法《まほう》にでもやられたんだろうというのが定説《ていせつ》だった。ナサニエルもそう考《かんが》えていた。いずれにしろ、タローはその件《けん》についてはロ《くち》をつぐんでいる。えりを立《た》て、髪《かみ》をのばして、つねにつばの広《ひろ》い帽子《ぼうし》をかぶり、部下《ぶか》たちが自分《じぶん》の顔色《かおいろ》について軽口《かるくち》をたたいていないかといつも耳《みみ》をそばだてている。

国家保安庁《こっかほあんちょう》にはほかに十八名《めい》の職員《しょくいん》がいる。一般人《いっぱんじん》もふたりいて、魔術《まじゅつ》を必要《ひつよう》としない管理業《かんりぎょう》務《む》を受《う》けもっている。一方《いっぽう》、レベル四の魔術師《まじゅつし》フォークスもいた。ナサニエルは日《ひ》ごろからだれに対《たい》しても礼儀正《れいぎただ》しくふるまうようにしていたが、秘書官《ひしょかん》のクライブ・ジェンキンスだけは別《べつ》だった。ジェンキンスは初対面《しょたいめん》のときから、年下《としした》で頭角《とうかく》をあらわしたナサニエルを毛《け》ぎらいしていた。ナサニエルのほうも平気《へいき》で生意気《なまいき》な態度《たいど》をとった。だが心配《しんぱい》はまったくない。ジェンキンスにはコネも実力《じつりょく》もないのだ。

国家保安庁長官《こっかほあんちょうちょうかん》のタローはすぐにナサニエルの非凡《ひぼん》な才能《さいのう》に気《き》づき、重要《じゅうよう》でむずかしい仕事《しごと》にあたらせた。〈レジスタンス団《だん》〉と呼《よ》ばれる正体不明《しょうたいふめい》のグループの捜査《そうさ》だ。

この急進派《きゅうしんは》グループの目的《もくてき》はあきらかだった。魔術師中心《まじゅつしちゅうしん》の社会《しゃかい》に反旗《はんき》をひるがえし、一般人《いっぱんじん》の統治《とうち》する無秩序状態《むちつじょじょうたい》にもどそうというのだ。ここ数年《すうねん》、レジスタンス団《だん》の活動《かつどう》は目《め》に見《み》えて過激《かげき》になってきた。うっかり者《もの》や運《うん》の悪《わる》い魔術師《まじゅつし》から各種《かくしゅ》の魔術用品《まじゅつようひん》を盗《ぬす》み、それを武器《ぶき》に政府関係者《せいふかんけいしゃ》や政府《せいふ》の財産《ざいさん》を手当《てあ》たりしだいに襲撃《しゅうげき》する。官庁街《かんちょうがい》のビルがいくつか大《おお》きな被害《ひがい》を受《う》け、かなりの死者《ししゃ》もでた。いちばん大胆《だいたん》だったのは、首相暗殺未遂事件《しゅしょうあんさつみすいじけん》だ。これには政府《せいふ》もきびしい態度《たいど》をとった。一般人《いっぱんじん》が多数《たすう》、容疑者《ようぎしゃ》として逮捕《たいほ》され、そのうち数人《すうにん》が死刑《しけい》に、残《のこ》りは牢獄船《ろうごくせん》で植民地《しょくみんち》へ強制移送《きょうせいいそう》された。こうした見《み》せしめ的措置《てきそち》にもかかわらず、テロはいっこうにやまず、タローは首脳部《しゅのうぶ》のいらだちを感《かん》じとっていた。

ナサニエルはこの難題《なんだい》を一も二もなく引《ひ》き受《う》けた。以前《いぜん》、レジスタンス団《だん》の連中《れんちゅう》に偶然《ぐうぜん》出《で》くわし、そのとき、グループの正体《しょうたい》が少《すこ》しわかった気《き》がしたからだ。ナサニエルは数年前《すうねんまえ》のある夜《よる》、一般人《いっぱんじん》の子《こ》ども三人《にん》が魔術用品《まじゅつようひん》の闇取引《やみとりひき》をしているのに出《で》くわした。あまりいい思《おも》い出《で》ではなかった。あっという間《ま》に〈占《うらな》い盤《ばん》〉を盗《ぬす》まれ、あやうく殺《ころ》されかかったのだ。復讐《ふくしゅう》しなければ気《き》がすまない。

しかし、ことはそうかんたんには運《はこ》ばなかった。

わかっているのは三人《にん》の名前《なまえ》だけ。フレッド、スタンリー、キティ。フレッドとスタンリーは新聞売《しんぶんう》りだったので、ナサニエルはまず、小《ちい》さな〈捜索玉《そうさくだま》〉を使《つか》って街《まち》じゅうの新聞売《しんぶんう》りをひとり残《のこ》らず追跡《ついせき》した。だが収穫《しゅうかく》はゼロ。どうやらふたりは職《しょく》を変《か》えたらしい。

次《つぎ》にナサニエルは上司《じょうし》にかけあい、諜報員《ちょうほういん》をよりすぐり、スパイ活動《かつどう》にあたらせた。数人《すうにん》の諜《ちょう》報員《ほういん》がすでに半年《はんとし》以上《いじょう》ロンドンの裏社会《うらしゃかい》にもぐりこんでいて、一般人《いっぱんじん》にとけこみ、〝盗難魔術品《とうなんまじゅつひん》〟に興味《きょうみ》をもちそうな人物《じんぶつ》を見《み》つけて売《う》りこめと指示《しじ》を受《う》けている。ナサニエルはこの作戦《さくせん》でレジスタンス団《だん》のメンバーをあぶりだせるだろうと思《おも》っていた。

しかし、成果《せいか》はいっこうにあがっていない。ほとんどの諜報員《ちょうほういん》は魔術品《まじゅつひん》に人々《ひとびと》の興味《きょうみ》をひきつけるのに失敗《しっぱい》し、うまくいった唯一《ゆいいつ》の男《おとこ》はなんの報告《ほうこく》もなしに姿《すがた》を消《け》してしまった。その後《ご》、その男《おとこ》の遺体《いたい》がテムズ川《がわ》に浮《う》かんでいるのが発見《はっけん》された。ナサニエルは落胆《らくたん》した。

新《あたら》しい作戦《さくせん》はふたりのフォリオットに浮浪児《ふろうじ》をよそおわせ、昼《ひる》に街《まち》を歩《ある》きまわらせるというものだ。レジスタンス団《だん》のメンバーの多《おお》くは、帰《かえ》る家《いえ》のない不良少年《ふりょうしょうねん》だ。待《ま》っていれば、そのうち新入《しんい》りを勧誘《かんゆう》するだろうと思《おも》っていたのだが、これまでのところエサに食《く》いつく気配《けはい》はない。

その朝《あさ》、オフィスの空気《くうき》は熱《あつ》く、よどんでいた。ハエが窓《まど》ガラスで羽音《はおと》をたてている。ナサニエルはコートをぬぎ、たっぷりしたそでをまくりあげた。あくびをかみ殺《ころ》しながら、大量《たいりょう》の書類《しょるい》に目《め》をとおしていく。ほとんどが最新《さいしん》のテロ事件《じけん》に関《かん》するものだった。たとえばホワイトホールの裏通《うらどお》りの商店《しょうてん》の襲撃《しゅうげき》。明《あ》け方《がた》、小《ちい》さな火《ひ》の玉状《たまじょう》の爆発物《ばくはつぶつ》が店《みせ》の天窓《てんまど》から投《な》げこまれ、店《みせ》の主人《しゅじん》が重傷《じゅうしょう》を負《お》った。魔術師相手《まじゅつしあいて》にタバコや香《こう》を売《う》る店《みせ》なので、標的《ひょうてき》にされたらしい。目撃者《もくげきしゃ》はなく、あたりに〈捜索玉《そうさくだま》〉もいなかった。ナサニエルは小声《こごえ》で毒《どく》づいた。「だめだ。なんの手《て》がかりもない」書類《しょるい》を放《ほう》り投《な》げ、別《べつ》の報告書《ほうこくしょ》を手《て》にとる。首相《しゅしょう》を中傷《ちゅうしょう》する落書《らくが》きがまた、ロンドンじゅうの人通《ひとどお》りの少《すく》ない場所《ばしょ》の壁《かべ》になぐり書《が》きされているのが発見《はっけん》されたらしい。ナサニエルはため息《いき》をつくと、落書《らくが》きを消《け》す指示書《しじしょ》にサインした。が、塗装作業員《とそうさぎょういん》が壁《かべ》をきれいにしたところで、どうせまたすぐにやられることはわかっていた。

ようやく昼休《ひるやす》みになり、ナサニエルはビザンチン大使館《たいしかん》のガーデンパーティに出席《しゅっせき》した。翌日《よくじつ》の〈創始者記念日《そうししゃきねんび》〉の前祝《まえいわ》いだ。ナサニエルは出席者《しゅっせきしゃ》のあいだをぶらぶら歩《ある》きながら、ゆううつな気分《きぶん》でいた。レジスタンス団《だん》の件《けん》が心《こころ》に重《おも》くのしかかる。

庭《にわ》のすみでアルコール入《い》りのフルーツパンチを銀《ぎん》のボウルからよそっているとき、気《き》づくとそばに若《わか》い女性《じょせい》が立《た》っていた。ナサニエルは少《すこ》しのあいだ用心深《ようじんぶか》く女性《じょせい》を見《み》つめ、相手《あいて》にスマートな印象《いんしょう》をあたえるよう気《き》をくばりながらいった。「ファーラーさん、このまえは、ほんとうにお手柄《てがら》でしたね」

ジェーン・ファーラーはもごもごと礼《れい》をいった。「チェコのスパイ一味《いちみ》をつかまえただけよ。オランダ経由《けいゆ》で、漁船《ぎょせん》で潜入《せんにゅう》したんだけど、素人同然《しろうとどうぜん》。忠実《ちゅうじつ》な一般人《いっぱんじん》の通報《つうほう》のおかげだわ」

ナサニエルはほほえんだ。「ずいぶん謙虚《けんきょ》ですね。スパイは警察《けいさつ》に追《お》われながらイギリスを半周《はんしゅう》するあいだに、魔術師《まじゅつし》を何人《なんにん》か殺《ころ》したらしいじゃないですか」

「とるに足《た》らない事件《じけん》が少《すこ》しあっただけ」

「それでもお手柄《てがら》ですよ」ナサニエルはパンチにちょっと口《くち》をつけながら、皮肉《ひにく》をこめたお世辞《せじ》に満足《まんぞく》していた。ファーラーの師匠《ししょう》は警察庁長官《けいさつちょうちょうかん》のヘンリー・デュバール。ジェシカ・ウィットウェルの強力《きょうりょく》なライバルだ。このようなパーティの席《せき》で、ファーラーとナサニエルは、いつもネコのようにイヤミをいいあっていた。わざとらしくお世辞《せじ》をいい、用心深《ようじんぶか》く爪《つめ》をかくして根《こん》くらべをしている。

「ジョン・マンドレイク、あなたのほうは？」ジェーン・ファーラーが快活《かいかつ》にいった。「やっかいなレジスタンス団捜査《だんそうさ》の責任者《せきにんしゃ》に任命《にんめい》されたってほんとなの？　それだってすごいことよ！」

「情報《じょうほう》を集《あつ》めているだけです。諜報員《ちょうほういん》がいそがしく動《うご》いています。大《たい》しておもしろくないですよ」

ジェーン・ファーラーは銀《ぎん》のレードルに手《て》をのばし、パンチボウルをゆっくりかきまわした。

「そうかもしれないけど、その若《わか》さで経験《けいけん》もないのに、そんな立場《たちば》に立《た》つなんて前例《ぜんれい》のないことよ。ほんとすごいわ。もう一杯《ぱい》どう？」

「あ、いえ、結構《けっこう》です」ナサニエルは動揺《どうよう》して顔《かお》が赤《あか》くなるのを感《かん》じた。たしかにファーラーのいうとおりだ。自分《じぶん》は年《とし》も若《わか》いし、経験《けいけん》も浅《あさ》い。みんな、いつ失敗《しっぱい》するかと注目《ちゅうもく》しているのだ。

ナサニエルは顔《かお》がこわばるのを必死《ひっし》でこらえた。「半年以内《はんとしいない》にレジスタンス団《だん》をつぶしてみせますよ」と意気《いき》ごんだ。

ファーラーはパンチをグラスにつぐと、まゆをつりあげ、さも愉快《ゆかい》そうにナサニエルを見《み》つめた。「すごいわ。三年《ねん》も追跡《ついせき》してなんの進展《しんてん》もないのに、半年以内《はんとしいない》につぶすなんて！　でもあなたならできると思《おも》う。もう一人前《いちにんまえ》の紳士《しんし》ですものね」

またカッと顔《かお》が熱《あつ》くなり、ナサニエルは感情《かんじょう》をおしかくした。ジェーン・ファーラーはナサニエルより三、四歳年上《さいとしうえ》で、背《せ》も少《すこ》し高《たか》いかもしれない。まっすぐな黒髪《くろかみ》を肩《かた》にたらし、人《ひと》をまどわしそうな緑《みどり》の瞳《ひとみ》にはずるがしこさをたたえている。そばにいると、ナサニエルは自分《じぶん》がマヌケでさえない人間《にんげん》のように思《おも》えた。胸元《むなもと》のフリルのついた赤《あか》いチーフがかえってみじめだ。ナサニエルは言《い》い訳《わけ》しようとあせるあまり、ついよけいなことまでしゃべっていた。

「被害者《ひがいしゃ》たちの証言《しょうげん》から、レジスタンス団《だん》は若者《わかもの》のグループだとわかっています。不覚《ふかく》にもひとりかふたり殺《ころ》してしまったんですが、われわれと変《か》わらない若者《わかもの》でした」ナサニエルは「われわれ」というところをさりげなく強調《きょうちょう》した。「解決策《かいけつさく》もあきらかです。レジスタンス団《だん》の組織《そしき》にスパイを忍《しの》びこませて、やつらの信用《しんよう》を得《え》てしまえば、リーダーに接触《せっしょく》するとっかかりがつかめる……一気《いっき》に解決《かいけつ》できるでしょう」

ファーラーがまた愉快《ゆかい》そうにほほえんだ。「ほんとにそんなにかんたんにいくかしら？」

ナサニエルは肩《かた》をすくめた。「ぼく自身《じしん》、リーダーと接触《せっしょく》しかけたことがありますからね。何年《なんねん》か前《まえ》ですけど。ですから可能性《かのうせい》はありますよ」

「ほんとに？」ファーラーは目《め》を見張《みは》った。本気《ほんき》で興味《きょうみ》をもったらしい。「ね、くわしく聞《き》かせて」

ナサニエルはそこでわれに返《かえ》った。三つのS。安全《safe》、秘密《secret》、力《strong》。もらす情報《じょうほう》は少《すく》ないほどいい。

ナサニエルは目《め》をそらした。

「あ、師匠《ししょう》がひとりでいらしたようです。ぼくがお供《とも》をしないと。ファーラーさん、失礼《しつれい》してもかまいませんか？」

ナサニエルは早々《そうそう》にパーティをぬけだすと、イラついた気分《きぶん》でオフィスにもどり、そのまま自分《じぶん》の召喚部屋《しょうかんべや》にひっこんで、呪文《じゅもん》をとなえだした。ふたりのフォリオットが命《めい》じられた孤児《こじ》の姿《すがた》のままあらわれた。おどおどして小《ちい》さくなっている。

「それで？」ナサニエルはかみつくようにいった。

「今《いま》のところ、収穫《しゅうかく》なしです」金髪《きんぱつ》のフォリオットがいった。「街《まち》の子《こ》どもたちはぼくらを完全《かんぜん》に無視《むし》してます」

「運《うん》がよければ、無視《むし》されるかわりに物《もの》を投《な》げつけられますけど」ぼさぼさ頭《あたま》のフォリオットがうなずいていった。

ナサニエルはかっとなった。「なにっ！　お――」

「なにをって、えーと、缶《かん》、ビン、小石《こいし》などです」

「そんなことをきいてるんじゃない！　おまえたちを見《み》たら同情《どうじょう》するのがふつうだろう。そんな冷《れい》酷《こく》な連中《れんちゅう》は全員刑務所《ぜんいんけいむしょ》行きだ！　いったいどういうことだ？　ふたりともかわいく見《み》えるし、やせていて、いかにもふびんだ。かばってやりたいと思《おも》うのがあたりまえだろう」

ふたりの孤児《こじ》は、いたいけな顔《かお》で首《くび》をふった。「いいえ、それどころか、さもイヤそうな目《め》で見《み》ます。まるでこっちの正体《しょうたい》がわかっているといわんばかりで……」

「バカな！　やつらはコンタクトレンズをもってないだろう？　おまえたちがミスしたんじゃないか？　まさかうっかり正体《しょうたい》を見《み》せてないだろうな？　空中《くうちゅう》に浮《う》いたり角《つの》を出《だ》したり、やつらの前《まえ》でなにかバカなことはしていないか？」

「誓《ちか》ってそんなことはしていません」

「していません。けど、クローヴィスが一度《ど》だけしっぽをかくし忘《わす》れました」

「あ、チクッたな！　ご主人《しゅじん》さま、ウソです」

ナサニエルはいらだたしげにクローヴィスの頭《あたま》をはたいた。「もういい！　そんなことはどうだっていい。とにかくすぐに成果《せいか》をあげないと、ふたりとも〈針《はり》のむしろ〉の罰《ばつ》だぞ。年《とし》かっこうを変《か》えたりして別行動《べっこうどう》しろ。少《すこ》し病弱《びょうじゃく》そうに見《み》せて同情《どうじょう》をひくんだ。ただし前《まえ》にもいったが、伝染病《でんせんびょう》はだめだぞ。さあ行《い》け。さっさと行《い》くんだ！」

ナサニエルは机《つくえ》にもどると、渋《しぶ》い顔《かお》で状況《じょうきょう》を考《かんが》えあわせた。あのフォリオットたちには期待《きたい》できない。だいたい下級《かきゅう》の悪魔《あくま》だし……それがいけなかったのかもしれない。フォリオットふぜいが人間《にんげん》になりきるのは、どだい無理《むり》なのだ。だが、それでも子《こ》どもたちがフォリオットの正体《しょうたい》を見《み》やぶれるはずはない。バカげている。ナサニエルはすぐにその考《かんが》えを頭《あたま》から追《お》いはらった。

もしフォリオットが失敗《しっぱい》したら、次《つぎ》の手《て》は？　レジスタンス団《だん》は毎週《まいしゅう》事件《じけん》を起《お》こしている。魔《ま》術師《じゅつし》の屋敷《やしき》に空《あ》き巣《す》に入《はい》ったり、車《くるま》を盗《ぬす》んだり、店《みせ》やオフィスを襲撃《しゅうげき》したり。手口《てぐち》はどれも、すきをねらった犯罪《はんざい》。すばしこい小《ちい》さなグループで、どういうわけかパトロール中《ちゅう》の〈捜索玉《そうさくだま》〉やほかの悪魔《あくま》の目《め》をかいくぐってやってのける。みごとというほかはない。それに対《たい》し、なんの打《だ》開策《かいさく》もないとは。

ナサニエルはタロー長官《ちょうかん》の堪忍袋《かんにんぶくろ》の緒《お》が切《き》れかかっているのもわかっていた。クライブ・ジェンキンスやジェーン・ファーラーがからかってきたってことは、みんな国家保安庁《こっかほあんちょう》の苦戦《くせん》を知《し》っているのだろう。ナサニエルはエンピツでメモ帳《ちょう》をたたきながら、レジスタンス団《だん》の三人組《にんぐみ》に思《おも》いをめぐらせた。フレッド、スタンリー……ふたりのことを思《おも》いだすだけでくやしさに歯《は》ぎしりし、メモ帳《ちょう》をたたく音《おと》がはげしくなる。いつかつかまえてやる。ぜったいに！　それにあのキティとかいう子《こ》！　黒髪《くろかみ》と気性《きしょう》のはげしそうな顔《かお》が暗《くら》がりにちらっと見《み》えた。あの子《こ》がリーダーだ。まだロンドンにいるだろうか？　それともどこか遠《とお》く、警察《けいさつ》の手《て》のとどかないところに逃《に》げたか？　とにかく、ほんのわずかでいいから手《て》がかりがほしい。そしたらすぐに食《く》らいついてやる！

だが手《て》がかりはなかった。

「おまえたちは何者《なにもの》なんだ？」ナサニエルは心《こころ》のなかでいった。「どこにかくれている？」

エンピツが手《て》のなかでバキッと折《お》れた。

3 キティの決心《けっしん》

今《いま》にも不思議《ふしぎ》なことが起《お》こりそうな夜《よる》。アンズ色《いろ》の大《おお》きな満月《まんげつ》が光輪《こうりん》をまとい、砂漠《さばく》の空《そら》にこうこうと輝《かがや》いている。いく筋《すじ》かの雲《くも》が月《つき》を横切《よこぎ》って去《さ》っていくと、空《そら》が巨大《きょだい》なクジラの腹《はら》のように青光《あおびか》りした黒《くろ》につやめく。月光《げっこう》が遠《とお》くの砂丘《さきゅう》を包《つつ》み、谷間《たにま》にもさしこむ。金色《きんいろ》の光《ひかり》が崖《がけ》の輪郭《りんかく》を浮《う》きあがらせ、砂岩《さがん》の床《ゆか》を洗《あら》っている。

ワジ（北《きた》アフリカの涸《か》れ谷《だに》）は深《ふか》く細《ほそ》い。谷《たに》の片方《かたほう》の斜面《しゃめん》には大《おお》きな岩《いわ》がせりだし、その下《した》は漆黒《しっこく》の闇《やみ》におおわれている。岩《いわ》かげには小《ちい》さな火《ひ》が燃《も》えていた。赤《あか》い炎《ほのお》は弱々《よわよわ》しく、まわりを照《て》らす力《ちから》もほとんどない。細《ほそ》い煙《けむり》がたちのぼり、冷《つめ》たい夜《よる》の空《そら》に流《なが》れていった。

岩《いわ》かげの月明《つきあ》かりがとどくぎりぎりのところで、男《おとこ》がひとり、火《ひ》の前《まえ》であぐらをかいている。頭《あたま》は丸坊主《まるぼうず》、たくましい体《からだ》は油《あぶら》で輝《かがや》いている。重《おも》そうな金《きん》のイアリングをぶらさげ、顔《かお》はうつろだ。やがて身《み》じろぎし、腰《こし》の布袋《ぬのぶくろ》からビンをとりだした。飲《の》み口《くち》の金属《きんぞく》の栓《せん》をゆっくりと、しかし砂漠《さばく》のライオンを思《おも》わせる力強《ちからづよ》さでやすやすとぬき、中身《なかみ》を飲《の》みほす。それからビンを放《ほう》り投《な》げ、炎《ほのお》を見《み》つめた。

ほどなく、谷間《たにま》じゅうに奇妙《きみょう》なにおいが広《ひろ》がった。遠《とお》くにチターの音色《ねいろ》が聞《き》こえる。魔術師《まじゅつし》はうとうとし、そのままうなだれた。目《め》を半分《はんぶん》とじ、すわったまま眠《ねむ》っている。チターの音《おと》が大《おお》きくなった。まるで地《ち》の底《そこ》から聞《き》こえてくるようだ。

暗闇《くらやみ》から女《おんな》があらわれた。小《ちい》さなたき火《び》のそばを通《とお》り、眠《ねむ》る男《おとこ》のわきを過《す》ぎて、光《ひかり》のさす谷間《たにま》の中央《ちゅうおう》に進《すす》み出《で》た。チターの音色《ねいろ》がさらに大《おお》きくなり、女《おんな》の美《うつく》しさをたたえるように月光《げっこう》が輝《かがや》きを増《ま》したかに見《み》える。あらわれたのは若《わか》い女《おんな》の奴隷《どれい》だった。まずしくて、着《き》ている服《ふく》も粗末《そまつ》だ。ゆたかな黒髪《くろかみ》が歩《ある》くたびにゆれる。顔《かお》は陶器《とうき》のように白《しろ》くなめらかで、大《おお》きな瞳《ひとみ》には涙《なみだ》をたたえている。最初《さいしょ》ためらいがちだった娘《むすめ》が、とつぜん感情《かんじょう》をあらわにして、はげしく踊《おど》りはじめた。腰《こし》を低《ひく》くして何度《なんど》もまわる。今《いま》にもやぶれそうな衣装《いしょう》のドレープが、動《うご》きについていけずにぎこちなくゆれる。ほっそりした腕《うで》を誘《さそ》うように動《うご》かしながら、娘《むすめ》は孤独《こどく》と欲望《よくぼう》に満《み》ちた不思議《ふしぎ》な歌《うた》を口《くち》ずさんでいる。

娘《むすめ》が踊《おど》るのをやめた。絶望《ぜつぼう》の表情《ひょうじょう》でりんと顔《かお》をあげ、月《つき》を見《み》あげる。音楽《おんがく》がやみ、静寂《せいじゃく》が広《ひろ》がる。

どこからか声《こえ》がした。風《かぜ》が運《はこ》んできたかのようなかすかな声《こえ》。「アマリリス……」

娘《むすめ》はおどろいて、あたりを見《み》まわした。しかし、岩《いわ》と空《そら》と琥珀色《こはくいろ》の月《つき》のほかはなにも見《み》えない。娘《むすめ》は小《ちい》さくため息《いき》をついた。

「わたしのアマリリス……」

「バーティラクさま？　あなたなの？」娘《むすめ》がふるえたかすれ声《ごえ》でこたえた。

「そうだ」

「どこにいるの？　わたしをからかっているのね？」

「わたしは月《つき》にかくれているのだ。きみの美《うつく》しさでわたしの成分《せいぶん》が燃《も》えてしまうのではないかと恐《おそ》れている。その胸元《むなもと》にかかっている薄《うす》い紗《しゃ》で顔《かお》をかくしておくれ。そうしたら、そばに行《い》こう」

「ああ、バーティラクさま！　すぐに顔《かお》をかくすわ！」娘《むすめ》はいわれたとおりにした。暗闇《くらやみ》のあちこちから、ふたりを応援《おうえん》するようなつぶやき声《ごえ》が聞《き》こえる。だれかがせきをした。

「いとしいアマリリス！　さがっていておくれ！　今《いま》おりていく」

娘《むすめ》は小《ちい》さく息《いき》をつくと、そばの岩《いわ》に背中《せなか》をおしつけ、期待《きたい》の目《め》でほこらしげに顔《かお》をあげた。雷鳴《らいめい》が死者《ししゃ》の眠《ねむ》りをかきみださんばかりの音《おと》でひびきわたる。娘《むすめ》はおどろいて空《そら》を見《み》つめている。堂々《どうどう》とした人影《ひとかげ》がゆったりと空《そら》からおりてきた。素肌《すはだ》に銀《ぎん》のそでなしの胴衣《どうい》、長《なが》くゆったりしたマント、すそのふくらんだパンタロン、つま先《さき》が優雅《ゆうが》に反《そ》りかえった軽《かる》そうな靴《くつ》。宝石《ほうせき》をちりばめたベルトにさげた新月刀《しんげつとう》が目《め》をひく。男《おとこ》の黒《くろ》い目《め》は輝《かがや》き、ほこらしげにつきだしたあごの上《うえ》にはワシ鼻《ばな》がそびえ、ひたいの両側《りょうがわ》から象牙色《ぞうげいろ》の角《つの》が二本生《ほんは》えている。

男《おとこ》は娘《むすめ》がもたれかかっている岩《いわ》のそばにおり立《た》つと、さりげなくまぶしい笑顔《えがお》を見《み》せた。あちこちで女性《じょせい》のため息《いき》が聞《き》こえる。

「どうした、アマリリス？　声《こえ》が出《で》なくなってしまったのかい？　きみの大好《だいす》きな魔神《まじん》の顔《かお》をもう忘《わす》れたのか？」

「いいえ、バーティラクさま！　七年《ねん》どころか七十年《ねん》たとうと、あなたのつややかな髪《かみ》一本《ぽん》忘《わす》れることはないわ。だけど、わたしのこの口《くち》は声《こえ》を発《はっ》するのをためらい、心臓《しんぞう》は不安《ふあん》ではりさけそうよ。そこにいる魔術師《まじゅつし》がいつ目《め》をさまして、わたしたちをつかまえるかわからないんだもの！　そんなことになったら、わたしはまた鎖《くさり》につながれ、あなたはビンにとじこめられてしまう！」

魔神《まじん》がとどろくような笑《わら》い声《ごえ》をあげた。「魔術師《まじゅつし》は眠《ねむ》っている。いついかなるときも、わたしの魔力《まりょく》はやつより強《つよ》い。だが夜《よる》は短《みじか》い。夜明《よあ》けには兄弟《きょうだい》のアフリートたちといっしょにここを去《さ》らねばならない。風《かぜ》に乗《の》って消《き》えるのだ。さあ、この腕《うで》のなかにおいで。わたしが人間《にんげん》の姿《すがた》でいられるわずかなあいだに、あの月《つき》にわたしたちの愛《あい》を誓《ちか》おう。人々《ひとびと》が憎悪《ぞうお》の目《め》で見《み》ようとも、わたしたちの愛《あい》は永遠《えいえん》だ」

「ああ、バーティラクさま！」

「アマリリス！　わたしのアラブの白鳥《はくちょう》よ！」

魔神《まじん》は近《ちか》づくと、たくましい腕《うで》で奴隷娘《どれいむすめ》を抱《だ》きしめた。キティはそろそろお尻《しり》が痛《いた》くなってこらえきれず、席《せき》にすわったまま身《み》じろぎした。

魔神《まじん》と娘《むすめ》はもつれあいながら踊《おど》りはじめた。衣装《いしょう》をひるがえし、手足《てあし》をひろげて踊《おど》っている。客席《きゃくせき》からパラパラと拍手《はくしゅ》が起《お》こり、オーケストラの演奏《えんそう》にも力《ちから》が入《はい》った。キティはネコのようなあくびをひとつすると、体《からだ》をイスに深《ふか》くしずめ、手《て》のひらで目《め》をこすった。それから紙袋《かみぶくろ》に手《て》をつっこみ、残《のこ》り少《すく》ない塩味《しおあじ》のピーナッツをぜんぶほおばると、めんどうくさそうにかみ続《つづ》けた。

〈仕事《しごと》〉の前《まえ》にいつもおそってくる緊張感《きんちょうかん》が、ナイフのようにわき腹《ばら》を刺《さ》す。いつものことだとキティは思《おも》った。最大《さいだい》の問題《もんだい》は、えんえんと続《つづ》く芝居《しばい》のあいだじゅう、ここにすわっていなければならないことだ。たしかにアンがいうとおり、これは完璧《かんぺき》なアリバイになる。だけど、こんなばかばかしい芝居《しばい》を見《み》るくらいなら、通《とお》りに出《で》て緊張《きんちょう》をまぎらわしていたほうがよっぽどマシだ。パトロールの目《め》をかいくぐって歩《ある》き続《つづ》けているほうがいい。

舞台《ぶたい》では、奴隷《どれい》にされてしまったチズウィック出身《しゅっしん》の信心深《しんじんぶか》い娘《むすめ》アマリリスが魔神《まじん》の腕《うで》のなかで、おとろえることのない恋人《こいびと》への熱《あつ》い思《おも》いを歌《うた》っている。その力強《ちからづよ》い高音《こうおん》がバーティラクの髪《かみ》をかすかに波立《なみだ》たせ、イアリングがくるくるまわった。キティはうんざりして、思《おも》わず前《まえ》の席《せき》の暗闇《くらやみ》に包《つつ》まれた人影《ひとかげ》に目《め》をやった。フレッドとスタンリーは熱心《ねっしん》に舞台《ぶたい》に見入《みい》っている。キティはくちびるをゆがめた。どうせアマリリスに見《み》とれているんだろう。

ま、ちゃんと警戒《けいかい》さえしていれば、べつにかまわないけど。

視線《しせん》を落《お》とし、足元《あしもと》の暗闇《くらやみ》でとまる。革《かわ》のカバンを見《み》て、胃《い》がちぢんだ。目《め》をとじ、無意識《むいしき》にコートのポケットをなでてナイフがあるのをたしかめる。だいじょうぶ……きっとうまくいく。

休憩《きゅうけい》はまだだろうか？　キティは顔《かお》をあげ、ほの暗《ぐら》い観客席《かんきゃくせき》を見《み》まわした。両側《りょうがわ》に魔術師専用《まじゅつしせんよう》のボックス席《せき》がある。金《きん》のすかし彫《ぼ》りの欄干《らんかん》と赤《あか》い厚手《あつで》のカーテンが、なかの魔術師《まじゅつし》をかくし、一般客《いっぱんきゃく》の目《め》にはふれないようにしている。もっともロンドンの魔術師《まじゅつし》たちはみんな、この『アラブの白鳥《はくちょう》』をすでにみていた。この芝居《しばい》が感動《かんどう》に飢《う》えた一般大衆《いっぱんたいしゅう》に公開《こうかい》されるずっと前《まえ》に。そのせいか最近《さいきん》はボックスシートに空席《くうせき》が目立《めだ》つ。

キティは腕時計《うでどけい》に目《め》をやった。だが暗《くら》くて何時《なんじ》なのかわからない。まだしばらくは悲《かな》しい別《わか》れと、残酷《ざんこく》な強奪《ごうだつ》と、喜《よろこ》びの再会《さいかい》を見《み》なければならないだろう。休憩《きゅうけい》はそれからだ。きっと観客《かんきゃく》は舞台《ぶたい》にくぎづけだ。毎年毎年来《まいとしまいとしく》る夜《よる》も来《く》る夜《よる》も、人々《ひとびと》は羊《ひつじ》のようにここに群《むら》がる。ロンドン市民《しみん》はひとり残《のこ》らず『アラブの白鳥《はくちょう》』を見《み》たにちがいない。二度以上見《どいじょうみ》ている者《もの》も多《おお》いだろう。しかも最近《さいきん》は、地方《ちほう》からあらたな客《きゃく》が観光《かんこう》バスでやってきて、このロングランのありふれた芝居《しばい》に息《いき》をのんでいる。

「アマリリス！　シッ！」そのセリフにキティはうなずいた。よくいったわ、バーティラク。恋人《こいびと》の歌《うた》をさえぎるなんて、なかなかやるじゃない。

「え？　わたしに歌《うた》うなというの？」

「シーッ！　だまって。危険《きけん》がせまっている……」バーティラクは観客《かんきゃく》にりりしい横顔《よこがお》を見《み》せると、上《うえ》を見《み》て、下《した》を見《み》た。空気《くうき》のにおいをかいでいる。場内《じょうない》はしんとしている。たき火《び》はすでに燃《も》えつきていたが、魔術師《まじゅつし》はまだ眠《ねむ》っていた。月《つき》が雲《くも》でかすみ、空《そら》には冷《つめ》たい星《ほし》がまたたいている。客席《きゃくせき》からは物音《ものおと》ひとつしない。いつのまにか自分《じぶん》も息《いき》をのんでいるのに気《き》づいて、キティはげんなりした。

とつぜん、魔神《まじん》が大声《おおごえ》で悪態《あくたい》をつき、鞘《さや》をこするするどい音《おと》をひびかせて腰《こし》から新月刀《しんげつとう》をぬくと、ふるえる娘《むすめ》を抱《だ》きよせた。「アマリリス！　やつらが来《く》る！　魔力《まりょく》でそれがわかる」

「どうしたの？　バーティラクさま、なにがわかるの？」

「凶暴《きょうぼう》なインプが七人《にん》こっちに向《む》かっている。アフリートの女王《じょおう》の命令《めいれい》でわたしをつかまえようとしているのだ！　おまえとの密会《みっかい》が女王《じょおう》のきげんをそこねたらしい。やつらはきっとわたしたちをしばりあげ、丸《まる》はだかにして女王《じょおう》の前《まえ》にさしだし、女王《じょおう》のきげんをとろうとするだろう。逃《に》げるんだ！　もう時間《じかん》がない。おまえのすんだ瞳《ひとみ》が別《わか》れの言葉《ことば》を欲《ほ》しがっているのはわかるが、もう行《い》くのだ！」

悲《かな》しげなしぐさをくり返《かえ》しながら、娘《むすめ》は魔神《まじん》の腕《うで》をはなれると、舞台《ぶたい》の左側《ひだりがわ》に少《すこ》しずつ移動《いどう》した。魔神《まじん》はマントと胴衣《どうい》をぬぎすて、上半身《じょうはんしん》はだかで身《み》がまえた。

オーケストラ席《せき》からドラマチックな不協和音《ふきょうわおん》がひびき、腰革《こしがわ》をまいた七人《にん》の強面《こわもて》のインプが岩《いわ》かげからとびだした。肌《はだ》に緑《みどり》の夜光塗料《やこうとりょう》をぬった小柄《こがら》な人間《にんげん》が演《えん》じている。インプたちは雄《お》たけびをあげ、短剣《たんけん》をぬいて恐《おそ》ろしい顔《かお》で魔神《まじん》におそいかかった。すぐに戦《たたか》いが始《はじ》まり、甲高《かんだか》いバイオリンの音《おと》がひびく。

残忍《ざんにん》なインプ……邪悪《じゃあく》な魔術師《まじゅつし》……なんてよくできた筋立《すじだ》てだろう。キティにはわかっていた。この『アラブの白鳥《はくちょう》』は、政府《せいふ》の理想的《りそうてき》な宣伝活動《せんでんかつどう》だ。世間《せけん》の不安《ふあん》にまったくとりあわないのではなく、さりげなくくみとめる。人々《ひとびと》の恐《おそ》れをほんの少《すこ》し出《だ》して、それを葬《ほうむ》り去《さ》ろうという作戦《さくせん》だ。そこに効果的《こうかてき》な音楽《おんがく》、戦《たたか》いのシーン、はかない恋物語《こいものがたり》をたくみに織《お》りまぜる。観客《かんきゃく》がこわがるような悪魔《あくま》を登場《とうじょう》させ、それが死《し》ぬところもちゃんと見《み》せる。観客《かんきゃく》はみんな、この芝居《しばい》に酔《よ》いしれている。どうせ最後《さいご》はすべてが丸《まる》くおさまるようにできているのだろう。邪悪《じゃあく》な魔術師《まじゅつし》は正《ただ》しい魔術師《まじゅつし》にたおされ、悪役《あくやく》のアフリートもたおされる。たくましい魔神《まじん》のバーティラクは、まちがいなく人間《にんげん》にもどるだろう。おそらく東方《とうほう》の小国《しょうこく》の王子《おうじ》が、無情《むじょう》な魔法《まほう》によって魔神《まじん》にされていたという筋書《すじが》きだ。そして、王子《おうじ》とアマリリスは、心《こころ》やさしい魔術師《まじゅつし》の賢者《けんじゃ》たちに見守《みまも》られ、いつまでも幸《しあわ》せに暮《く》らしましたとさ。めでたし、めでたし……。

キティはとつぜん吐《は》き気《け》をおぼえた。これは仕事《しごと》の緊張《きんちょう》のせいではない。心《こころ》の奥底《おくそこ》にためこんだ、おさえようのない怒《いか》りからくるものだ。自分《じぶん》たちのやっていることがすべてむなしく、無意《むい》味《み》だと知《し》って生《う》まれた怒《いか》り……。きっと、この先《さき》もなにも変《か》わらないだろう。舞台《ぶたい》を見《み》つめる人々《ひとびと》を見《み》ればわかる。ほら、やっぱり、アマリリスがつかまった！　インプの腕《うで》のなかでもがきながら泣《な》いている。観客《かんきゃく》の息《いき》をのむ声《こえ》！　でも見《み》て！　勇敢《ゆうかん》なバーティラクがインプを肩越《かたご》しに投《な》げ飛《と》ばした！　インプはまだくすぶっているたき火《び》のなかに突《つ》っこむ！　今度《こんど》はバーティラクがインプたちを追《お》いかける。ひとり、ふたり……新月刀《しんげつとう》で小気味《こきみ》よくたおしていく。いいぞ！見《み》て、観客《かんきゃく》たちの喜《よろこ》びよう！

結局《けっきょく》あたしたちがなにをしたってどうにもならないのだ、とキティは思《おも》った。なにを盗《ぬす》もうと、どこを襲撃《しゅうげき》しようと、事態《じたい》はなにも変《か》わらない。明日《あす》になればまた、メトロポリタン劇場《げきじょう》の外《そと》には列《れつ》ができ、〈光《ひかり》の玉《たま》〉が上空《じょうくう》から見張《みは》りを続《つづ》け、魔術師《まじゅつし》たちはあいかわらず権力《けんりょく》をひけらかして楽《たの》しんでいる。

これまでずっとそうだった。自分《じぶん》がなにをしても世界《せかい》は変《か》わらなかった。なにひとつ。最初《さいしょ》からずっと。

4

悲《かな》しみの記憶《きおく》

舞台《ぶたい》の喧騒《けんそう》が遠《とお》のいた。鳥《とり》のさえずりと遠《とお》くを行《い》きかう車《くるま》の音《おと》が聞《き》こえてくる。キティの心《こころ》はいつしか劇場《げきじょう》の暗闇《くらやみ》から、記憶《きおく》のなかの風景《ふうけい》へとうつっていた。

三年前《ねんまえ》。日《ひ》ざしのなかの公園《こうえん》。ボール。自分《じぶん》たちの笑《わら》い声《ごえ》。そのとき起《お》こった災難《さいなん》。それはまさに晴天《せいてん》のへきれきだった。

ヤコブが笑《わら》いながら助走《じょそう》して球《たま》を投《な》げる。手《て》に感《かん》じるかわいた木《き》のバットの重《おも》み。会心《かいしん》の一撃《いちげき》！　やった！　大《おお》よろこびではしゃぐあたし。

遠《とお》くでなにかが割《わ》れる音《おと》。

ふたりで逃《に》げるときの心臓《しんぞう》の高鳴《たかな》り。そして――あの陸橋《りっきょう》にいた化《ば》け物《もの》……。

キティは目《め》をこすった。でもあの恐《おそ》ろしい日《ひ》が……あれがほんとうにすべてのはじまりだったのだろうか？　それまで十三年《ねん》も生《い》きていたのに、魔術師《まじゅつし》たちが支配《しはい》する社会《しゃかい》の正体《しょうたい》にほんとうに気《き》づかずにいたんだろうか？　いや、たぶん無意識《むいしき》には感《かん》じていたはずだ。思《おも》いかえせば、さまざまな疑問《ぎもん》やどこかおかしいと感《かん》じることが、それまでにもよくあったのだから。

魔術師《まじゅつし》が権力《けんりょく》の頂点《ちょうてん》に君臨《くんりん》してからすでにかなりの年月《ねんげつ》がたつ。もはやそうでなかった時代《じだい》をおぼえている人《ひと》はいない。魔術師《まじゅつし》のほとんどは、一般人《いっぱんじん》の生活《せいかつ》は経験《けいけん》しないし、街《まち》の中心部《ちゅうしんぶ》と自《じ》分《ぶん》たちの暮《く》らす郊外以外《こうがいいがい》には出《で》ようともしない。魔術師《まじゅつし》の住《す》む地区《ちく》は広《ひろ》い並木道《なみきみち》が走《はし》り、ひっそりした邸宅《ていたく》がならんでいる。そうした閑静《かんせい》な郊外《こうがい》と街《まち》の中心部《ちゅうしんぶ》のあいだに、ほかの人々《ひとびと》の住《す》む地《ち》域《いき》があった。小《ちい》さな店《みせ》が軒《のき》をつらねる通《とお》りや空《あ》き地《ち》、工場《こうじょう》、レンガ置《お》き場《ば》などが密集《みっしゅう》している。ときには魔術師《まじゅつし》たちの乗《の》ったりっぱな黒《くろ》ぬりの車《くるま》がそこを通《とお》ることもあったが、それ以外《いがい》に魔術《まじゅつ》師《し》の存在《そんざい》を感《かん》じるのは、通《とお》りの上空《じょうくう》を防犯用《ぼうはんよう》の〈光《ひかり》の玉《たま》〉が飛《と》んでいるのを見《み》るときぐらいだ。

「〈光《ひかり》の玉《たま》〉のおかげでわたしたちは無事《ぶじ》にくらしていられるんだ」父《とう》さんはある晩《ばん》いった。その日《ひ》キティは学校帰《がっこうがえ》りに、大《おお》きな赤《あか》い球《たま》にそっとあとをつけられた。「こわがらなくていい。いい子《こ》にしていれば、なにもしない。こわがるのは、どろぼうやスパイのような悪《わる》い人間《にんげん》さ」けれどキティはこわくてしょうがなかった。鉛色《なまりいろ》に光《ひか》る玉《たま》に追《お》いかけられる夢《ゆめ》をたびたび見《み》た。

キティの両親《りょうしん》はその手《て》の恐怖《きょうふ》を感《かん》じていなかった。どちらもあまり想像力《そうぞうりょく》があるほうではないが、ロンドンが偉大《いだい》な街《まち》であることと、そのなかで自分《じぶん》たちが弱《よわ》い立場《たちば》にあることを人一倍《ひといちばい》わきまえていた。魔術師《まじゅつし》が自分《じぶん》たちよりえらいのはあたりまえだと考《かんが》え、魔術師《まじゅつし》につねに支配《しはい》される社会《しゃかい》になんの疑問《ぎもん》ももたなかった。魔術師《まじゅつし》たちにまかせておけば安心《あんしん》だと本気《ほんき》で思《おも》っているのだ。「わたしはいつでも首相《しゅしょう》に命《いのち》をささげる覚悟《かくご》がある」父《とう》さんはよくいった。「りっぱな人《ひと》だよ」「首相《しゅしょう》はチェコ人《じん》が他《ほか》の国《くに》を侵略《しんりゃく》できないようにおさえつけているのよ」母《かあ》さんもいった。「首《しゅ》相《しょう》がいなきゃ、きっとチェコの軽騎兵《けいきへい》たちがクラパム街道《かいどう》を進撃《しんげき》してくるわ。そんなのはいやでしょ？」

キティはたしかにそうかもしれないと思《おも》った。

キティの家《いえ》は三人家族《にんかぞく》で、南《みなみ》ロンドンの郊外《こうがい》にあるバーラムという町《まち》のテラスハウスに住《す》んでいた。こぢんまりした家《いえ》で、一階《かい》には居間《いま》とキッチン、その奥《おく》に小《ちい》さなバスルームがある。二階《かい》には二部屋《へや》あり、両親《りょうしん》とキティがひと部屋《へや》ずつ使《つか》っていた。階段《かいだん》をあがったところに細長《ほそなが》い姿見《すがたみ》があり、平日《へいじつ》の朝《あさ》は三人《にん》が交代《こうたい》でその前《まえ》で髪《かみ》をとかしたり、服《ふく》をととのえたりする。とくに父《とう》さんはいつまでもネクタイと格闘《かくとう》していた。キティにはなぜ父《とう》さんがひっきりなしにネクタイをしめたりはずしたりするのか、さっぱりわからなかった。どうしてあんなに何回《なんかい》も細長《ほそなが》い布《ぬの》を交差《こうさ》させて、あげて、まわして、ひっぱり出《だ》しているんだろう？　やり直《なお》したって大《たい》して変《か》わりないのに。

「外見《がいけん》がとても重要《じゅうよう》なんだよ、キティ」父《とう》さんはひたいにしわをよせ、さんざんやり直《なお》してようやくできた結《むす》び目《め》を見《み》つめていった。「わたしの仕事《しごと》は一回《かい》のチャンスで自分《じぶん》を相手《あいて》に印象《いんしょう》づけなきゃならないからな」

キティの父親《ちちおや》は長身《ちょうしん》でやせ型《がた》のじょうぶそうな男《おとこ》で、ぶっきらぼうなしゃべり方《かた》をした。ロンドンの中心街《ちゅうしんがい》にある大手《おおて》デパートの売《う》り場責任者《ばせきにんしゃ》で、仕事《しごと》にほこりをもっていた。まかされているのは革製品売《かわせいひんう》り場《ば》だ。天井《てんじょう》の低《ひく》い広々《ひろびろ》としたスペースにはオレンジ色《いろ》の照明《しょうめい》がぼんやりともり、動物《どうぶつ》の皮《かわ》を加工《かこう》して作《つく》られた高価《こうか》なバッグやアタッシュケースが整然《せいぜん》とならべられている。革製《かわせい》品《ひん》はぜいたく品《ひん》のため、客《きゃく》の大半《たいはん》は魔術師《まじゅつし》だった。

キティは一、二度《ど》、そこに行《い》ったことがあったが、加工《かこう》した革《かわ》の強烈《きょうれつ》なにおいに頭《あたま》がくらくらした。

「くれぐれも魔術師《まじゅつし》さんたちのじゃまにならないようにな」父《とう》さんはいった。「とても身分《みぶん》の高《たか》い人《ひと》たちだし、あの方《かた》たちは相手《あいて》がだれであれ、じゃまされるのをきらうんだ。たとえおまえみたいなかわいい女《おんな》の子《こ》でもな」

「でも魔術師《まじゅつし》かどうか、どうやって見分《みわ》けるの？」キティは聞《き》いた。そのときはまだ七歳《さい》で、よくわかっていなかったのだ。

「身《み》なりがいいし、いかめしいかしこそうな顔《かお》をしている。上質《じょうしつ》のステッキをもっていることもある。あと高級《こうきゅう》な香水《こうすい》をつけているが、かすかに魔術《まじゅつ》のにおいをただよわせていることもある。変《か》わった香《こう》とか妙《みょう》な薬品《やくひん》のにおいとかだ。ただ、そのにおいがわかるってことは魔術師《まじゅつし》に近《ちか》づきすぎている証拠《しょうこ》だ！　とにかくじゃまにならないように気《き》をつけなさい」

キティは素直《すなお》にそうすると約束《やくそく》した。そして客《きゃく》が革製品《かわせいひん》売《う》り場《ば》にあらわれると、大急《おおいそ》ぎで売《う》り場《ば》のすみに移動《いどう》し、目《め》をこらして客《きゃく》を見《み》つめた。父《とう》さんのアドバイスは大《たい》して役《やく》に立《た》たなかった。売《う》り場《ば》に来《く》る人《ひと》はみんな上等《じょうとう》な服《ふく》を着《き》ているように見《み》えたし、ステッキをもっている人《ひと》もやたらと多《おお》かった。それに革《かわ》のむっとするにおいが強《つよ》すぎて、ほかのにおいがわからない。それでもキティはすぐに見分《みわ》け方《かた》をおぼえた。魔術師《まじゅつし》に共通《きょうつう》するある種《しゅ》の無情《むじょう》な目《め》、冷《つめ》たく威圧的《いあってき》な雰囲気《ふんいき》。そしてなにより、魔術師《まじゅつし》がやってくるとかならず父《とう》さんの態度《たいど》がこわばる。応対《おうたい》するときはいつもおどおどしゃべり、気《き》のつかいすぎで着《き》ているスーツにまでしわがより、ネクタイが神経質《しんけいしつ》そうに曲《ま》がる。しかも相手《あいて》になにか言《い》われるたびにぺこぺこ頭《あたま》をさげる。もちろんどれも微妙《びみょう》な変《へん》化《か》だったが、キティにはじゅうぶんだった。そして、なぜかはわからなかったが、父《ちち》の変化《へんか》にいらだちをおぼえ、悲《かな》しくなった。

キティの母親《ははおや》は〈パーマー羽根《はね》ペン社《しゃ》〉という文具会社《ぶんぐがいしゃ》で受付《うけつけ》をしていた。南《みなみ》ロンドンに集《あつ》まっている製本業者《せいほんぎょうしゃ》や牛皮紙《ぎゅうひし》メーカーのなかでは目立《めだ》たないが、老舗《しにせ》ではある。会社《かいしゃ》は魔術師《まじゅつし》が呪文《じゅもん》を書《か》くときに使《つか》う特製《とくせい》の羽根《はね》ペンを作《つく》っていた。ただ、羽根《はね》ペンはよごれやすく書《か》きにくいため、わざわざそれを使《つか》おうという魔術師《まじゅつし》は最近少《さいきんすく》なくなっていた。当《とう》の社員《しゃいん》たちもボールペンを使《つか》っていた。

母《かあ》さんも仕事《しごと》がら魔術師《まじゅつし》たちを見《み》る機会《きかい》があった。ときどき注文《ちゅうもん》したペンのできぐあいを見《み》に来《く》る魔術師《まじゅつし》がいるからだ。母《かあ》さんは魔術師《まじゅつし》に近《ちか》づけると、わくわくするらしかった。

「今日《きょう》いらした女《おんな》の方《かた》はすごく魅力的《みりょくてき》でね」母《かあ》さんはよくそんなふうにいった。「赤《あか》と金《きん》の上等《じょうとう》なタフタを着《き》てたわ。あれはぜったいビザンチンからとりよせたものよ！　それにとても威厳《いげん》があったわ！　その人《ひと》が指《ゆび》を鳴《な》らすとみんなコオロギみたいにとびあがって、いわれたとおりにしようと走《はし》りまわっていたわ」

「指《ゆび》を鳴《な》らすなんて、ちょっと失礼《しつれい》じゃない？」キティはいった。

「あなたはまだ子《こ》どもね、キティ。失礼《しつれい》じゃないわ。りっぱな女性《じょせい》よ」

キティが十歳《さい》のある日《ひ》、学校《がっこう》から帰《かえ》ると、母《かあ》さんがキッチンで泣《な》いていた。

「ママ！　どうしたの？」

「なんでもないわ。いえ、どういったらいいか……ちょっとショックで。キティ、あのね……ママ、会社《かいしゃ》をクビになっちゃったの。ああ、パパになんていえばいいかしら？」

キティは母《かあ》さんをイスにすわらせると、紅茶《こうちゃ》をいれ、ビスケットをテーブルに出《だ》した。母《かあ》さんは鼻《はな》をすすり、カップに口《くち》をつけてはため息《いき》をつきながら説明《せつめい》した。先代《せんだい》のパーマー社長《しゃちょう》が引退《いんたい》し、会社《かいしゃ》が三人《にん》の魔術師《まじゅつし》の手《て》にわたってしまった。新《あたら》しい経営者《けいえいしゃ》たちは一般人《いっぱんじん》の社員《しゃいん》をきらい、新《あたら》しい職員《しょくいん》を入《い》れて、これまでいた社員《しゃいん》の半分《はんぶん》をクビにした。そのなかに母《かあ》さんも入《はい》っていた。

「そんなことする権利《けんり》はないはずよ」キティはいいはった。

「いいえ、あるわ。あの人《ひと》たちには当然《とうぜん》その権利《けんり》がある。魔術師《まじゅつし》はこの国《くに》を守《まも》って、わたしたちを世界一《せかいいち》の国民《こくみん》にしてくれているの。その分《ぶん》、特権《とっけん》もないとね」母《かあ》さんは涙《なみだ》をぬぐい、音《おと》をたてて紅茶《こうちゃ》を飲《の》んだ。「でもやっぱりちょっと傷《きず》ついたわ。何年《なんねん》も勤《つと》めてきたから……」

傷《きず》つこうが傷《きず》つくまいが、とにかくその日《ひ》が母《かあ》さんにとって、パーマー社《しゃ》ではたらく最後《さいご》の日《ひ》となった。数週間後《すうしゅうかんご》、いっしょにクビになったハーネックのおばさんが、母《かあ》さんに印刷工場《いんさつこうじょう》のそうじ係《がかり》の仕事《しごと》をもってきてくれた。こうしてまたそれまでどおりの生活《せいかつ》が始《はじ》まった。

しかしキティはこのことを忘《わす》れなかった。

キティの両親《りょうしん》は『タイムズ』紙《し》の熱心《ねっしん》な読者《どくしゃ》だ。『タイムズ』は英国軍《えいこくぐん》の新《あら》たな勝利《しょうり》を毎日《まいにち》のように伝《つた》えていた。どうやらここ何年《なんねん》かは戦況《せんきょう》がいいらしく、帝国《ていこく》の領土《りょうど》は戦《たたか》いのたびに広《ひろ》がり、世界《せかい》の富《とみ》がロンドンに流《なが》れこんでいる。だが、一方《いっぽう》でいやなこともあった。新聞《しんぶん》は読者《どくしゃ》に、敵国《てきこく》のスパイや破壊工作員《はかいこうさくいん》への警戒《けいかい》をたえず呼《よ》びかけていた。スパイや工作員《こうさくいん》があなたのすぐ近所《きんじょ》に住《す》んでいて、ひそかに破壊活動《はかいかつどう》の準備《じゅんび》を進《すす》め、わが国《くに》の弱体化《じゃくたいか》をはかっているかもしれないのです、と。

「注意《ちゅうい》するのよ、キティ」母《かあ》さんはいった。「あなたのような小《ちい》さい子《こ》はだれにも警戒《けいかい》されないから、知《し》らずにあやしい人物《じんぶつ》を見《み》ているかもしれないでしょ？」

「とくにこのバーラムではな」父《とう》さんも渋《しぶ》い顔《かお》でつけ加《くわ》えた。

キティが住《す》んでいる地域《ちいき》は、昔《むかし》からチェコ人街《じんがい》として有名《ゆうめい》だ。大通《おおどお》りにはボルシチの食《た》べられる小《ちい》さなカフェが何軒《なんけん》かあった。どの店《みせ》も窓《まど》には厚手《あつで》のレースのカーテンがかけられ、窓辺《まどべ》に色《いろ》とりどりの鉢植《はちう》えがならんでいる。白《しろ》いあごひげをたらした日《ひ》に焼《や》けた老人《ろうじん》たちが、店《みせ》の前《まえ》の道《みち》ばたでチェスやスキットルズをやっている。地元《じもと》の会社《かいしゃ》の多《おお》くは、グラッドストーンの時代《じだい》にチェコからイギリスにやってきた移民《いみん》の孫《まご》たちが経営《けいえい》している。

この界隈《かいわい》はかなり栄《さか》えていて、大《おお》きな印刷会社《いんさつがいしゃ》がいくつかあり、なかには有名《ゆうめい》な〈ハーネック

&サンズ〉もあった。だがこの地域《ちいき》は民族意識《みんぞくいしき》がとても強《つよ》く、夜間警察《やかんけいさつ》がいつもパトロールしていた。キティは大《おお》きくなるにつれて、近所《きんじょ》の家《いえ》が真《ま》っ昼間《ぴるま》に警察《けいさつ》の手入《てい》れを受《う》けるのをしょっちゅう目《め》にした。灰色《はいいろ》の制服《せいふく》を着《き》た警官隊《けいかんたい》が家《いえ》のドアをけやぶり、家財道具《かざいどうぐ》を通《とお》りに放《ほう》りだす。若《わか》い男《おとこ》たちが車《くるま》におしこまれて連行《れんこう》されていくこともあれば、家族全員《かぞくぜんいん》が無事残《ぶじのこ》り、みんなでこわれた家財道具《かざいどうぐ》を直《なお》していることもあった。こうした光景《こうけい》に出《で》くわすと、キティは動揺《どうよう》し、父《とう》さんになだめられてもすぐには心《こころ》が静《しず》まらなかった。

「警察《けいさつ》は治安《ちあん》を保《たも》たなければならないんだよ」父《とう》さんは強調《きょうちょう》した。「やっかい者《もの》に油断《ゆだん》は禁物《きんもつ》だ。いいか、キティ、警察《けいさつ》が動《うご》くのはたしかな情報《じょうほう》があるときだけだ」

「でもパパ、あそこはハーネックさんのお友《とも》だちの一家《いっか》よ」

すると父《とう》さんは不満《ふまん》そうにいった。「ハーネックは慎重《しんちょう》に友《とも》だちを選《えら》ぶべきだな」

ただ、父《とう》さんはハーネックさんに面《めん》と向《む》かってぶしつけな物言《ものい》いをすることは決《けっ》してなかった。なんといってもキティの母親《ははおや》に仕事《しごと》を紹介《しょうかい》してくれたのは、ハーネックの奥《おく》さんなのだ。ハーネック家《け》は地元《じもと》の名家《めいか》で、商売《しょうばい》でも多《おお》くの魔術師《まじゅつし》からひいきにされていた。キティの家《いえ》のすぐ近《ちか》くにある〈ハーネック&サンズ〉の印刷工場《いんさつこうじょう》は大《おお》きく、地元《じもと》の人《ひと》が大勢《おおぜい》はたらいている。そのわりにハーネック家《け》は大《たい》して裕福《ゆうふく》に見《み》えなかった。道《みち》から少《すこ》しひっこんだところにある家《いえ》は、広《ひろ》いけれどぶかっこうな形《かたち》をしていて、手入《てい》れもろくにされていない。裏庭《うらにわ》は雑草《ざっそう》と月桂樹《げっけいじゅ》の低木《ていぼく》がのび放題《ほうだい》だった。キティはそんなハーネック家《け》の実情《じつじょう》をある時期《じき》からくわしく知《し》るようになった。末息子《すえむすこ》のヤコブと仲良《なかよ》くなったからだ。

キティは年《とし》のわりに背《せ》が高《たか》く、すらりとした体《からだ》にいつもだぶだぶのスクールジャージとブーツカットのパンツを身《み》につけていた。見《み》かけより体力《たいりょく》もあり、これまでキティをからかって後悔《こうかい》した男《おとこ》の子《こ》はひとりではない。キティはいつも言葉《ことば》より先《さき》に手《て》が出《で》るほうだった。髪《かみ》は黒《くろ》に近《ちか》い焦《こ》げ茶《ちゃ》で、毛先《けさき》だけくせがあっていろんな方向《ほうこう》にはねている。長《なが》さは女《おんな》の子《こ》にしては短《みじか》く、首《くび》にかかる程度《ていど》だ。瞳《ひとみ》も、濃《こ》いまゆ毛《げ》も黒《くろ》。考《かんが》えていることがすぐ顔《かお》にでるタイプで、頭《あたま》に考《かんが》えが浮《う》かぶたびに、まゆと口《くち》が落《お》ちつきなく動《うご》いた。

「おまえさ、二度《ど》と同《おな》じ顔《かお》しないよな」ヤコブはいった。「いや、ほめ言葉《ことば》だよ、ほめ言葉《ことば》!」

あわててつけ加《くわ》えたのは、キティににらまれたからだ。

ふたりはずっと同《おな》じクラスだった。学校《がっこう》では一般人《いっぱんじん》の子《こ》どもむけに幅広《はばひろ》くいろいろな教科《きょうか》が設《もう》けられていて、生徒《せいと》たちはそのなかから選《えら》んで授業《じゅぎょう》を受《う》ける。学校側《がっこうがわ》は技術工作系《ぎじゅつこうさくけい》の教科《きょうか》を奨励《しょうれい》した。生徒《せいと》たちのほとんどが、工場《こうじょう》や街《まち》なかの作業場《さぎょうば》に就職《しゅうしょく》するからだ。陶芸《とうげい》、木版《もくはん》、板金《ばんきん》、算《さん》数《すう》、製図《せいず》、針編《はりあ》み刺繍《ししゅう》。料理《りょうり》の授業《じゅぎょう》もあったし、キティのように言葉《ことば》に興味《きょうみ》のある子《こ》には、読《よ》み書《か》きの授業《じゅぎょう》もあった。ただし読《よ》み書《か》きの授業《じゅぎょう》を受《う》ける場合《ばあい》は、将来《しょうらい》それを活《い》かせる秘書《ひしょ》のような仕事《しごと》につく意志《いし》があること、という条件《じょうけん》がついている。

歴史《れきし》も大事《だいじ》な教科《きょうか》のひとつだった。生徒《せいと》たちは毎日《まいにち》、英国《えいこく》の輝《かがや》かしい発展《はってん》についての授業《じゅぎょう》を受《う》けた。キティはそれが大好《だいす》きだった。魔法《まほう》や知《し》らない国《くに》の話《はなし》がたくさん聞《き》けるからだ。ただ、授《じゅ》業《ぎょう》の内容《ないよう》になんとなく不満《ふまん》を感《かん》じていたので、よく手《て》をあげて質問《しつもん》をした。

「キティ、今度《こんど》はなんだね？」先生《せんせい》はいつも心《こころ》なしかうんざりした声《こえ》を出《だ》した。できるだけ感情《かんじょう》をおしかくそうとしているのだ。

「先生《せんせい》、グラッドストーンがたおした政府《せいふ》のことをもっと教《おし》えてください。つまり、国会《こっかい》はそのころからもうあったんですよね。今《いま》でも国会《こっかい》はあります。どうして昔《むかし》は悪《わる》い国会《こっかい》だったんですか？」

「いいかい、キティ。先生《せんせい》の話《はなし》をちゃんと聞《き》くんだ。わたしは昔《むかし》の国会《こっかい》を悪《わる》いといったわけじゃない。弱《よわ》かったといったんだ。ふつうの人《ひと》たちによって運営《うんえい》されていたからね。きみやわたしのような、なんの魔力《まりょく》ももたない人間《にんげん》にだ。考《かんが》えてもごらん！　そういう弱《よわ》い政府《せいふ》はたえずほかの強《つよ》い国《くに》の侵略《しんりゃく》を受《う》け、それを食《く》いとめるすべがない。さて、当時《とうじ》もっとも危険《きけん》な敵国《てきこく》といえば、どこだっただろう……えーと……ヤコブ、わかるか？」

「……かりません」

「もっとはっきりしゃべりなさい。もごもごいってないで！　ヤコブ、よりによってきみがわからんとはおどろきだな。神聖《しんせい》ローマ帝国《ていこく》だろう。きみの先祖《せんぞ》じゃないか！　当時《とうじ》はチェコの皇帝《こうてい》がプラハ城《じょう》を拠点《きょてん》にヨーロッパのほとんどを統治《とうち》していた。皇帝《こうてい》はあまりに太《ふと》っていたんで、鋼《こう》鉄《てつ》と金《きん》でできたキャスターつきの玉座《ぎょくざ》にすわっていた。廊下《ろうか》を移動《いどう》するときはそれを一頭《とう》の象牙《ぞうげ》色《いろ》の雄牛《おうし》にひかせ、外《そと》へ出《で》たいときは補強《ほきょう》した滑車《かっしゃ》で玉座《ぎょくざ》をおろしたらしい。それからたくさんのインコを鳥小屋《とりごや》で飼《か》っていて、毎晩《まいばん》ちがう色《いろ》のインコを撃《う》ち殺《ころ》して食《た》べていたという話《はなし》だ。ぞっとするだろう。当時《とうじ》はそういう男《おとこ》がヨーロッパを支配《しはい》していたんだ。しかもわが国《くに》の旧国会《きゅうこっかい》はその男《おとこ》に手《て》も足《あし》も出《で》なかった。チェコの皇帝《こうてい》は恐《おそ》ろしい魔術師《まじゅつし》のグループをしたがえていたからな。堕落《だらく》した邪《よこしま》な魔術師《まじゅつし》たちだ。リーダーはハンス・マイリンクといって、吸血鬼《きゅうけつき》だったといわれている。当時《とうじ》は悪《わる》い魔術師《まじゅつし》たちが指揮《しき》する軍隊《ぐんたい》があばれまわっていたらしい。ん、キティ、今度《こんど》はなんだ？」

「先生《せんせい》、昔《むかし》の国会《こっかい》がそんなに弱《よわ》かったのなら、どうしてその太《ふと》った皇帝《こうてい》は英国《えいこく》に攻《せ》め入《い》らなかったんですか？　攻《せ》めてこなかったんですよね？　それにどうして……」

「質問《しつもん》はひとつずつだ、キティ。わたしは魔術師《まじゅつし》じゃない！　英国《えいこく》は運《うん》がよかった。それだけだ。プラハはいつも動《うご》きがのろかった。皇帝《こうてい》はしじゅうビールを飲《の》み、道楽《どうらく》のかぎりをつくしていたんだ。だがいつかはロンドンに邪悪《じゃあく》な目《め》をむけただろう。それはまちがいない。だが運《うん》よく、当《とう》時《じ》のロンドンにもひとにぎりの魔術師《まじゅつし》がいて、無力《むりょく》な大臣《だいじん》たちがときどきアドバイスをもらいに行《い》っていた。その魔術師《まじゅつし》のひとりがグラッドストーンだ。グラッドストーンはわが国《くに》の危機的状《ききてきじょう》況《きょう》を見《み》きわめ、チェコへの先制攻撃《せんせいこうげき》を決《き》めた。だれか、グラッドストーンがなにをしたかいえる者《もの》は？　はい、シルベスター」

「大臣《だいじん》たちを説得《せっとく》し、指揮権《しきけん》をゆずり受《う》けました。そしてある晩《ばん》、大臣《だいじん》たちと会《あ》い、みごとな話《わ》術《じゅつ》でみんなをひきつけ、すぐに首相《しゅしょう》に選《えら》ばれました」

「そのとおりだ。よくできたぞ、シルベスター。星印《ほしじるし》をひとつあげよう。そう、それがいわゆる〝長《なが》い協議《きょうぎ》の夜《よる》〟だ。国会《こっかい》で議論《ぎろん》がえんえん続《つづ》いたあと、グラッドストーンのたくみな演説《えんぜつ》のおかげで、全員一致《ぜんいんいっち》で大臣《だいじん》たちは総辞職《そうじしょく》し、彼《かれ》に座《ざ》をゆずった。その翌年《よくとし》、グラッドストーンはプラハに進撃《しんげき》し、皇帝《こうてい》をたおしたんだ。なんだね、アビゲイル？」

「グラッドストーンはインコを解放《かいほう》してやったんですか？」

「もちろんだとも。グラッドストーンはとても心《こころ》のやさしい男《おとこ》だった。まじめでなにごとにもひかえめで、いつも糊《のり》のきいた同《おな》じワイシャツを着《き》ていた。日曜《にちよう》だけは別《べつ》のものを着《き》て、母親《ははおや》にそのシャツを洗濯《せんたく》してもらっていたらしい。その後《ご》、ロンドンの力《ちから》が強《つよ》まると、逆《ぎゃく》にプラハは弱体《じゃくたい》化《か》していった。ヤコブは知《し》っていると思《おも》うが――いや、あの態度《たいど》の悪《わる》いすわり方《かた》じゃ知《し》らないかもしれないな――ちょうどそのころたくさんのチェコ人《じん》が、ヤコブの一家《いっか》のように、英国《えいこく》に移住《いじゅう》してきた。プラハの優秀《ゆうしゅう》な魔術師《まじゅつし》たちもやってきて、現在《げんざい》の国家体制《こっかたいせい》を作《つく》るのにひと役買《やくか》った。おそらく――」

「でも先生《せんせい》は、チェコの魔術師《まじゅつし》たちはみんな邪《よこしま》で堕落《だらく》してたっていいました」

「キティ、そういう悪《わる》い魔術師《まじゅつし》はひとり残《のこ》らず殺《ころ》されたんだと思《おも》うね。それ以外《いがい》の魔術師《まじゅつし》はただあやまった方向《ほうこう》にひきずられていただけで、ようやくそのことに気《き》づいたんだ。おお、時間《じかん》だ！　昼休《ひるやす》みに入《はい》る！　キティ、もう質問《しつもん》は終《お》わりだ。全員起立《ぜんいんきりつ》。各自《かくじ》イスを机《つくえ》の下《した》へ入《い》れて、静《しず》かに退室《たいしつ》するように！」

学校《がっこう》でこうしたやりとりがあると、たいていヤコブはふきげんになった。しかしいつまでもうじうじしていることはめったになかった。根《ね》が楽天的《らくてんてき》で陽気《ようき》なのだ。黒髪《くろかみ》のやせた少年《しょうねん》で、率直《そっちょく》で生意気《なまいき》そうな顔《かお》をしていた。勝負《しょうぶ》ごとが好《す》きで、低学年《ていがくねん》のころからよく、雑草《ざっそう》の茂《しげ》る自宅《じたく》の庭《にわ》で、キティと何時間《なんじかん》もいっしょに遊《あそ》んだ。ボールけりやアーチェリーの練習《れんしゅう》をしたり、ありあわせの道具《どうぐ》でクリケットをしたりして、同《おな》じように陽気《ようき》でにぎやかな大家族《だいかぞく》みんなのじゃまにならないようにしていた。

表向《おもてむ》きは、ヤコブの父親《ちちおや》であるハーネックさんが一家《いっか》の長《ちょう》だったが、多《おお》くの家庭《かてい》がそうであるように、実権《じっけん》は奥《おく》さんがにぎっていた。ハーネックのおばさんは見《み》るからに元気《げんき》のいいおっかさんという感《かん》じの人《ひと》で、肩幅《かたはば》が広《ひろ》く、ゆたかな胸《むね》をつきだして、気《き》まぐれな風《かぜ》にあおられるガリオン船《せん》のように家《いえ》のなかをゆうゆうと歩《ある》きまわっていた。大《おお》きな声《こえ》でよく笑《わら》い、かと思《おも》うと、手《て》の焼《や》ける四人《にん》の息子《むすこ》たちをチェコ語《ご》でののしりながらせき立《た》てたりしていた。ヤコブの三人《にん》の兄《あに》、カレル、ロベルト、アルフレッドはいずれも母親《ははおや》ゆずりの堂々《どうどう》とした体格《たいかく》だった。大柄《おおがら》でたくましく、しかも太《ふと》くよくひびく声《こえ》の三人《にん》がそばに来《く》ると、キティはいつも圧倒《あっとう》されてだまってしまった。父親《ちちおや》はヤコブ同様《どうよう》小柄《こがら》でやせていたが、革《かわ》のように堅《かた》い皮膚《ひふ》をしていて、キティはいつもしなびたリンゴを思《おも》い出《だ》した。よくナナカマドの木《き》でできた軸《じく》の曲《ま》がったパイプをくゆらせ、家《いえ》のなかや庭《にわ》でいい香《かお》りの煙《けむり》の輪《わ》をただよわせていたものだ。

ヤコブは父親《ちちおや》を心《こころ》からほこりに思《おも》っていた。

あるとき、壁《かべ》にボールをぶつけあうファイブズをして遊《あそ》んだあと、木《こ》かげでひと休《やす》みしながらヤコブはキティにいった。「父《とう》さんはすごいよ。あんなにじょうずに牛皮紙《ぎゅうひし》や革《かわ》の細工《さいく》ができる人《ひと》はいない。今《いま》、手《て》がけてるミニチュアの呪文《じゅもん》の冊子《さっし》なんてもう最高《さいこう》。古《ふる》いプラハ様式《ようしき》の金線模《きんせんも》様《よう》がほどこされてるんだけど、すっごく小《ちい》さいんだ！　ミニチュアなのに、動物《どうぶつ》や花《はな》の模様《もよう》がこまかいところまでちゃんと描《えが》かれていて、そのなかに小《ちい》さな象牙《ぞうげ》や宝石《ほうせき》が埋《う》めこまれてるんだよ。あんなことできるのは父《とう》さんだけさ」

「じゃあ、それが仕上《しあ》がれば、たくさんお金《かね》がもらえるね」キティはいった。

ヤコブはかんでいた草《くさ》の新芽《しんめ》をぺっと吐《は》きだすと、すかさずいった。「まさか、冗談《じょうだん》いうなよ。魔術師《まじゅつし》が父《とう》さんの仕事《しごと》に見《み》あった金《かね》を出《だ》すはずないだろ。ぜったいにない。父《とう》さんは商売《しょうばい》を続《つづ》けていくだけでせいいっぱいなんだ。だいいち、このボロ家《や》を見《み》ろよ」ヤコブは家《いえ》をあごでさした。屋根《やね》のスレート板《ばん》がかたむき、雨戸《あまど》はゆがんで泥《どろ》がこびりつき、ベランダのドアはペンキがはがれかかっていた。「こんな家《いえ》に住《す》まなきゃならないんだぜ。かんべんしてくれよ！」

「でもあたしの家《いえ》よりずっと大《おお》きい」キティはヤコブの家《いえ》をながめながらいった。

「ハーネック社《しゃ》はロンドンで二番目《ばんめ》に大《おお》きい印刷会社《いんさつがいしゃ》なんだ。ヤロスラフ社《しゃ》が一番《いちばん》だけど、あそこは大量生産《たいりょうせいさん》してるってだけで、手《て》がけているのはふつうの革装《かわそう》の本《ほん》や任命年鑑《にんめいねんかん》や目録《もくろく》ばかり。特別《とくべつ》なものはなにもない。ウチは技術《ぎじゅつ》のいるむずかしい仕事《しごと》をしてるんだ。本物《ほんもの》の職人芸《しょくにんげい》さ。だから魔術師《まじゅつし》たちがとても大事《だいじ》な本《ほん》の装丁《そうてい》をたのみたいときや、本《ほん》に自分《じぶん》の名前《なまえ》を刷《す》りこみたいときなんかは、たいていウチに来《く》る。魔術師《まじゅつし》ってのは自分《じぶん》だけのぜいたくなものが大好《だいす》きだからな。先週《せんしゅう》、父《とう》さんがある本《ほん》の化粧箱《けしょうばこ》を作《つく》ったんだけど、表紙《ひょうし》に小《ちい》さなダイヤモンドでペンタクルの模《も》様《よう》が入《はい》ってた。くだらない趣味《しゅみ》だけど、べつにかまいませんよって感《かん》じさ。女《おんな》が宝石《ほうせき》をほしがるみたいなもんだよ」

「なんで魔術師《まじゅつし》たちはちゃんとお金《かね》を払《はら》わないの？　ヤコブのお父《とう》さんがしっかり仕事《しごと》をしてくれないかもって心配《しんぱい》しないのかな？　質《しつ》がさがるとか……」

「父《とう》さんはそんなことしない。プライドが許《ゆる》さない。っていうか、ほんとは父《とう》さんはやつらのいいなりなんだ。魔術師《まじゅつし》たちに失礼《しつれい》なことはできないだろ。そんなことしたら会社《かいしゃ》はつぶされて、人手《ひとで》にわたっちゃう。ウチはチェコ人一家《じんいっか》で、いつ追放《ついほう》されてもおかしくないんだ。たとえハーネック社《しゃ》がロンドンで一五〇〇年続《ねんつづ》く老舗《しにせ》だって、信用《しんよう》しちゃもらえない」

「なにそれ？」キティは腹《はら》が立《た》った。「そんなバカな！　ヤコブのうちは信用《しんよう》されてる。でなきゃ、とっくに国外追放《こくがいついほう》されてるはずでしょ」

「やつらが寛大《かんだい》なのは、父《とう》さんたちの腕《うで》がいいからさ。けど、大陸《たいりく》のごたごたのせいで、ウチはつねに監視《かんし》されてる。スパイと通《つう》じてるんじゃないかって疑《うたが》われてるんだ。いつも〈捜索玉《そうさくだま》〉が工場《こうじょう》のなかで目《め》を光《ひか》らせているし、カレルとロベルトは尾行《びこう》されてる。警察《けいさつ》の手入《てい》れもこの二年《ねん》で四回《かい》もあったんだ。四回目《かいめ》なんて、家《いえ》じゅうめちゃくちゃにされたよ。ばあちゃんがちょうど風呂《ふろ》に入《はい》っててさ、ブリキの浴槽《よくそう》ごと道《みち》に放《ほう》り出《だ》されたんだ」

「ひどい!」キティはクリケットのボールを放《ほう》りあげ、手《て》をのばしてキャッチした。

「それが魔術師《まじゅつし》さ。やつらのことは大《だい》きらいだけど、だからってぼくたちになにができる? なんだよ、キティ。急《きゅう》に口《くち》とがらしてさ。なにが気《き》に入《い》らないんだよ」

キティはあわててくちびるをひっこめた。「ちょっと考《かんが》えてただけ。ヤコブのうちは魔術師《まじゅつし》が大《だい》きらいなのに、家族《かぞく》みんなで魔術師《まじゅつし》をささえてるわけでしょ。お父《とう》さんもお父《とう》さんの工場《こうじょう》ではたらくお兄《にい》さんたちも。それに工場《こうじょう》で作《つく》るものはみんな魔術師《まじゅつし》のためのもの。それなのにそんなひどいあつかいを受《う》けるなんて、どう考《かんが》えてもおかしいわよ。なにか手《て》はないの?」

ヤコブは悲《かな》しそうに笑《わら》った。「父《とう》さんがよくいうんだ。泳《およ》ぐのにいちばん安全《あんぜん》な場所《ばしょ》はサメのすぐうしろだって。ウチは魔術師《まじゅつし》たちに美《うつく》しいものを提供《ていきょう》して満足《まんぞく》させる。そうすればやつらはうるさいことはいわない。たいていはね。だけどもし、ちゃんとした仕事《しごと》をしなかったら、どうなると思《おも》う? すぐに責《せ》めたてられるに決《き》まってる。あー、またふくれっ面《つら》して」

キティは賛成《さんせい》する気《き》にはなれなかった。「魔術師《まじゅつし》のことがきらいなら、協力《きょうりょく》しなきゃいいじゃない！」キティは食《く》いさがった。「そんなのまちがってる」

「なんだよ」ヤコブは本気《ほんき》で怒《おこ》りだし、キティの足《あし》をけった。「バカいうな！　おまえの両親《りょうしん》だってやつらに協力《きょうりょく》してるじゃないか。してない人《ひと》なんていないんだ。どうしようもないだろ？　協力《きょうりょく》しないと警察か、もっとひどいやつらが夜やってきて、こっそり連れ去られるんだ。協力するしかないだろ。ちがうか？」

「そうだけど……」

「死《し》ぬのがイヤなら、文句《もんく》なんていってられないんだよ」

5 恐怖《きょうふ》の公園《こうえん》

悲劇《ひげき》はキティが十三歳《さい》のとき起《お》こった。

真夏《まなつ》で学校《がっこう》は休《やす》みだった。テラスハウスの屋根《やね》に日《ひ》がさんさんとふりそそぎ、鳥《とり》がさえずり、部屋《へや》のなかまで光《ひかり》がさしこんでいた。父《とう》さんが鼻歌《はなうた》を歌《うた》いながら、鏡《かがみ》の前《まえ》に立《た》ってネクタイをしめ直《なお》している。母《かあ》さんは出《で》かける前《まえ》に、キティの朝食《ちょうしょく》として、菓子《かし》パンをひとつ冷蔵庫《れいぞうこ》に入《い》れてくれていた。

ヤコブは朝早《あさはや》くやってきた。ドアをあけると、クリケットのバットをふりまわしている。

「やろうぜ。今日《きょう》はクリケット日和《びより》だ。緑地公園《りょくちこうえん》の奥《おく》のきれいなところに行《い》こう。平日《へいじつ》だからすいてるさ」

「うん」キティはいった。「あたしが打《う》つほうだからね。靴《くつ》はくから待《ま》って」

緑地公園《りょくちこうえん》はバーラムの西《にし》にあり、工場《こうじょう》や店《みせ》が集《あつ》まる地域《ちいき》からはなれていた。公園《こうえん》の東側《ひがしがわ》にはあちこちにレンガが転《ころ》がり、アザミが茂《しげ》り、錆《さ》びついた有刺鉄線《ゆうしてっせん》が張《は》られていて、日《ひ》ごろからキティたちのような子《こ》どもの遊《あそ》び場《ば》になっていた。ところがそこからさらに西《にし》に向《む》かい、線路《せんろ》の上《うえ》にかかる金属製《きんぞくせい》の古《ふる》い陸橋《りっきょう》をこえたあたりから、公園《こうえん》の景色《けしき》がだんだんよくなってくる。きれいにならされた広大《こうだい》な草地《くさち》に、木《こ》かげのできるブナの並木道《なみきみち》やマガモが泳《およ》ぐ湖《みずうみ》があるだけの立《た》ち入《い》り禁止区域《きんしくいき》だ。公園《こうえん》の向《む》こうには広《ひろ》い道路《どうろ》が走《はし》り、高《たか》い塀《へい》にかこまれた大邸宅《だいていたく》がならんでいて、ひと目《め》で魔術師《まじゅつし》たちの住《す》んでいる地域《ちいき》だとわかる。

一般人《いっぱんじん》で景色《けしき》のいい西側《にしがわ》の公園《こうえん》に入《はい》ろうとする者《もの》はいなかった。遊《あそ》び場《ば》ではいろんなうわさがささやかれていた。どこかの子《こ》が西側《にしがわ》の公園《こうえん》に入《はい》ったら、二度《ど》ともどってこなかったというたぐいの話《はなし》だ。キティはその手《て》の話《はなし》を本気《ほんき》にしていなかったので、ヤコブと一、二度《ど》陸橋《りっきょう》をわたって、湖《みずうみ》のほうまで出《で》かけたこともあった。一度《ど》、長《なが》いあごひげを生《は》やした身《み》なりのいい紳士《しんし》に湖《みずうみ》の反対側《はんたいがわ》からどなりつけられ、ヤコブがウケをねらって大《おお》げさな身《み》ぶりでこたえたことがある。紳士《しんし》が反応《はんのう》した様子《ようす》はなかったが、ふと見《み》ると、紳士《しんし》のそばにそれまで気《き》づかなかった人物《じんぶつ》がもうひとり立《た》っていた。とても背《せ》が低《ひく》く、ぼんやりとした印象《いんしょう》ではっきりとはわからなかったが、その人物《じんぶつ》がおどろくほどのスピードでこっちに向《む》かってくるのが見《み》えて、キティとヤコブはやっとのことで逃《に》げたのだった。

しかしたいていは、ふたりが線路《せんろ》の手前《てまえ》からながめても、禁止区域《きんしくいき》のほうにはだれもいなかった。空き地《あきち》のままにしておくなんてもったいない。今日《きょう》はこんなに天気《てんき》がよく、しかも魔術師《まじゅつし》たちは仕事《しごと》に出《で》かけている……。キティとヤコブは急《いそ》いで西側《にしがわ》の公園《こうえん》に向《む》かって走《はし》った。

ふたりの靴音《くつおと》が陸橋《りっきょう》のアスファルトにひびいた。

「ほら、だれもいない」ヤコブはいった。「いったとおりだろ」

「あれって人《ひと》?」キティは目《め》の上《うえ》に手《て》をかざして、円形《えんけい》に植《う》えられたブナの木《き》のほうを見《み》つめた。日《ひ》ざしがまぶしくてよく見《み》えない。「ほら、あの木《き》のそば。よく見《み》えないけど」

「どこ? ただの影《かげ》だろ。こわいなら塀《へい》のそばまで行《い》こう。道《みち》の向《む》こうの家《いえ》からは見《み》えないから」

ヤコブは急《いそ》いで小道《こみち》を横切《よこぎ》り、草地《くさち》に入《はい》っていった。舟《ふね》のオールみたいなバットの上《うえ》でボールをじょうずにはずませている。キティはおそるおそるあとをついていった。前方《ぜんぽう》に見《み》える高《たか》いレンガ塀《べい》が公園《こうえん》の西側《にしがわ》の境界《きょうかい》だ。その先《さき》には広《ひろ》い通《とお》りがあって、魔術師《まじゅつし》の邸宅《ていたく》が点在《てんざい》している。原《はら》っぱの真《ま》ん中《なか》にいると、魔術師《まじゅつし》の屋敷《やしき》の上階《じょうかい》の黒《くろ》い窓《まど》からだれかに見《み》られている気《き》がして落《お》ちつかないが、ヤコブのいうように塀《へい》のそばまで行《い》けば、邸宅《ていたく》からは死角《しかく》になって見《み》えない。だがそうなると、公園《こうえん》のいちばんはしまで行《い》かなければならないことになり、陸橋《りっきょう》から遠《とお》くはなれてしまう。それは危険《きけん》だからやめるべきだとキティは思《おも》った。でも、すごく天気《てんき》がいいし、あたりにはだれもいない……キティはそのままヤコブを追《お》いかけた。全身《ぜんしん》に気持《きも》ちのいい風《かぜ》を感《かん》じ、どこまでも広《ひろ》がる青空《あおぞら》に心《こころ》がおどる。

ヤコブは塀《へい》の数《すう》メートル手前《てまえ》で立《た》ちどまった。そばに噴水式《ふんすいしき》の水飲《みずの》み場《ば》がある。ヤコブはボールを軽《かる》く投《な》げあげると、真上《まうえ》に向《む》かってバットで思《おも》いきり打《う》った。「ここでやろう」ボールがもどってくるのを待《ま》ちながら、ヤコブがいった。「この水飲《みずの》み場《ば》がウィケット（三柱門《みばしらもん》）だ。ぼくが先攻《せんこう》」

「あたしが先《さき》って約束《やくそく》じゃない！」

「このバットはだれのもんだ？　ボールは？」

キティは文句《もんく》をいったものの、もつ者《もの》ともたざる者《もの》の法則《ほうそく》にはさからえない。結局《けっきょく》ヤコブが水飲《みずの》み場《ば》の前《まえ》に立《た》ち、キティは少《すこ》しうしろにさがった。歩《ある》きながら、いかにも投手《ボウラー》らしくショートパンツのすそでボールをふく。それからヤコブのほうに向《む》き直《なお》り、値《ね》ぶみするように目《め》を細《ほそ》めた。

ヤコブはバットで軽《かる》く地面《じめん》をたたき、にやにやしながら、からかうように腰《こし》をふる。

キティは助走《じょそう》を始《はじ》めた。最初《さいしょ》はゆっくり、徐々《じょじょ》にスピードをあげる。ボールは片手《かたて》でしっかりにぎっている。ヤコブがバットで地面《じめん》をたたいた。

キティは腕《うで》をふりあげ、いきおいよく投《な》げた。ボールは舗装《ほそう》された小道《こみち》の上《うえ》ではね、水飲《みずの》み場《ば》のほうに向《む》かっていく。

ヤコブのバットはみごとにボールをしんでとらえ、ボールはキティの頭上《ずじょう》をこえて空高《そらたか》くあがると、しまいには小《ちい》さな点《てん》になり、それからようやく公園《こうえん》の真《ま》ん中《なか》あたりに落《お》ちた。

ヤコブはおどりあがってよろこんだ。キティはヤコブをにらみつけてから、あきらめたようにふっとため息《いき》をつくと、しぶしぶボールをとりに行《い》った。

それから十分《ぷん》のうちに、キティは五回投《かいな》げて五回《かい》とも公園《こうえん》の東側《ひがしがわ》のほうまでボールをとりに行《い》った。太陽《たいよう》が照《て》りつけ、キティは汗《あせ》だくでいらいらしていた。五回目《かいめ》にボールをとりに行《い》き、へとへとになってようやくもどってくると、あてつけるようにボールを草《くさ》の上《うえ》に放《ほう》り投《な》げ、そばにへたりこんだ。

「つかれた？」ヤコブがやさしくきいた。「最後《さいご》の一球《きゅう》なんか、もうちょっとでとれたのに」

キティは皮肉《ひにく》たっぷりにフンっといった。

ヤコブがバットをさしだした。「じゃ、交代《こうたい》しようか」

「ちょっとタイム」

しばらくふたりは無言《むごん》ですわり、木《こ》の葉《は》が風《かぜ》にゆれるのをながめた。ときおり、塀《へい》の向《む》こうから車《くるま》の音《おと》が聞《き》こえてくる。カラスの大群《たいぐん》がけたたましく鳴《な》きながら、公園《こうえん》の上空《じょうくう》を飛《と》んでいき、遠《とお》くのオークの木《き》に舞《ま》いおりた。

「ばあちゃんがここにいなくてよかった」ヤコブがいった。「きらいなんだよな」

「なにが？」

「カラス」

「どうして？」キティはヤコブのおばあさんがいつも少《すこ》しこわかった。しなびた小《ちい》さい生《い》き物《もの》という感《かん》じで、豆《まめ》みたいな小《ちい》さな黒《くろ》い目《め》が、信《しん》じられないほどシワシワの顔《かお》にちょこんとついている。キッチンのあたたかい場所《ばしょ》にあるイスから決《けっ》して立《た》ちあがらず、パプリカとキャベツの漬《つ》け物《もの》のにおいをぷんぷんさせていた。ヤコブの話《はなし》だと百二歳《さい》らしい。

ヤコブが草《くさ》にとまっていたコガネムシをはじきとばした。「ばあちゃんはカラスが霊《れい》だって信《しん》じてる。魔術師《まじゅつし》たちの召《め》し使《つか》いだって。霊《れい》はカラスになるのが好《す》きなんだってさ。ばあちゃんもばあちゃんのお母《かあ》さんから聞《き》いたらしい。プラハから移住《いじゅう》してきた人《ひと》さ。だから、ばあちゃんは夜《よる》、窓《まど》をあけっぱなしにしておくのをいやがるんだ。どんなに暑《あつ》くてもね」そこでヤコブはわざとしわがれた、ふるえ声《ごえ》を出《だ》した。「しめとくれ、ヤコブや！　悪魔《あくま》が入《はい》ってくるだろ！——ばあちゃんの頭《あたま》んなかはそんなことでいっぱいさ」

キティはまゆをひそめた。「じゃあ、ヤコブは悪魔《あくま》を信《しん》じてないの？」

「もちろん信《しん》じてるさ！　魔術師《まじゅつし》が力《ちから》をもっているのは悪魔《あくま》がいるからに決《き》まってるじゃないか。やつらが装丁《そうてい》や印刷《いんさつ》をたのんでくる呪文《じゅもん》の本《ほん》にぜんぶ書《か》いてある。それが魔法《まほう》の正体《しょうたい》さ。魔術師《まじゅつし》たちは悪魔《あくま》に魂《たましい》を売《う》って助《たす》けを借《か》りる……ただし、呪文《じゅもん》は正確《せいかく》にとなえないとだめだ。もしまちがえれば、悪魔《あくま》に殺《ころ》される。そんな魔術師《まじゅつし》にだれがなりたいと思《おも》う？　ぼくはいやだね。いくらえらくなれても」

キティはしばらく無言《むごん》であおむけに寝《ね》ころがったまま、雲《くも》をながめた。それからふと思《おも》いついていった。「ねえ、思《おも》ったんだけど……ヤコブのお父《とう》さんもおじいさんもずっと魔術師用《まじゅつしよう》の呪文《じゅもん》の本《ほん》を作《つく》ってきたわけでしょ。だったら内容《ないよう》を何度《なんど》も読《よ》んでるはずじゃない？　てことは――」

「いいたいことはわかるよ。たしかにいろいろ目《め》にしてるだろうから、魔法《まほう》の被害《ひがい》にあわずにすむ方法《ほうほう》ぐらい知《し》ってるのかもしれない。けど、呪文《じゅもん》っていうのはたいてい妙《みょう》な国《くに》の言葉《ことば》で書《か》かれてるし、言葉《ことば》だけおぼえればいいってもんでもない。図《ず》みたいなものを描《か》かなきゃいけないし、薬品《やくひん》を使《つか》ったり、そのほかにも恐《おそ》ろしいほどたくさんおぼえなきゃならないんだ。悪魔《あくま》を自由《じゆう》にあやつるためにはね。まともな人間《にんげん》なら、まずそんなことに首《くび》をつっこもうとは思《おも》わないよ。父《とう》さんはいっさい立《た》ち入《い》らないようにして本《ほん》を作《つく》ってる」ヤコブはため息《いき》をついた。「だけど、世《せ》間《けん》の人《ひと》はウチの家族《かぞく》がそういうことに通《つう》じていると思《おも》ってる。プラハが攻《せ》めこまれて、魔術師《まじゅつし》たちが殺《ころ》されたあと、ウチのじいちゃんのおじさんのひとりが暴徒《ぼうと》に追《お》われて高《たか》いところにある窓《まど》からつき落《お》とされたんだ。おじさんは屋根《やね》にぶつかって死《し》んだんだって。じいちゃんはそのあとすぐにイギリスに逃《に》げてきて、商売《しょうばい》を再開《さいかい》したんだ。ここのほうが安全《あんぜん》だからね。だけど……」

ヤコブは起《お》きあがってのびをした。「あのカラスたちが悪魔《あくま》かどうかは大《おお》いに疑問《ぎもん》だな。悪魔《あくま》なら木《き》にとまったままでいるなんてことなさそうだしさ。さあ、やろうぜ」そういって、バットをキティのほうへ放《ほう》ってよこした。「そっちの攻撃《こうげき》だ。ぜったい初球《しょきゅう》でアウトをとってやるよ」

じっさい、そのとおりになったので、キティは猛烈《もうれつ》に頭《あたま》にきた。次《つぎ》の打席《だせき》もまた次《つぎ》の打席《だせき》も。

クリケットボールが水飲《みずの》み場《ば》に当《あ》たるにぶい音《おと》があたりにひびいた。ヤコブの歓声《かんせい》がこだました。

キティはとうとうバットを投《な》げすてた。

「ずるい！　ボールに重《おも》りでもつけたんじゃないの」

「たんに才能《さいのう》の差《さ》ってやつさ。次《つぎ》、ぼくの攻撃《こうげき》」

「もう一球《きゅう》」

「よし」ヤコブは下手投《したてな》げでわざとゆっくりしたボールを投《な》げた。キティは必死《ひっし》でバットをふった。今度《こんど》はおどろくほどボールの手《て》ごたえを感《かん》じ、手《て》からひじにかけてふるえが走《はし》った。

「やった！　いいあたり！　とれるもんならとってみなさいよ！」キティはうれしさにとびあ

がって、ヤコブがすぐにボールを追《お》ってかけだしていくだろうと思《おも》った。だがヤコブは動《うご》かなかった。その場《ば》に立《た》ちつくしたまま、おどおどとキティのうしろを見《み》あげている。

キティはふり返《かえ》った。バットをふりきって打《う》ったボールは、キティの後方《こうほう》に高《たか》く舞《ま》いあがり、音《おと》もなく空《そら》からまっすぐに落《お》ちてくると、塀《へい》の向《む》こうの道路《どうろ》に消《き》えた。

次《つぎ》の瞬間《しゅんかん》、ガラスの割《わ》れる大《おお》きな音《おと》が聞《き》こえ、続《つづ》いてタイヤがスリップする音《おと》、金属《きんぞく》のようなものがはげしくぶつかる音《おと》がした。

音《おと》がやんだ。塀《へい》の向《む》こうでかすかにシューッという、こわれた機械《きかい》から蒸気《じょうき》がもれるような音《おと》がしている。

キティはヤコブのほうを見《み》た。ヤコブも見返《みかえ》す。

とたんにふたりはかけだした。

ふたりは遠《とお》くの陸橋《りっきょう》めざしていちもくさんに逃《に》げた。頭《あたま》をさげ、必死《ひっし》に腕《うで》をふって、先《さき》を争《あらそ》って走《はし》り、うしろはふり返《かえ》らなかった。キティはまだ手《て》にバットをにぎっていた。重《おも》くてたまらず息《いき》を切《き》らしてバットを投《な》げすてると、それを見《み》たヤコブがヒッと声《こえ》をあげて、立《た》ちどまった。

「バカッ！　ぼくの名前《なまえ》が書《か》いてあるんだぞ」ヤコブはかけもどった。キティは足《あし》をゆるめ、ふり返《かえ》ってヤコブがバットをひろうのを見《み》た。視線《しせん》の少《すこ》し先《さき》に公園《こうえん》の門《もん》があった。その向《む》こうの道《どう》路《ろ》から、黒《くろ》い服《ふく》の人物《じんぶつ》がよろよろとあらわれ、門《もん》のところで立《た》ちどまってこっちを見《み》た。

ヤコブがバットをつかんでまたかけだした。「早《はや》く！」キティは息《いき》を切《き》らしながらせかした。

ヤコブが追《お》いつくと、「だれか見《み》てる……」といったが、息《いき》が苦《くる》しくてあとが続《つづ》かない。

「もうちょっとだ」ヤコブはキティを追《お》いぬいて湖《みずうみ》の横《よこ》をぬけた。湖面《こめん》にいた水鳥《みずどり》の群《む》れがおどろいて悲鳴《ひめい》をあげ、翼《つばさ》をバタバタさせている。ふたりはブナの木《こ》かげをぬけ、ゆるい坂道《さかみち》をのぼって陸橋《りっきょう》へ急《いそ》いだ。「だいじょうぶ……陸橋《りっきょう》をこえて……くぼみにかくれれば……もうちょっとだ」

キティはふり返《かえ》りたくてたまらなかった。さっき見《み》た黒《くろ》い服《ふく》の人物《じんぶつ》があとを追《お》ってくる姿《すがた》が頭《あたま》に浮《う》かんで、背《せ》すじがぞっとした。でもあたしたちのほうがずっと足《あし》が速《はや》い。だいじょうぶ。きっと逃《に》げきれる。

ヤコブが陸橋《りっきょう》をかけのぼった。キティもあとを追《お》う。階段《かいだん》をふみつけながら必死《ひっし》にのぼった。かわいた金属音《きんぞくおん》と振動音《しんどうおん》がひびいた。ようやく上《うえ》までのぼりきり、反対側《はんたいがわ》へ向《む》かおうとしたとき……。

陸橋《りっきょう》のはしにすっとなにかがあらわれた。

ふたりは悲鳴《ひめい》をあげた。とつぜん行《ゆ》く手《て》をさえぎられ、立《た》ちふさがったものをよけようとした拍子《ひょうし》に、はげしくぶつかりあってしまったのだ。

人間《にんげん》ぐらいの背丈《せたけ》のものが立《た》っていた。しぐさも、自分《じぶん》は人間《にんげん》だと思《おも》いこんでいるかのようで、二本《ほん》の長《なが》い足《あし》でまっすぐに立《た》ち、両腕《りょううで》をのばして手《て》をにぎっている。しかしそれは人間《にんげん》ではなかった。化《ば》け物《もの》ザルといった感《かん》じの生《い》き物《もの》で、やけに手足《てあし》が長《なが》い。全身《ぜんしん》うす緑《みどり》の毛《け》におおわれ、頭《あたま》と鼻《はな》のまわりだけは黒《くろ》に近《ちか》い深《ふか》い緑《みどり》だ。そして黄色《きいろ》く光《ひか》るいじわるそうな目《め》。化《ば》け物《もの》はちょっと首《くび》をかしげてニタニタすると、準備運動《じゅんびうんどう》のように細長《ほそなが》い手《て》を動《うご》かした。横縞《よこじま》の入《はい》ったしっぽが背中《せなか》でむちのようにしなり、風《かぜ》を切《き》る音《おと》がした。

ヤコブとキティはしゃべることも動《うご》くこともできなかった。

「もどろう！」さけんだのはキティだった。ヤコブはショックで声《こえ》も出《で》ず、つっ立《た》ったままだ。キティはヤコブのシャツのえりをわしづかみにして、向《む》きを変《か》えた。

すると黒《くろ》いスーツの男《おとこ》が橋《はし》のもう一方《いっぽう》をふさぐように立《た》っていた。両手《りょうて》をポケットにつっこみ、ネクタイが厚地《あつじ》のモールスキンのベストのなかにきちんとおさまっている。追《お》ってきたはずなのに息《いき》は少《すこ》しもみだれていなかった。

キティはヤコブのえりをつかんだまま、その場《ば》でかたまった。ヤコブは化《ば》け物《もの》のほうを向《む》いたままだ。ヤコブの手《て》がのびてきて、キティのT《ティー》シャツのすそをつかもうと必死《ひっし》にさぐった。あたりはしんとして、聞《き》こえるのはふたりの苦《くる》しい息《いき》づかいと化《ば》け物《もの》のしっぽが風《かぜ》を切《き》る音《おと》だけ。頭《ず》上《じょう》を一羽《わ》のカラスがけたたましく鳴《な》きながら通《とお》りすぎる。キティは自分《じぶん》の心臓《しんぞう》の音《おと》が聞《き》こえそうな気《き》がした。

スーツの男《おとこ》は落《お》ちつきはらっていた。背《せ》は低《ひく》いが、がっしりしている。丸顔《まるがお》のわりに鼻《はな》が異常《いじょう》に高《たか》くとがっていて、キティは追《お》いつめられているというのに、なんとなく日時計《ひどけい》みたいな顔《かお》だ、と思《おも》った。男《おとこ》の顔《かお》には表情《ひょうじょう》がなかった。

ヤコブはとなりでふるえている。しゃべるのは無理《むり》だろう。

「あの……」キティはかすれた声《こえ》でいった。「な、なんか用《よう》ですか?」

長《なが》い沈黙《ちんもく》があった。男《おとこ》がキティに話《はな》しかけるのをしぶっているようにも見《み》える。だが、ようやく口《くち》をひらいた男《おとこ》の声《こえ》はぞっとするほどやさしかった。「何年《なんねん》か前《まえ》だが、オークションでロールスロイスを一台買《だいか》ってね。あちこち修理《しゅうり》が必要《ひつよう》な代物《しろもの》だったが、それでもわたしにはかなり高《たか》い買《か》い物《もの》だった。以来《いらい》、それにさらに金《かね》をつぎこみ、車体《しゃたい》、タイヤ、エンジンをとりかえ、しかも色《いろ》つきの水晶《すいしょう》で作《つく》ったフロントガラスを特注《とくちゅう》した。わたしの車《くるま》はおそらくロンドン一《いち》になったはずだ。まあ道楽《どうらく》みたいなもので、いそがしい仕事《しごと》の合間《あいま》のささやかな気晴《きば》らしだがね。ちょうどきのう、何《なん》か月《げつ》もさがしていた磁器製《じきせい》のナンバープレートをようやく見《み》つけて、ボンネットにとりつけた。これで車《くるま》はいよいよ完璧《かんぺき》なものになった。それで今日《きょう》はひと走《はし》りさせていたんだ。そしたらなにが起《お》こったと思《おも》う？　不意討《ふいう》ちにあったんだ。ふってわいたようにとつぜん。それも一般人《いっぱんじん》のガキどもふたりだ。おまえたちがわたしの車《くるま》の大事《だいじ》なフロントガラスをわったせいで、こっちはハンドルをとられて街灯《がいとう》につっこんだ。車体《しゃたい》もタイヤもエンジンもこわれ、ナンバープレートはこなごなになった。自慢《じまん》の車《くるま》が台無《だいな》しだ。もう二度《にど》と動《うご》かない……」男《おとこ》はそこで言葉《ことば》を切り、息《いき》をすった。その拍子《ひょうし》に分厚《ぶあつ》いピンクの舌《した》がベロリと口《くち》から出《で》た。「さてどうしてもらおうか？　まずはおまえたちがなんと答《こた》えるか聞《き》きたいものだ」

キティはなにか思《おも》いつかないかと、目《め》をきょろきょろさせた。「あの……まずは、ごめんなさい、ですよね？」

「ごめんなさい？」

「そうです。だって事故《じこ》だったんです。でしょう？　わざとやったわけじゃ――」

「あれだけのことをしておいてか？　あれだけの被害《ひがい》の原因《げんいん》をつくっておいて？　このこずるい一般人《いっぱんじん》のガキめが……」

キティの目《め》に涙《なみだ》があふれた。「そんなことない！」必死《ひっし》でうったえた。「あなたの車《くるま》にボールをぶつけるつもりはなかったんです。ただ遊《あそ》んでいただけで！　道路《どうろ》だって見《み》えなかったし……」

「遊《あそ》んでいただと？　一般人《いっぱんじん》は立《た》ち入《い》り禁止《きんし》の庭園《ていえん》でか？」

「立《た》ち入《い》り禁止《きんし》じゃないわ。それにもしそうだとしたって、そんなのおかしいじゃない！」キティはマズいと思《おも》いながらも、いつのまにか声《こえ》を荒《あら》げていた。「ほかに遊《あそ》んでいる人《ひと》もいないでしょ？　あたしたちはあぶないことをしてたわけじゃないわ。なぜここへ来《き》ちゃいけないの？」

「キティ」ヤコブの泣《な》きそうな声《こえ》がした。「よせ」

「ネマイズ」男《おとこ》は橋《はし》の反対側《はんたいがわ》にいる化《ば》け物《もの》ザルに呼《よ》びかけた。「もう少《すこ》し近《ちか》くへ来《こ》い。たのみたい仕事《しごと》がある」

鉤爪《かぎづめ》が金属《きんぞく》の板《いた》をふむいやな音《おと》がした。となりでヤコブがびくびくしている。

「あの」キティは静《しず》かにいった。「車《くるま》のことについてはおわびします。ほんとうです」

「それならなぜ逃《に》げた？　素直《すなお》に自分《じぶん》たちの責任《せきにん》をみとめればよかっただろう？」

声《こえ》が小《ちい》さくなった。「ゆるしてください……こわかったんです」

「なんとずるがしこい。ネマイズ……〈黒竜巻《くろたつまき》〉はどうだ？」

キティの耳《みみ》に、指《ゆび》の関節《かんせつ》を鳴《な》らすポキポキッという音《おと》が聞《き》こえ、それから考《かんが》えこむような低《ひく》い声《こえ》がした。「速度《そくど》はどうします？　こいつらは体《からだ》が標準《ひょうじゅん》サイズまで達《たっ》していませんが」

「この罪《つみ》はかなり重《おも》いだろう？　高価《こうか》な車《くるま》だったんだ。いいからやれ」魔術師《まじゅつし》は自分《じぶん》の役目《やくめ》は終《お》わったというようにくるりと背《せ》を向《む》けると、あいかわらずポケットに両手《りょうて》をつっこんだまま、よろよろと門《もん》のほうへもどっていった。

今《いま》なら逃《に》げられるかも……キティはヤコブのえりをひっぱった。「早《はや》く！」

ヤコブの顔《かお》は真《ま》っ青《さお》だった。口《くち》からもれる言葉《ことば》がキティの耳《みみ》にかろうじて聞《き》こえた。「むりだよ。もう逃《に》げられない」ヤコブの手《て》はすでにキティのT《ティー》シャツを放《はな》し、力《ちから》なくたれさがっている。

鉤爪《かぎづめ》が陸橋《りっきょう》の金属板《きんぞくばん》をふむ音《おと》が近《ちか》づいた。「こっちを向《む》け」

一瞬《いっしゅん》キティの頭《あたま》に、ヤコブから手《て》を放《はな》して逃《に》げようかという思《おも》いがよぎった。ひとりで陸橋《りっきょう》をおり、魔術師《まじゅつし》が去《さ》ったほうへ逃《に》げようか……。だがすぐに、その考《かんが》えにも、そう考《かんが》えた自分《じぶん》にも嫌気《いやけ》がさし、決死《けっし》の覚悟《かくご》でふり返《かえ》って化《ば》け物《もの》と向《む》きあった。

「よし、いいぞ。竜巻《たつまき》の罰《ばつ》をあたえるには、直接《ちょくせつ》向《む》きあうほうが望《のぞ》ましい」サル顔《がお》の化《ば》け物《もの》はそれほど悪意《あくい》があるようには見《み》えなかった。むしろ少《すこ》しうんざりしているようだ。

キティは恐怖《きょうふ》をなんとかおさえながら、すがるように手《て》をあげた。「お願《ねが》い……ひどいことしないで！」

黄色《きいろ》い目《め》が見《み》ひらかれ、黒《くろ》いくちびるが悲《かな》しそうにとがった。「残念《ざんねん》だがそれは無理《むり》だ。命令《めいれい》だからな。おれは〈黒竜巻《くろたつまき》〉の罰《ばつ》をおまえたちにあたえるようにいわれたんだ。命令《めいれい》にさからうことはできない。でないとこっちが危険《きけん》にさらされることになる。おまえたちはおれを〈焼尽《しょうじん》の呪文《じゅもん》〉の罰《ばつ》にさらしたいのか？」

「そうしてもらうわけには、いかない？」

悪魔《あくま》は怒《おこ》ったネコのようにしっぽをはげしくふるわせながら、片方《かたほう》のひざを折《お》り、もう一方《いっぽう》のひざの裏側《うらがわ》を関節《かんせつ》のある鉤爪《かぎづめ》でボリボリかいた。「そりゃだめだ。あの車《くるま》をこわしたのはどう考《かんが》えてもマズい。こうなったらとっととすませちまおう」

悪魔《あくま》が片手《かたて》をあげた。

キティはヤコブの腰《こし》に腕《うで》をまわした。シャツの上《うえ》からでもヤコブの心臓《しんぞう》がはねあがるのがわかった。

悪魔《あくま》ののばした指《ゆび》の少《すこ》し先《さき》で、はげしく渦《うず》まく灰色《はいいろ》の煙《けむり》が発生《はっせい》して大《おお》きくなり、ふたりのほうへいきおいよく向《む》かってきた。ヤコブの悲鳴《ひめい》が聞《き》こえる。キティの目《め》に一瞬《いっしゅん》、赤《あか》とオレンジの炎《ほのお》が煙《けむり》の中心部《ちゅうしんぶ》でゆらめくのが見《み》えた。その直後《ちょくご》、顔《かお》に強烈《きょうれつ》な熱波《ねっぱ》を受《う》けて、キティは気《き》を失《うしな》った。

6

月夜《つきよ》にまぎれて

「キティ……キティ！」

「ん？」

「起《お》きろ。時間《じかん》だ」

キティは顔《かお》をあげ、まばたきした。幕間《まくあい》の劇場《げきじょう》のざわめきが耳《みみ》にもどってくる。客席《きゃくせき》はすでに明《あか》るく、舞台《ぶたい》には紫《むらさき》の緞帳《どんちょう》がおりていた。観客《かんきゃく》がばらばらと席《せき》から立《た》ちあがり、紅潮《こうちょう》した顔《かお》で一列《いちれつ》になってゆっくり歩《ある》いていく。つかの間《ま》キティはざわめきの洪水《こうずい》につかった。しだいに満《み》ちていく潮《しお》のように、音《おと》がこめかみに打《う》ちつける。キティは首《くび》をふって音《おと》をはらいのけると、スタンリーを見《み》た。キティの前列《ぜんれつ》の席《せき》から身《み》をのりだして、皮肉《ひにく》っぽい笑《え》みを浮《う》かべている。

「あ、ああ」キティはあわてていった。「そうだね、行《い》こう」

「カバン、忘《わす》れんなよ」

「忘《わす》れるわけないでしょ」

「眠《ねむ》ってたくせに」

キティは思《おも》いきり息《いき》をすいこみ、目《め》にかかった髪《かみ》をはらいのけた。それから足元《あしもと》の革《かわ》カバンをつかんで立《た》ちあがると、前《まえ》を通《とお》ろうとする男《おとこ》の人《ひと》に道《みち》をあけ、自分《じぶん》もそのあとについて客席《きゃくせき》のあいだを進《すす》んだ。歩《ある》きながらちらっとフレッドを見《み》たが、いつもと同《おな》じうつろな目《め》にはなんの表情《ひょうじょう》も浮《う》かんでいない。それでもキティはその顔《かお》に自分《じぶん》へのあざけりを感《かん》じ、くちびるをかみしめながら重《おも》い足取《あしど》りで通路《つうろ》のほうへ向《む》かった。

客席《きゃくせき》のあいだの通路《つうろ》はどこも混雑《こんざつ》していた。飲《の》み物《もの》カウンターに向《む》かう人《ひと》、トイレに向《む》かう人《ひと》、小《ちい》さいライトがともった壁《かべ》ぎわのアイスクリーム売《う》りのほうに向《む》かう人《ひと》。これだけこんでいると、どこへ行《い》くのも大変《たいへん》だ。まるで家畜市場《かちくしじょう》のようだとキティは思《おも》った。家畜《かちく》の群《む》れが誘導《ゆうどう》されながら、コンクリートと金属《きんぞく》でできた迷路《めいろ》のような囲《かこ》いのなかをゆっくり移動《いどう》していく光景《こうけい》に似《に》ている。キティは深《ふか》いため息《いき》をつくと、自分《じぶん》も群《む》れに加《くわ》わった。小声《こごえ》で「ごめんなさい、すいませんをくり返《かえ》し、ひじをうまく使《つか》いながら、いろんな形《かたち》や大《おお》きさの背中《せなか》やお腹《なか》のあいだをじりじりと進《すす》んで、両《りょう》びらきのとびらに向《む》かった。

途中《とちゅう》で肩《かた》をたたかれ、顔《かお》をあげるとスタンリーがにやにやしていた。「芝居《しばい》つまんなかった?」

「ぜんぜんおもしろくなかった」

「多少《たしょう》は見《み》どころもあったと思《おも》うけど」

「あんたにはね」

スタンリーはわざとおどけて皮肉《ひにく》っぽい声《こえ》を出《だ》した。「少《すく》なくともぼくは、仕事中《しごとちゅう》は寝《ね》ないけどな」

「仕事《しごと》はこれからよ」キティはぴしゃりといった。

顔《かお》をこわばらせて、髪《かみ》をみだしたまま、キティはとびらをくぐってホールの外《そと》の廊下《ろうか》におしだされた。自分《じぶん》に腹《はら》が立《た》ってしょうがなかった。芝居《しばい》の途中《とちゅう》で居眠《いねむ》りしたことも、スタンリーにやすやすとやりこめられたことも腹《はら》だたしい。いつも人《ひと》のあらさがしをして、つけこむチャンスをうかがっているスタンリーに、格好《かっこう》の理由《りゆう》をあたえてしまった。キティはいたたまれずに首《くび》をふった。忘《わす》れよう。今《いま》はそんなことを考《かんが》えてる場合《ばあい》じゃない。

人《ひと》ごみをかきわけてロビーに出《で》ると、大勢《おおぜい》の観客《かんきゃく》が次々《つぎつぎ》に通《とお》りに出《で》て、冷《つめ》たいものを飲《の》みながら、夏《なつ》の夕暮《ゆうぐ》れのひとときを楽《たの》しもうとしていた。キティもその流《なが》れに乗《の》った。空《そら》は深《ふか》い青《あお》をたたえ、日《ひ》がゆっくりしずみかけている。通《とお》りの向《む》かいの建物《たてもの》は、祝日《しゅくじつ》に備《そな》えて色《いろ》とりどりの旗《はた》や垂《た》れ幕《まく》が飾《かざ》られていた。グラスのふれあう音《おと》や人々《ひとびと》の笑《わら》い声《ごえ》が聞《き》こえるなか、三人《にん》は無言《むごん》であたりを警戒《けいかい》しながら、にぎやかな人《ひと》ごみにまぎれた。

通《とお》りの曲《ま》がり角《かど》で、キティは腕時計《うでどけい》に目《め》を落《お》とした。「あと十五分《ふん》」スタンリーがいった。「今夜《こんや》は魔術師《まじゅつし》たちが多少出歩《たしょうである》いてる。あそこでジンをがぶ飲《の》みしてるバアさんがいるだろ、緑《みどり》の服《ふく》を着《き》た？　バッグのなかになにか入《はい》ってる。強《つよ》いオーラが出《で》てる。かっぱらうか？」

「だめ。計画《けいかく》した仕事《しごと》が先《さき》よ。フレッド、行《い》って」

フレッドはうなずくと、革《かわ》ジャンのポケットからタバコとライターをとりだした。ぶらぶら歩《ある》いてわき道《みち》を見通《みとお》せる場所《ばしょ》まで来《く》ると、タバコに火《ひ》をつけながら様子《ようす》をうかがった。それから満《まん》足《ぞく》そうな顔《かお》で、ちらりともふり返《かえ》らずにわき道《みち》に入《はい》っていった。キティとスタンリーもあとに続《つづ》いた。その通《とお》りにはいろいろな店《みせ》やバーやレストランがならんでいて、たくさんの人《ひと》が散歩《さんぽ》を楽《たの》しみながらのんびり歩《ある》いている。次《つぎ》の曲《ま》がり角《かど》にさしかかると、タバコの火《ひ》が消《き》えたらしく、フレッドはちょっと立《た》ちどまって火《ひ》をつけ直《なお》した。目《め》がまた慎重《しんちょう》にあたりの様子《ようす》をうかがっている。だが今度《こんど》は目《め》を細《ほそ》くすがめて、さりげなくもどってきた。キティとスタンリーは楽《たの》しそうにウィンドウショッピングをしていた。手《て》をつないでいかにも幸《しあわ》せなカップルのふりだ。フレッドがふたりの横《よこ》を通《とお》りすぎながら、「悪魔《あくま》が来《く》る」と小声《こごえ》でいった。「カバンをかくしておけ」

一分《ぷん》がすぎた。キティとスタンリーはペルシャじゅうたんを飾《かざ》ったショーウィンドウをながめながら、甘《あま》い言葉《ことば》をささやきあったり、すねた口調《くちょう》でしゃべったりしている。フレッドはとなりの店先《みせさき》にならんだ花《はな》を熱心《ねっしん》にながめた。キティは目《め》のはしで、通《とお》りの曲《ま》がり角《かど》を見張《みは》った。りっぱな身《み》なりをした白髪頭《しらがあたま》の小柄《こがら》な紳士《しんし》が、角《かど》を曲《ま》がってやってきた。軍歌《ぐんか》の一節《いっせつ》を鼻歌《はなうた》まじりに口《くち》ずさんでいる。老紳士《ろうしんし》は通《とお》りをわたり、すぐに見《み》えなくなった。キティはフレッドをちらっと見《み》た。ほとんど気《き》づかないくらいかすかに、フレッドの首《くび》が左右《さゆう》に動《うご》く。キティとスタンリーはその場《ば》にとどまった。今度《こんど》は花飾《はなかざ》りのついたつばの広《ひろ》い帽子《ぼうし》をかぶった中年《ちゅうねん》の女性《じょせい》があらわれた。女《おんな》はのろのろと歩《ある》いている。まるで世《よ》の不幸《ふこう》を見《み》つめているとでもいいたげな様子《ようす》だ。女《おんな》は曲《ま》がり角《かど》のところでちょっと立《た》ちどまり、深《ふか》いため息《いき》をつくと、キティたちのほうへやってきた。女《おんな》がそばを通《とお》りすぎたとき、むっとするような趣味《しゅみ》の悪《わる》い香水《こうすい》のにおいがした。女《おんな》の足音《あしおと》が遠《とお》ざかっていった。

「よし」フレッドはそういって曲《ま》がり角《かど》までもどると、あたりをさっと確認《かくにん》してからうなずき、角《かど》の向《む》こうに消《き》えた。キティとスタンリーはショーウィンドウをはなれ、あとを追《お》った。にぎっていた手《て》を、病気《びょうき》がうつるとでもいうかのようにさっとひっこめあう。キティはコートの下《した》にかくしていた革《かわ》カバンを手《て》にもった。

三人《にん》が入《はい》った路地《ろじ》はせまく、通行人《つうこうにん》はいない。道《みち》の左側《ひだりがわ》に黒《くろ》い柵《さく》があって、その奥《おく》は真《ま》っ暗《くら》でがらんとしている。じゅうたん屋《や》の集配倉庫《しゅうはいそうこ》だ。フレッドは柵《さく》から身《み》をのりだし、路地《ろじ》の様子《ようす》を確認《かくにん》した。「〈捜索玉《そうさくだま》〉が今《いま》、つきあたりの道《みち》を通《とお》りすぎた。だいじょうぶ、おれたちは見《み》つかっていない。スタンリー、今度《こんど》はおまえの番《ばん》だ」

倉庫《そうこ》に通《つう》じる門《もん》には南京錠《なんきんじょう》がかかっていた。スタンリーは門《もん》に近《ちか》づき、慎重《しんちょう》に調《しら》べると、服《ふく》のどこかからペンチをとりだした。一回《かい》しめ一回《かい》ねじると鎖《くさり》が切《き》れて門《もん》があいた。三人《にん》はスタンリーを先頭《せんとう》に敷地内《しきちない》に入《はい》った。スタンリーが行《ゆ》く手《て》の地面《じめん》を食《く》い入《い》るように見《み》つめている。

「なにかあるの?」キティがきいた。

「ここじゃないけど、裏口《うらぐち》が監視《かんし》されてる。魔法《まほう》の一種《いっしゅ》だ。けど、あの窓《まど》ならだいじょうぶだ」スタンリーが窓《まど》を指《ゆび》さした。

「わかった」キティはそっと窓《まど》に近《ちか》づき、建物《たてもの》のなかをさっと見《み》まわした。外《そと》からはほとんどなにも見《み》えなかったが、なかは倉庫《そうこ》になっているらしく、じゅうたんが積《つ》まれていた。どれも筒状《つつじょう》にまかれて布《ぬの》でしっかり包《つつ》んである。キティはふたりのほうを見《み》て、小声《こごえ》で呼《よ》びかけた。「なにか見《み》える?」

スタンリーがさらっといった。「やんなっちゃうよな、これでキティがリーダーをまかされてるんだから。ぼくらがいないとどうにもならないってのにさ。ここには罠《わな》はない」

「悪魔《あくま》はいない」フレッドもいった。

「わかった」キティはすでに黒《くろ》の手袋《てぶくろ》をはめていた。こぶしをにぎりしめ、いちばん下《した》の窓《まど》ガラスをぶち割《わ》る。窓《まど》の下《した》の木枠《きわく》にガラスが落《お》ちてくだける音《おと》がした。キティはあいたすきまに手《て》を入《い》れて掛《か》け金《がね》をはずすと、窓《まど》をおしあけ、敷居《しきい》にとびのった。それから音《おと》をたてないよう慎重《しんちょう》に部屋《へや》のなかにとびおり、あたりを見《み》まわす。あとのふたりが来《く》るのを待《ま》たずに、布《ぬの》に包《つつ》まれたじゅうたんの山《やま》のあいだをすりぬけた。カビくさいにおいがする。キティは大急《おおいそ》ぎで半《はん》びらきのドアにたどりつくと、カバンから懐中電灯《かいちゅうでんとう》を出《だ》し、ぜいたくな内装《ないそう》の広々《ひろびろ》とした事務所《じむしょ》をはじから照《て》らした。机《つくえ》、イス、壁《かべ》にかかった絵画《かいが》。部屋《へや》のすみに、背《せ》の低《ひく》い黒《くろ》い金庫《きんこ》があった。

「待《ま》て」スタンリーがキティの腕《うで》をつかんだ。「小《ちい》さいが、光《ひかり》を発《はっ》する糸《いと》が足元《あしもと》に張《は》られている。机《つくえ》と机《つくえ》のあいだだ。魔法《まほう》の罠《わな》だ。ちゃんとよけろよ」

キティはかっとなって、スタンリーの手《て》をふりほどいた。「ヘマなんかしない。それほどマヌケじゃないわよ」

スタンリーは肩《かた》をすくめた。「わかった、わかった」

キティは目《め》に見《み》えない糸《いと》にふれないよう机《つくえ》と机《つくえ》のあいだを大股《おおまた》でこえ、金庫《きんこ》に近《ちか》づいた。もってきたカバンをあけて小《ちい》さな白《しろ》い玉《たま》をとりだすと、床《ゆか》に置《お》き、慎重《しんちょう》に来《き》た方向《ほうこう》へもどる。ドアまで来《く》ると、ある言葉《ことば》をとなえた。すると軽《かる》いため息《いき》に続《つづ》いて突風《とっぷう》が起《お》き、玉《たま》が内側《うちがわ》に破裂《はれつ》して消《き》えた。一瞬《いっしゅん》、玉《たま》のあったほうへすべてのものがぐっと引《ひ》っぱられた。そばにあった絵《え》が壁《かべ》から落《お》ち、じゅうたんが床《ゆか》から浮《う》きあがり、金庫《きんこ》のドアの蝶番《ちょうつがい》がはずれた。キティは目《め》に見《み》えない糸《いと》にふれないよう冷静《れいせい》に歩《ある》きながら金庫《きんこ》の前《まえ》までもどると、ひざをついた。すばやい手《て》さばきで、金《きん》庫《こ》の中身《なかみ》をカバンにつめこんでいく。

そばでスタンリーがじれったそうに体《からだ》を動《うご》かしている。「なにがある？」

「〈モウラーのガラスの玉《たま》〉に〈四元素《げんそ》の霊《れい》の玉《たま》〉がふたつ……書類《しょるい》……お金《かね》。けっこうな額《がく》よ」

「よし。急《いそ》げ。あと五分《ふん》しかない」

「オーケー」

キティはカバンをとじると、あわてずに事務所《じむしょ》を出《で》た。フレッドとスタンリーはすでに窓《まど》から出《で》て、いらいらしながら外《そと》で待《ま》っている。キティは倉庫《そうこ》をつっきり、外《そと》に出《で》ると、門《もん》に向《む》かって歩《ある》きだした。ふと、妙《みょう》な胸《むな》さわぎがしてうしろをふり返《かえ》ると、フレッドが倉庫《そうこ》のなかになにかを投《な》げ入《い》れるのが見《み》えた。

キティは立《た》ちどまった。「ちょっと、なにを投《な》げたの？」

「話《はな》してるヒマはない」フレッドとスタンリーはキティのそばをかけぬけた。「芝居《しばい》が始《はじ》まるぞ」

「今《いま》なにをしたの？」

路地《ろじ》に走《はし》り出《で》ながら、スタンリーがウィンクした。「〈地獄《じごく》の業火棒《ごうかぼう》〉さ。ちょっとしたプレゼントだ」横《よこ》でフレッドがクスクス笑《わら》っている。

「そんなの計画《けいかく》にないわ。盗《ぬす》みだけのはずでしょ！」空中《くうちゅう》をただよう煙《けむり》のにおいをキティはすでに感《かん》じていた。三人《にん》は角《かど》を曲《ま》がって商店街《しょうてんがい》に出《で》た。

「どっちみちじゅうたんは運《はこ》べないんだ。このまま魔術師相手《まじゅつしあいて》に商売《しょうばい》をさせとくことはないだろ？　魔術師《まじゅつし》に協力《きょうりょく》してる連中《れんちゅう》に情《なさ》けなんかかけることないぜ、キティ。当然《とうぜん》のむくいさ」

「つかまったらどうするの！」

「つかまるもんか。落《お》ちつけよ。それに、ケチな強盗事件《ごうとうじけん》なんかじゃ、新聞《しんぶん》の一面《いちめん》も飾《かざ》れない。けど、強盗《ごうとう》に放火《ほうか》なら話《はなし》はちがう」

キティは怒《いか》りで青《あお》くなり、カバンの取《と》っ手《て》を痛《いた》いほどにぎりしめながら、ふたりといっしょに道《みち》を急《いそ》いだ。スタンリーは新聞《しんぶん》にのりたいわけじゃない、とキティは思《おも》った。リーダーのあたしにさからおうとしているんだ。前《まえ》よりもっと本気《ほんき》で。これはあたしがたてた計画《けいかく》で、あたしの作《さく》戦《せん》だ。だからわざと足《あし》を引《ひ》っぱるようなことをする。すぐにでもスタンリーをおさえこまなければ。ぜったいに。でないとそのうちスタンリーのせいであたしたち全員《ぜんいん》が命《いのち》を落《お》とすことになる。

メトロポリタン劇場《げきじょう》の入り口《いぐち》に着《つ》くと、後半《こうはん》の開始《かいし》を告《つ》げるベルの音《おと》がとぎれとぎれにひびいていた。まだ外《そと》にいたわずかな観客《かんきゃく》がドアから入《はい》っていく。三人《にん》は立《た》ちどまらずにその一行《いっこう》にまぎれると、ほどなく自分《じぶん》たちの席《せき》に腰《こし》を落《お》ちつけた。オーケストラがもういちど音合《おとあ》わせをしている。緞帳《どんちょう》はすでにあがっていた。

キティは怒《いか》りにふるえながら、カバンを足《あし》のあいだに置《お》いた。スタンリーがふり返《かえ》ってにやりとすると小声《こごえ》でいった。「ほんとだぜ。今度《こんど》こそ一面《いちめん》さ。明日《あす》の朝《あさ》、ぼくらの事件《じけん》より大《おお》きい話《わ》題《だい》なんてないに決《き》まってる」

7

正体不明《しょうたいふめい》

テムズ川《がわ》の北《きた》一キロほどのところにあるシティでは、毎日世界《まいにちせかい》じゅうの商人《しょうにん》がつどって、取引《とりひき》や売買《ばいばい》をしている。古《ふる》びた家々《いえいえ》の軒先《のきさき》に、見《み》わたすかぎり露店《ろてん》がくっつきあっている様子《ようす》は、母鳥《ははどり》の翼《つばさ》に守《まも》られたヒナたちのようだ。陳列台《ちんれつだい》にはあらゆる品物《しなもの》があふれている。南《みなみ》アフリカの金《きん》、ウラルの銀塊《ぎんかい》、ポリネシアの真珠《しんじゅ》、バルト海《かい》の琥珀《こはく》、色《いろ》とりどりの宝石《ほうせき》、玉虫色《たまむしいろ》のアジアのシルクなど、高価《こうか》な品物《しなもの》が数《かぞ》えきれないほどある。いちばん貴重《きちょう》なのは魔術用品《まじゅつようひん》で、かつての帝国《ていこく》から奪《うば》いとってきたものがロンドンに集《あつ》められ、売《う》られていた。

シティの心臓部《しんぞうぶ》、コーンヒル通《どお》りとポールトリー通《どお》りがぶつかるところには、呼《よ》びこみのだみ声《ごえ》がひびいている。ここに入《はい》れるのは魔術師《まじゅつし》だけで、灰色《はいいろ》の制服姿《せいふくすがた》の警官《けいかん》が市場《いちば》の入《い》り口《ぐち》を見《み》張《は》っていた。

ここの露店《ろてん》の品《しな》はどれも逸品《いっぴん》ぞろいだ。美《うつく》しい音色《ねいろ》を出《だ》すギリシア製《せい》のフルートや竪琴《たてごと》、ウルやニムルードの王家《おうけ》の墓《はか》の土入《つちい》りの壷《つぼ》、タシュケント、サマルカンドなどシルクロードぞいの町《まち》で作《つく》られた繊細《せんさい》な金細工《きんざいく》、北《きた》アメリカの荒野《こうや》から運《はこ》ばれてきたトーテム、ポリネシアの面《めん》や彫像《ちょうぞう》、口《くち》に水晶《すいしょう》がはめこまれた奇妙《きみょう》な頭蓋骨《ずがいこつ》、テノチティトランの寺院跡《じいんあと》から出《で》たという、生《い》け贄《にえ》の血《ち》の跡《あと》がくっきり残《のこ》った石《いし》の剣《けん》。

ここに週《しゅう》に一度《いちど》、月曜《げつよう》の夜《よる》にやってくる人物《じんぶつ》がいる。有名《ゆうめい》な魔術師《まじゅつし》ショールトウ・ピンだ。ピンは多《おお》くの品物《しなもの》がひしめきあうのをながめながら、通《とお》りをゆうゆうと歩《ある》いた。どれもピンにとってはガラクタ同然《どうぜん》だが、安物《やすもの》でも気《き》に入《い》ったものがあれば買《か》っておく。

六月《がつ》なかばで、太陽《たいよう》が屋根《やね》の向《む》こうにしずみつつあった。ビルの合間《あいま》にはめこまれたように軒《のき》をつらねる露店《ろてん》は、青《あお》い夕闇《ゆうやみ》に包《つつ》まれていたが、通《とお》りの真《ま》ん中《なか》の日《ひ》だまりだったところはまだ余《よ》熱《ねつ》であたたかく、ピンは気持《きも》ちのいい散歩《さんぽ》を楽《たの》しんでいた。白《しろ》い麻《あさ》のスーツにつば広《ひろ》の麦《むぎ》わら帽《ぼう》子《し》を合《あ》わせ、象牙《ぞうげ》の杖《つえ》をふりながら、もう一方《いっぽう》の手《て》にもった大《おお》ぶりの黄色《きいろ》いハンカチで、汗《あせ》ばむ首《くび》をぬぐった。

ピカピカにみがきあげられた靴《くつ》にいたるまで、ピンの装《よそお》いはみごとに洗練《せんれん》されていた。歩道《ほどう》のあちこちに食事《しょくじ》の残骸《ざんがい》——果物《くだもの》、アラブの豆《まめ》コロッケの包《つつ》み紙《がみ》、ナッツやカキの殻《から》、脂《あぶら》や軟骨《なんこつ》のくず——が散《ち》らばっているが、ピンはまったく気《き》にしなかった。どこを歩《ある》こうが、見《み》えない手《て》がかならず行《い》く先々《さきざき》のゴミをはらいのけるからだ。

通《とお》りを進《すす》みながら、ピンは分厚《ぶあつ》い片《かた》メガネで左右《さゆう》の露店《ろてん》を念入《ねんい》りにチェックした。顔見知《かおみし》りの商人《しょうにん》に気《き》やすく声《こえ》をかけられないよう、いつもどおりの、たいして興味《きょうみ》を引《ひ》くものはないという表情《ひょうじょう》を浮《う》かべている。

「セニョール・ピン！　防腐処理《ぼうふしょり》された身元不明《みもとふめい》の手《て》が一本入《ぽんはい》ってますぜ。サハラ砂漠《さばく》で見《み》つかったもんで、聖人《せいじん》の遺体《いたい》の一部《いちぶ》じゃないかって話《はなし》です。客《きゃく》をかたっぱしから断《ことわ》って、だんなを待《ま》ってたんでさあ」

「ムッシュ。ちょっとよって、この不思議《ふしぎ》な黒曜石《こくようせき》の箱《はこ》の中身《なかみ》を見《み》てってくださいよ」

「いかがです、この牛皮紙《ぎゅうひし》の切《き》れはしにルーン文字《もじ》の記号《きごう》……」

「ミスター・ピン。そんなペテン師《し》どもの話《はなし》に耳《みみ》を貸《か》すことないですよ。だんなほどの目利《めき》きなら、ひと目《め》で値打《ねう》ちがわかるってもんです」

「……このなまめかしい彫像《ちょうぞう》なんかいかがです？」

「……竜《りゅう》の歯《は》ですよ」

「……このヒョウタンは……」

ピンはおだやかな笑《え》みを浮《う》かべ、商人《しょうにん》たちの声《こえ》は無視《むし》して、品物《しなもの》にさっと目《め》をやりながらゆっくり進《すす》んでいく。じっさいに買《か》うことはあまりない。ピンの店《みせ》の仕入《しい》れの大部分《だいぶぶん》は、帝国領地《ていこくりょうち》をまたにかけて仕事《しごと》をしている仲買人《なかがいにん》が直接空輸《ちょくせつくうゆ》してくる。だが、ここに掘《ほ》り出《だ》し物《もの》がないとはかぎらない。なんにつけ目配《めくば》りは大事《だいじ》だ。

露店《ろてん》のいちばんはしに、ガラスや陶器《とうき》を高《たか》く積《つ》みあげた店《みせ》があった。見本品《みほんひん》の大半《たいはん》はあきらかに最近作《さいきんつく》られた模造品《もぞうひん》だったが、ひとつだけ、密封栓《みっぷうせん》のついた青緑色《あおみどりいろ》の小《こ》ビンに目《め》がとまった。

ピンは売《う》り子《こ》にさりげなく声《こえ》をかけた。「これは、なにかね？」

娘《むすめ》は頭《あたま》にカラフルなスカーフをまいていた。「はい、これは古代《こだい》エジプトのオンボスで使《つか》われていたファイアンス陶器《とうき》の小《こ》ビンです。重《おも》い墓石《ぼせき》の下《した》の地中深《ちちゅうふか》くで見《み》つかったんです。翼《つばさ》の生《は》えた背《せ》の高《たか》い男《おとこ》の遺骨《いこつ》のそばにあって」

ピンはぐいとまゆをあげた。「なるほど。で、その男《おとこ》の骨《ほね》もあるのかね？」

「あ、いえ。男《おとこ》の骨《ほね》は発掘《はっくつ》で興奮《こうふん》した群衆《ぐんしゅう》にばらばらにされてしまったんです」

「よくできた話《はなし》だな。このビンをあけたことは？」

「ありません。きっとなかにジンか疫病神《やくびょうがみ》がとじこめられているんです。どうぞお買《か》いになって、ご自分《じぶん》の目《め》でたしかめてくださいな！」

ピンは小《こ》ビンを手《て》にとり、ぽってりした白《しろ》い手《て》の上《うえ》でひっくり返《かえ》した。「ふむ、小《ちい》さいわりに重《おも》いな。〈圧縮《あっしゅく》の魔法《まほう》〉を使《つか》っているんだろう……たしかにおもしろそうだ。いくらだ？」

「お客《きゃく》さんなら、百ポンドで」

ピンは心《こころ》から愉快《ゆかい》そうに笑《わら》った。「おじょうさん、たしかにわたしは金《かね》をもっているが、だからってそうふっかけんでくれ」そして指《ゆび》を鳴《な》らした。とたんに売《う》り物《もの》の陶器《とうき》がカタカタいい、布《ぬの》がこすれる音《おと》がした。目《め》に見《み》えないなにかが店《みせ》の支柱《しちゅう》のひとつにかけののぼり、防水《ぼうすい》シートをかすめるようにとびこえると、売《う》り子《こ》の背中《せなか》にそっとおりた。娘《むすめ》は悲鳴《ひめい》をあげた。ピンはビンを見《み》つめたままだ。「妥当《だとう》な値段《ねだん》から始《はじ》めんと。さて、いくらだね？　助手《じょしゅ》のシンプキンが、きみの言《い》い値《ね》が妥当《だとう》かどうか、確認《かくにん》させてもらうよ」

売《う》り子《こ》は、見《み》えない手《て》に首《くび》をつかまれ、真《ま》っ青《さお》な顔《かお》で息《いき》をつまらせながら、とぎれとぎれにかなりの安値《やすね》を口《くち》にした。ピンは硬貨《こうか》を数枚《すうまい》放《ほう》り投《な》げると、小《こ》ビンをポケットにしっかりしまい、きげんよく立《た》ち去《さ》った。露店《ろてん》をあとにし、ぶらぶらとポールトリー通《どお》りを歩《ある》いてくると、車《くるま》が待《ま》っていた。ピンの行《ゆ》く手《て》をじゃまする者《もの》はみんな、見《み》えない手《て》に乱暴《らんぼう》に追《お》いたてられている。

ピンは巨体《きょたい》をゆすって車《くるま》に乗《の》りこむと、おかかえの運転手《うんてんしゅ》に行《い》けと合図《あいず》した。それから座席《ざせき》に深《ふか》く腰《こし》を落《お》ちつけ、どこを向《む》くでもなく話《はな》しだした。「シンプキン」

「はい、ご主人《しゅじん》さま」

「今夜《こんや》はもう仕事《しごと》にはもどらない。明日《あす》のグラッドストーンの〈創始者記念日《そうししゃきねんび》〉を祝《しゅく》して、デュバール氏《し》が今夜《こんや》、晩餐会《ばんさんかい》をひらくんだ。めんどうだがパーティに出《で》なけりゃならん」

「かしこまりました。昼《ひる》すぎにペルセポリスから荷物《にもつ》が何箱《なんぱこ》かとどきましたが、荷《に》ほどきを始《はじ》めておきましょうか？」

「そうしてくれ。どんなつまらんものもきちんと分類《ぶんるい》してラベルをはっておけよ。ただし、赤《あか》い押印《おういん》のある荷物《にもつ》はあけるな。貴重《きちょう》な品《しな》だ。ああ、それから白檀《びゃくだん》の板《いた》があるから、あつかいに気《き》をつけろ。なかに子《こ》どものミイラが入《はい》っている。アッカド王《おう》サルゴンの時代《じだい》のものだ。このところペルシャの税関《ぜいかん》がますます目《め》を光《ひか》らしているんで、仲買人《なかがいにん》も密輸《みつゆ》の方法《ほうほう》にいろいろ知恵《ちえ》をしぼっていてな。わかったか？」

「はい、ご主人《しゅじん》さま。まちがいなくおおせのとおりに」

車《くるま》はピン魔術用品店《まじゅつようひんてん》の金《きん》の柱《はしら》と明《あか》るいショーウィンドウの前《まえ》でとまった。後部座席《こうぶざせき》のドアがいったんあいてしまったが、ピンは車《くるま》に乗《の》ったままだ。車《くるま》はにぎやかなピカデリーへ走《はし》り去《さ》った。ほどなく、カチャッと音《おと》がして店《みせ》のドアがあき、静《しず》かにしまった。

少《すこ》しすると、店《みせ》をかこむように青《あお》いクモの巣状《すじょう》の警報網《けいほうもう》が下《した》からのび、ビルのてっぺんでからみあってしっかりとじた。第《だい》四と第《だい》五の目《め》をもつものにしか見《み》えない警報網《けいほうもう》で、ピン魔術用品店《まじゅつようひんてん》の夜《よる》の戸《と》じまりは完了《かんりょう》だ。

夕暮《ゆうぐ》れがせまっていた。ピカデリーの往来《おうらい》も、店《みせ》の前《まえ》を通《とお》る人《ひと》の姿《すがた》もまばらだ。フォリオットのシンプキンは、しっぽで鉤《かぎ》つき棒《ぼう》をもちあげ、木《き》のよろい戸《ど》を引《ひ》きさげていった。そのときよろい戸《ど》のひとつがギギッとかすかにきしんだ。音《おと》にイラついたシンプキンは、とたんにフォリオットの姿《すがた》をさらした。小《ちい》さな黄緑色《きみどりいろ》の体《からだ》にO脚《オーきゃく》の足《あし》、神経質《しんけいしつ》そうな顔《かお》。シンプキンはカウンターのうしろから油《あぶら》の缶《かん》をとりだすと、しっぽをのばしてよろい戸《ど》の蝶番《ちょうつがい》に油《あぶら》をさした。それから床《ゆか》をはき、ゴミ箱《ばこ》を空《から》にし、マネキンの服《ふく》をととのえ、店《みせ》をすっかりかたづけると、ようやく奥《おく》の部屋《へや》から大《おお》きな木箱《きばこ》をいくつかひっぱりだしてきた。

仕事《しごと》にかかる前《まえ》に、魔法《まほう》の警報《けいほう》システムを念入《ねんい》りにチェックした。二年前《ねんまえ》、店番《みせばん》をしている最中《さいちゅう》に、乱暴者《らんぼうもの》のジンにうまく入《はい》りこまれ、大切《たいせつ》な商品《しょうひん》をめちゃめちゃにされたことがあった。あの件《けん》は幸運《こううん》にも、たまたま主人《しゅじん》がゆるしてくれた。だがあのときの罰《ばつ》を思《おも》い出《だ》すと、ぞっとする。あんなことはくり返《かえ》したくない。

警報網《けいほうもう》はほころびひとつなく、シンプキンが壁《かべ》に近《ちか》づくたびに、警告《けいこく》するようにふるえている。よし、異状《いじょう》なし。

シンプキンは最初《さいしょ》の木箱《きばこ》をこじあけると、羊毛《ようもう》やおがくずの詰《つ》めものをとりのぞいた。まずタールをぬったガーゼの小《ちい》さな包《つつ》みを手《て》にとった。シンプキンは慣《な》れた手《て》つきでガーゼをはがすと、疑《うたが》わし気《げ》な目《め》でじっくりながめた。それは骨《ほね》とワラと貝《かい》でできた人形《にんぎょう》だった。シンプキンは帳簿《ちょうぼ》に長《なが》いガチョウの羽根《はね》ペンを走《はし》らせた。「地中海《ちちゅうかい》、約《やく》四千年前《ねんまえ》のもの。骨董的価値《こっとうてきかち》のみ。魔《ま》法《ほう》の実用性《じつようせい》は低《ひく》い」それから人形《にんぎょう》をカウンターに置《お》いて、ほかの品《しな》をとりだしにかかった。

シンプキンはようやく最後《さいご》から二番目《ばんめ》の箱《はこ》にとりかかった。白檀の板が詰まった箱だ。白檀《びゃくだん》を慎重《しんちょう》にとりのぞいていき、密輸《みつゆ》されてきたミイラにようやく手《て》がとどくというとき、低《ひく》い音《おと》が聞《き》こえた。なんだ？　車《くるま》の音《おと》か？　いやちがう。急《きゅう》に消《き》えたり、また聞《き》こえたりする。遠《とお》くで雷《かみなり》でも鳴《な》っているんだろうか？

音《おと》はしだいに大《おお》きく、不気味《ぶきみ》さを増《ま》していく。シンプキンは羽根《はね》ペンを置《お》いて耳《みみ》をすました。丸《まる》い頭《あたま》がちょっとかたむく。なんだか妙《みょう》に間《ま》のぬけた破壊音《はかいおん》に……ドスンドスンという音《おと》がまざる。どこから聞《き》こえてくるんだろう？　方角《ほうがく》がわからない。

シンプキンはあわてて立《た》ちあがると、近《ちか》くの窓《まど》におそるおそる近《ちか》づき、よろい戸《ど》をほんの少《すこ》しあけた。青《あお》い警報網《けいほうもう》をすかして見《み》るピカデリーは暗闇《くらやみ》に包《つつ》まれ、人影《ひとかげ》はない。向《む》かいの建物《たてもの》にも明《あ》かりはほとんどなく、車《くるま》の往来《おうらい》もとぼしい。音《おと》の主《ぬし》らしきものはどこにも見《み》あたらない。

もう一度《いちど》、耳《みみ》をすます……音《おと》はますます大《おお》きくなってくる。なんとなくうしろから聞《き》こえるような気《き》がする。ビルの裏《うら》か……シンプキンはよろい戸《ど》をおろしながら、落《お》ちつかなげにしっぽをむちのようにふりまわした。カウンターのうしろに手《て》をのばし、こぶだらけの大《おお》きな棍棒《こんぼう》をとりだすと、それをにぎって裏《うら》の倉庫《そうこ》をのぞいた。

いつもと変《か》わりない。木箱《きばこ》やダンボール箱《ばこ》が山《やま》と積《つ》まれ、棚《たな》には展示会《てんじかい》やバーゲン用《よう》の量産品《りょうさんひん》がぎっしりならんでいる。天井《てんじょう》の照明《しょうめい》が低《ひく》くうなっている。シンプキンは店《みせ》にもどりながら、わけがわからずまゆをひそめた。音《おと》はいよいよ大《おお》きくなっている。どこかでなにかがこわれる音《おと》か。主人《しゅじん》に知《し》らせたほうが？　いや、それはマズい。ピンさんはよけいなことでわずらわされるのをいやがる。よしたほうがいい。

またすさまじい破壊音《はかいおん》とガラスの割《わ》れる音《おと》がした。そうか、右側《みぎがわ》の壁《かべ》のほうだ。壁《かべ》をへだてたとなりはデリカテッセンとワインを売《う》る店《みせ》だ。あきらかにおかしい。シンプキンはくわしくさぐろうと壁《かべ》に近《ちか》づいた。そのとき三つのことがいっぺんに起《お》こった。

爆音《ばくおん》とともに壁《かべ》の半分《はんぶん》が内側《うちがわ》にくずれてきた。

なにか大《おお》きなものが部屋《へや》に入《はい》ってきた。

店《みせ》の明《あ》かりがぜんぶ消《き》えた。

シンプキンは店《みせ》の真《ま》ん中《なか》で立《た》ちすくんだ。第《だい》一の目《め》で見《み》てもほかの四つの目《め》に切《き》りかえても、なにも見《み》えない。氷《こおり》のような凍《い》てつく闇《やみ》が店《みせ》をのみこみ、その奥《おく》でなにかが動《うご》いている。足音《あしおと》が聞《き》こえ、主人《しゅじん》が大事《だいじ》にしている年代物《ねんだいもの》の磁器《じき》のほうからすさまじい音《おと》がした。それからまた足音《あしおと》。今度《こんど》はスーツの棚《たな》で布《ぬの》をひき裂《さ》く音《おと》がする。今朝《けさ》ていねいにならべたばかりなのに……。商品《しょうひん》をめちゃめちゃにされたことへの怒《いか》りが恐怖《きょうふ》にまさった。シンプキンは凶暴《きょうぼう》な声《こえ》をあげると棍棒《こんぼう》をふりまわした。カウンターにかすり傷《きず》がついた。

足音《あしおと》がやんだ。なにかがこっちを見《み》ている気《き》がしてシンプキンはこおりついた。闇《やみ》がまわりで渦《うず》をまいている。

シンプキンはきょろきょろした。いちばん近《ちか》い窓《まど》までほんの数《すう》メートルだ。このまましろにさがれば、窓《まど》に手《て》がとどく。

部屋《へや》の向《む》こうから重《おも》い足音《あしおと》が近《ちか》づいてくる。

シンプキンはじりじりとあとずさった。

部屋《へや》のなかほどで、とつぜんなにかが粉々《こなごな》に割《わ》れる音《おと》がした。シンプキンはびくっとして思《おも》わず足《あし》をとめた。ピンさんのお気《き》に入《い》りのマホガニーの陳列棚《ちんれつだな》だ！　摂政時代《せっしょうじだい》の逸品《いっぴん》で、黒檀《こくたん》の取《と》っ手《て》とラピスラズリのきれいな象嵌細工《ぞうがんざいく》がほどこされている。冗談《じょうだん》じゃない！

シンプキンは神経《しんけい》を集中《しゅうちゅう》させた。窓《まど》までたった二メートル。このまま下《さ》がれば……もうちょっとだ。重《おも》い足音《あしおと》がせまる。ズシッズシッと床《ゆか》がはげしくゆれる。

とつぜん、金属《きんぞく》がぶつかり、きしむ音《おと》がした。ああ、もうたくさんだ！　防御用《ぼうぎょよう》の銀《ぎん》のネックレスの陳列棚《ちんれつだな》だ。整理《せいり》するのにえらく時間《じかん》がかかったのに！

シンプキンはかっとなって足《あし》をとめた。今《いま》や足音《あしおと》はすぐそこだ。シンプキンは大《おお》きくふらつき、後《うし》ろ手《で》によろい戸《ど》にふれた。窓《まど》の外《そと》の警報網《けいほうもう》のふるえが肌《はだ》に伝《つた》わってくる。このよろい戸《ど》をこわして外《そと》に出《で》れば……。

ああ、でもピンさんから、なにがあっても店《みせ》をはなれず、命《いのち》がけで守《まも》れといわれている。ただ、ペンタクルのなかで正式《せいしき》に命令《めいれい》されたわけじゃない。ペンタクルのなかにはもう何年《なんねん》も入《はい》っていない。だからその気《き》になればしたがわなくても……けど、自分《じぶん》が持《も》ち場《ば》をはなれたら、ピンさんになんていわれるだろう？　考《かんが》えただけでこわい。

すぐそばでひきずるような音《おと》がする。それにひんやりした土《つち》と虫《むし》と粘土《ねんど》のにおい。

このときもし、シンプキンが本能《ほんのう》のままにしっぽをまいて逃《に》げていれば、助《たす》かっていたかもしれない。よろい戸《ど》をこわして警報網《けいほうもう》に穴《あな》をあければ、通《とお》りに出《で》られたはずだ。しかし長年《ながねん》ピンに飼《か》いならされているうちに、シンプキンの妖霊《ようれい》の本能《ほんのう》は失《うしな》われていた。なにをするにも自分《じぶん》の意《い》志《し》で動《うご》くことを忘《わす》れてしまったのだ。だからシンプキンはただ立《た》ってふるえながら、悲鳴《ひめい》ばかりがどんどんひどくなっていった。あたりの空気《くうき》がすーっと冷《つめ》たくなり、じわじわと目《め》に見《み》えない存在《そんざい》の気配《けはい》がたちこめる。

シンプキンは壁《かべ》の前《まえ》ですくみあがった。

頭上《ずじょう》でガラスが割《わ》れ、破片《はへん》が滝《たき》のように床《ゆか》に落《お》ちた。

フェニキアの香《こう》の壺《つぼ》だ！　値《ね》がつけられないほど貴重《きちょう》なものなのに！

シンプキンは怒《いか》りの声《こえ》をあげた。そしてぎりぎりのところでようやく手《て》にもった棍棒《こんぼう》に気《き》づくと、力《ちから》まかせにふりまわしながら、ぼんやり見《み》える濃《こ》い闇《やみ》に近《ちか》づいた。闇《やみ》は身《み》をかがめてシンプキンをむかえた……。

8

捜査開始《そうさかいし》

〈創始者記念日《そうししゃきねんび》〉の朝《あさ》、国家保安庁《こっかほあんちょう》の捜査員《そうさいん》たちは、暗《くら》いうちからピカデリーでいそがしくしていた。「祝日《しゅくじつ》にはふだん着《ぎ》を」という慣例《かんれい》にもかかわらず、ダークスーツ姿《すがた》の役人《やくにん》たちが入《い》れかわり立《た》ちかわり、こわれた店《みせ》の瓦礫《がれき》の山《やま》をあがったりおりたりしている。まるでアリ塚《づか》であくせくはたらくアリのようだ。床《ゆか》の上《うえ》にかがみこむ人《ひと》、背《せ》のびする人《ひと》、ピンセットで瓦礫《がれき》のかけらをつまんでビニール袋《ぶくろ》に入《い》れる人《ひと》、壁《かべ》に残《のこ》ったわずかなしみを調《しら》べる人《ひと》。みんな、ノートに記録《きろく》をとり、牛皮紙《ぎゅうひし》の切《き》れはしに図《ず》を描《か》いている。捜査員《そうさいん》がときどきだれもいないほうを向《む》いて命令《めいれい》したり、ぞんざいに合図《あいず》を送《おく》ったりしているので、立《た》ち入《い》り禁止《きんし》の黄色《きいろ》い旗《はた》の外《そと》をうろうろしている見物人《けんぶつにん》は不思議《ふしぎ》に思《おも》っていた。命令《めいれい》がとぶと、急《きゅう》に空気《くうき》の流《なが》れが変《か》わったり、シュッシュッというせわしない音《おと》がかすかに聞《き》こえたりする。見物人《けんぶつにん》はしきりに首《くび》をひねっているが、そのうち用事《ようじ》を思《おも》い出《だ》して去《さ》っていく。

ナサニエルはピン魔術用品店《まじゅつようひんてん》の瓦礫《がれき》の山《やま》に立《た》ち、ひとしきり見物《けんぶつ》して去《さ》っていく一般人《いっぱんじん》をながめながら、野次馬《やじうま》が集《あつ》まるのもしかたのないことだと思《おも》った。

ピカデリーは大混乱《だいこんらん》だった。どの店《みせ》もはらわたをぬかれたようになっている。売《う》り物《もの》がごちゃまぜになったものが、こわれたドアや窓《まど》から通《とお》りにはきだされているのだ。食料品《しょくりょうひん》、本《ほん》、スーツ、工芸品《こうげいひん》などが、飛《と》び散《ち》ったガラスや木片《もくへん》や割《わ》れた石《いし》のあいだにあわれに横《よこ》たわっている。店内《てんない》はさらにひどい。由緒《ゆいしょ》ある店《みせ》がまえがすべて修復不能《しゅうふくふのう》だ。棚《たな》、カウンター、ラック、垂《た》れ布《ぬの》はめちゃめちゃにされ、貴重《きちょう》な商品《しょうひん》がつぶれて粉々《こなごな》になっている。

目《め》をおおいたくなるほどの光景《こうけい》であると同時《どうじ》に、かなり妙《みょう》な光景《こうけい》でもあった。なにかが店《みせ》どうしの仕切《しき》り壁《かべ》をほぼ一直線《いっちょくせん》につきぬけたらしい。被害《ひがい》を受《う》けた一番《いちばん》はしの店《みせ》に立《た》つと、五軒先《けんさき》の店《みせ》の瓦礫《がれき》のなかを動《うご》く捜査員《そうさいん》が見《み》える。被害《ひがい》を受《う》けたのは建物《たてもの》の一階部分《かいぶぶん》だけだった。

ナサニエルはペンの柄《え》で歯《は》をたたきながら考《かん》えた。どこかおかしい……。これまで見《み》たレジスタンス団《だん》のものと思《おも》われるどの襲撃《しゅうげき》ともちがっている。だいいち、やり方《かた》がはるかに暴力的《ぼうりょくてき》だ。それに、動機《どうき》もきわめてあいまいだ。

そのとき若《わか》い女性《じょせい》が近《ちか》くのこわれた窓《まど》から顔《かお》を出《だ》した。「マンドレイク補佐官《ほさかん》!」

「なんだい、フェンル?」

「タロー長官《ちょうかん》がお呼《よ》びです。今《いま》、店内《てんない》に入《はい》られたところです」

ナサニエルはちょっと顔《かお》をしかめたが、すぐに向《む》きを変《か》えると、はいているエナメルの靴《くつ》にレンガのちりがあまりつかないよう用心《ようじん》しながら、瓦礫《がれき》の山《やま》をおりて暗《くら》いビルのなかに入《はい》った。黒《くろ》いスーツにつば広《ひろ》の帽子《ぼうし》をかぶったずんぐりした男《おとこ》が、店《みせ》の真《ま》ん中《なか》に立《た》っていた。ナサニエルは男《おとこ》に近《ちか》づいた。

「お呼《よ》びですか、長官《ちょうかん》？」

タロー長官《ちょうかん》はあたりをあごで指《さ》してからいった。「ここでなにが起《お》こったのか、きみの意見《いけん》を聞《き》きたい」

「わかりませんが、ひじょうに興味《きょうみ》があります」ナサニエルはきはきこたえた。

「興味《きょうみ》などどうでもいい」長官《ちょうかん》は吐《は》きすてるようにいった。「興味《きょうみ》で給料《きゅうりょう》はやれん。わたしは答《こた》えが聞《き》きたいんだ。この事件《じけん》の動機《どうき》はなんだ？」

「まだわかりません」

「わからんじゃどうしようもない。そんな答《こた》えはいらんぞ、マンドレイク！　人々《ひとびと》は納得《なっとく》のいく答《こた》えをほしがっているんだ。われわれはそれをさしださねばならん」

「はい。おそらく捜査《そうさ》を続《つづ》ければ、きっと――」

「いってみろ。犯人《はんにん》はだれだと思《おも》う？」

ナサニエルはため息《いき》をついた。タローはあせっている。プレッシャーを感《かん》じているのだ。よりによってグラッドストーンの日《ひ》にこんなふてぶてしい襲撃《しゅうげき》をされるなんて、上司《じょうし》たちに申《もう》しひらきができない。「悪魔《あくま》です。アフリートならこれだけの破壊力《はかいりょく》はあるでしょう。あるいはマリッドかも」

タローはうんざりして、黄色《きいろ》い手《て》でひたいをぬぐった。「妖霊《ようれい》は関与《かんよ》しておらん。ウチの連中《れんちゅう》が、まだ犯人《はんにん》がこの建物《たてもの》にいるあいだに〈捜索玉《そうさくだま》〉を送《おく》った。〈捜索玉《そうさくだま》〉たちは消《き》える寸前《すんぜん》に、悪魔《あくま》の気配《けはい》はないと報告《ほうこく》してきた」

「お言葉《ことば》ですが長官《ちょうかん》、そんなはずはありません。人間《にんげん》の力《ちから》でこんなことは不可能《ふかのう》です」

タローは毒《どく》づいた。「マンドレイク、おまえはレジスタンス団《だん》の動《うご》きをどこまで把握《はあく》してる？ろくにつかんでないんだろう？」言葉《ことば》のはしばしにいらだちがにじむ。

「これがレジスタンス団《だん》のしわざだとおっしゃるんですか？」ナサニエルは努《つと》めて冷静《れいせい》にいった。タローの意図《いと》はわかっている。なんとかしてこの事件《じけん》の責任《せきにん》をレジスタンス団担当《だんたんとう》の補佐官《ほさかん》であるナサニエルにおしつけたいのだ。「これまでのレジスタンス団《だん》の襲撃《しゅうげき》とはまったくちがいます。だいいち規模《きぼ》がまるでちがう」

「マンドレイク、ほかの証拠《しょうこ》をつかむまではレジスタンス団《だん》が第一《だい》容疑者《ようぎしゃ》だ。やつらはこういう通《とお》り魔的《まてき》破壊《はかい》行為《こうい》をする連中《れんちゅう》だ」

「たしかにおっしゃるとおりですが、レジスタンス団《だん》が使《つか》う武器《ぶき》は〈モウラーのガラスの玉《たま》〉程《てい》度《ど》のおもちゃみたいなものばかりです。ビルの一画《いっかく》をぶちぬくなんて、悪魔《あくま》の助《たす》けなしにできっこありません」

「おそらくほかの手段《しゅだん》があるんだろう。昨夜《さくや》の事件《じけん》をかいつまんで説明《せつめい》してみろ」

「かしこまりました」まったく時間《じかん》のむだだ。ナサニエルは内心《ないしん》イラつきながら、ベラム革《がわ》の手《て》帳《ちょう》をパラパラめくった。「えー、真夜中前後《まよなかぜんご》にピカデリーの向《む》かいのアパートに住《す》む目撃者《もくげきしゃ》から『ブロックのいちばん向《む》こうのグリーブ食料品店《しょくりょうひんてん》から騒音《そうおん》がする』との通報《つうほう》が夜間警察《やかんけいさつ》に入《はい》りました。警察官《けいさつかん》がかけつけると、ビルの外壁《がいへき》に大《おお》きな穴《あな》があいていて、グリーブの店《みせ》の最高級《さいこうきゅう》のキャビアやシャンペンが歩道《ほどう》に散乱《さんらん》していました。じつにもったいないといわざるをえません。このとき、すさまじい破壊音《はかいおん》が二軒先《けんさき》のダッシェルシルク店《てん》から聞《き》こえていました。警官《けいかん》たちが窓《まど》から店内《てんない》をのぞきましたが、明《あ》かりはすべて消《き》えていて、音《おと》の出所《でどころ》はわかりませんでした。そしてここが重要《じゅうよう》だと思《おも》うのですが」ナサニエルは手帳《てちょう》から顔《かお》をあげてつけ加《くわ》えた。「今日《きょう》は、ビルの照明《しょうめい》がすべてちゃんとついています」

タローはイラついて、床《ゆか》の残骸《ざんがい》のなかにあった骨《ほね》と貝《かい》でできた小《ちい》さな人形《にんぎょう》のかけらをけとばした。「それがそんなに重要《じゅうよう》なことか？」

「つまり、何者《なにもの》かはわかりませんが、侵入者《しんにゅうしゃ》にはここのすべての明《あ》かりを消《け》す力《ちから》があったということです。その点《てん》も奇妙《きみょう》です。ま、それはともかく……夜間警察《やかんけいさつ》の警官隊長《けいかんたいちょう》が部下《ぶか》六人《にん》をビル内《ない》に送《おく》りこみました。いずれも高度《こうど》の訓練《くんれん》を受《う》けた屈強《くっきょう》な警官《けいかん》です。破壊音《はかいおん》が聞《き》こえる場所《ばしょ》に近《ちか》いクートデリカテッセンの窓《まど》からひとりずつ入《はい》りました。すると音《おと》がぱったりとだえました。やがて店《みせ》のなかで六つの懐中電灯《かいちゅうでんとう》がひとつずつつきました。大《おお》きな音《おと》はまったくしなかった。ところがふたたび店《みせ》が真《ま》っ暗《くら》になったのです。待機《たいき》していたリーダーのもとに警官《けいかん》はひとりももどってきませんでした。それから少《すこ》しして、また物《もの》のこわれる音《おと》が聞《き》こえました。今度《こんど》はピンの店《みせ》の近《ちか》くからです。そのころには――午前《ごぜん》一時《じ》二十五分《ふん》ごろですが、すでに治安省《ちあんしょう》の魔術師《まじゅつし》たちが到着《とうちゃく》していて、一画《いっかく》は防御網《ぼうぎょもう》でふさがれていました。先《さき》ほど話《ばなし》に出《で》ましたように、〈捜索玉《そうさくだま》〉が送《おく》られましたが、あっという間《ま》に消《き》えています……それからほどなく、一時《じ》四十五分《ふん》に、何者《なにもの》かがビルの反対側《はんたいがわ》の防御網《ぼうぎょもう》をつきやぶりました。正体《しょうたい》は不明《ふめい》です。現場《げんば》に送《おく》りこまれていた妖霊《ようれい》たちもいっしょに消《き》えてしまったからです」

ナサニエルは手帳《てちょう》をとじた。「以上《いじょう》です。警官《けいかん》六名《めい》が死亡《しぼう》、治安省《ちあんしょう》の妖霊《ようれい》八人《にん》も消《き》えました……ああ、それからピン氏《し》の助手《じょしゅ》も」ナサニエルはビルの先《さき》のほうの壁《かべ》に目《め》をやった。小《ちい》さな炭《すみ》の山《やま》がくすぶっている。「もちろん、物的被害《ぶってきひがい》も相当《そうとう》な額《がく》です」

この報告《ほうこく》から得《え》るものがあったかどうかはわからないが、タローはふきげんそうにブツブツいいながらわきを見《み》た。黒《くろ》いスーツ姿《すがた》のやつれて青白《あおじろ》い顔《かお》をした魔術師《まじゅつし》が、瓦礫《がれき》のなかを通《とお》った。小《ちい》さな金《きん》のカゴを手《て》にしている。なかにインプがすわっていた。ときおり怒《いか》りくるったようにカゴの格子《こうし》をつかんでガタガタゆらしている。

タローはすれちがいざま、その男《おとこ》に声《こえ》をかけた。「フォークス、ウィットウェル大臣《だいじん》から連絡《れんらく》は？」

「はい、ありました。大至急結果《だいしきゅうけっか》を知《し》らせるようにとのことです」

「わかった。ところでそのインプの様子《ようす》はどうだ？　となりの店《みせ》にウィルスか毒《どく》でも残《のこ》っていたか？」

「いえ、こいつはフェレットのようにすばしこく、フェレットよりひねくれたやつでして。建物《たてもの》のなかに危険《きけん》はありません」

「そうか。ご苦労《くろう》」

フォークスは立《た》ち去《さ》りぎわにナサニエルをちらりと見《み》た。「マンドレイク、今回《こんかい》はさすがにきみも残業《ざんぎょう》だな。首相《しゅしょう》はごきげんななめだそうだ」フォークスはニヤッと笑《わら》って出《で》ていった。カゴの音《おと》がしだいに遠《とお》のいた。

ナサニエルは顔《かお》をこわばらせて髪《かみ》を耳《みみ》のうしろへかきあげると、瓦礫《がれき》のなかを用心深《ようじんぶか》く進《すす》んでいるタローのあとを追《お》った。「マンドレイク、警官《けいかん》の遺体《いたい》を調《しら》べよう。朝食《ちょうしょく》はすんだか?」

「まだです」

「そりゃよかった。遺体《いたい》はとなりのクートデリカテッセンにある。覚悟《かくご》しとけよ」タローはため息《いき》をついた。「あそこでよく上等《じょうとう》のキャビアを買《か》ったもんだ」

ふたりはとなりの店舗《てんぽ》との仕切《しき》り壁《かべ》までやってきた。ぽっかり穴《あな》があいている。タローはちょっと立《た》ちどまった。

「さて、マンドレイク。きみのその優秀《ゆうしゅう》だと評判《ひょうばん》の頭脳《ずのう》でこたえてくれたまえ。この穴《あな》からなにがわかる?」

この手《て》のテストを出《だ》されるとついうれしくなり、ナサニエルはシャツのそで口《ぐち》をいじりながら、考《かんが》え深《ぶか》げに口《くち》をすぼめた。「犯人《はんにん》の体格《たいかく》がだいたいわかります。穴《あな》の高《たか》さから見《み》て、三メートル前後《ぜんご》と思《おも》われます。幅《はば》は一メートル半《はん》、人《ひと》の形《かたち》をしていますが、もちろん人間《にんげん》より大《おお》きいでしょう……」ナサニエルはそこで言葉《ことば》を切《き》り、思慮深《しりょぶか》くかしこそうに見《み》せようと、あごをさすった。

「それくらいはだれでもわかる。続《つづ》けろ」

ナサニエルはタローがそこまで考《かんが》えていたとは思《おも》えなかった。「興味深《きょうみぶか》いのは穴《あな》のあき方《かた》です。たとえばもし犯人《はんにん》が、〈爆発《ばくはつ》の魔法《まほう》〉などの爆撃系《ばくげきけい》の魔法《まほう》を使《つか》ったとしたら、ねらった部分《ぶぶん》のレンガが粉々《こなごな》になるはずです。しかし今回《こんかい》の場合《ばあい》、レンガは穴《あな》の周辺《しゅうへん》できれいに割《わ》れてはいますが、だいたいはモルタルでくっついたまま残《のこ》っています。正体《しょうたい》はわかりませんが、とにかく犯人《はんにん》は単《たん》純《じゅん》に壁《かべ》をつきやぶったんです。まるでそこに壁《かべ》などないかのようにまっすぐに」

ナサニエルは返事《へんじ》を待《ま》ったが、タローはうんざりした様子《ようす》でうなずいただけだった。「それで？」

「ですから、あの……」ナサニエルは歯《は》を食《く》いしばった。これでは自分《じぶん》の考《かんが》えをタローに横取《よこど》りされているようなものだ。そう気《き》づいて猛烈《もうれつ》に腹《はら》が立《た》った。「ですからアフリートやマリッドという可能性《かのうせい》は低《ひく》いわけです。やつらなら爆撃《ばくげき》してここをぬけるでしょう。わたしたちが相手《あいて》にしているのは、ふつうの悪魔《あくま》じゃないということです」さあここまでだ。これ以上《いじょう》はひとことだっていうもんか。

だがそこで、タローはわが意《い》を得《え》たりという顔《かお》をした。「わたしも同意見《どういけん》だ、マンドレイク、まったく同《おな》じだ。さてさて、問題《もんだい》は山積《やまづ》みで……ここにもまたひとつ問題《もんだい》がある」タローはよっこいしょっと穴《あな》をくぐってとなりの店《みせ》に入《はい》った。ナサニエルは怒《いか》りに顔《かお》を赤《あか》くしながらついていった。ジュリアス・タローは能《のう》なしだ。いかにも自信《じしん》ありげな顔《かお》をしているが、泳《およ》げない人間《にんげん》が足《あし》のつかない水中《すいちゅう》にいるみたいに、水面下《すいめんか》で足《あし》をバタバタさせて必死《ひっし》に浮《う》こうとしている。この男《おとこ》といっしょにしずむのだけはごめんだ。

クートデリカテッセンには、不快《ふかい》な食《た》べ物《もの》の腐《くさ》ったにおいがただよっていた。ナサニエルは胸《むね》ポケットから大《おお》きめの派手《はで》な色《いろ》のハンカチをとりだして鼻《はな》と口《くち》をおおうと、薄暗《うすぐら》い店内《てんない》に入《はい》った。オリーブや酢《す》づけのアンチョビの大《おお》だるに穴《あな》があき、中身《なかみ》がこぼれている。もっと強烈《きょうれつ》ですっぱいにおいや、こげくさいにおいもする。目《め》がひりひりして、ナサニエルはせきこんだ。

「ここだ。デュバールのよりすぐりの部下《ぶか》六人《にん》だな」タローの声《こえ》はいやみたっぷりにひびいた。

床《ゆか》のあちこちに、真《ま》っ黒《くろ》な燃《も》えかすと骨《ほね》のまじった小《ちい》さい山《やま》が六つ散《ち》らばっていた。いちばん手前《てまえ》のものは、二本《ほん》の犬歯《けんし》がはっきり見《み》てとれる。脛骨《けいこつ》らしい細長《ほそなが》い骨《ほね》の先《さき》も見《み》える。だが、警官《けいかん》の遺体《いたい》の大半《たいはん》は完全《かんぜん》に燃《も》えつきていた。ナサニエルはくちびるをかみ、つばを飲《の》みこんだ。

「国家保安庁《こっかほあんちょう》にいるつもりなら、こういうものにも慣《な》れておかんとな」タローが思《おも》いやりを見《み》せた。「マンドレイク、吐《は》きそうになったら、いつでも外《そと》へ出《で》ていいぞ」

ナサニエルの目《め》が冷《つめ》たく光《ひか》った。「いいえ、だいじょうぶです。これはひじょうに――」

「興味深《きょうみぶか》い、だろう？　人間《にんげん》は燃《も》えると炭《すみ》と化《か》す。ほとんどの部分《ぶぶん》がな。歯《は》は燃焼《ねんしょう》をまぬがれている。遺体《いたい》から死《し》んだときの状況《じょうきょう》がわかる。たとえばあのドアのそばにある遺体《いたい》だが、ほかのものより灰《はい》の山《やま》が広《ひろ》がっているだろう。つまりあの遺体《いたい》のやつはすばしこくて、とびあがって逃《に》げようとしたんだな。だがすばやさが足《た》りなかったらしい」

ナサニエルはだまっていた。タローの冷淡《れいたん》さのほうが六つの死骸《しがい》よりよっぽど胃《い》にこたえた。

ともかく、死体《したい》はどれもきれいな灰《はい》の山《やま》になっている。

「さて、マンドレイク。きみの意見《いけん》は？」

ナサニエルは深《ふか》く息《いき》をすうと、頭《あたま》を回転《かいてん》させて、記憶《きおく》の糸《いと》をたぐった。「〈爆発《ばくはつ》の魔法《まほう》〉ではないようです。それに〈放毒《ほうどく》の魔法《まほう》〉や〈疫病《えきびょう》の魔法《まほう》〉でもない。それらでは遺体《いたい》がめちゃくちゃになりますから。〈地獄《じごく》の業火《ごうか》〉の可能性《かのうせい》が……」

「あるかね？　マンドレイク、なぜそう思《おも》う？」

「いえ、その可能性《かのうせい》がなくはないといおうとしただけです。遺体《いたい》の周辺《しゅうへん》にはどこにも焼《や》け跡《あと》がありません。全員《ぜんいん》が焼死《しょうし》しているのに、ほかはまったく焼《や》けた跡《あと》がない」

「なるほど、それで？」

ナサニエルはタローを見《み》た。「まったくわかりません。長官《ちょうかん》のお考《かんが》えはいかがですか？」

タローがこたえようとしたかどうかは疑《うたが》わしい。ちょうどそのとき、目《め》に見《み》えないベルが小《ちい》さな音《おと》をたて、すぐそばで空気《くうき》がゆれているのに気《き》づいたタローは、そちらに返事《へんじ》をした。召《め》し使《つか》いがもどってきた合図《あいず》だ。タローが命令《めいれい》すると、悪魔《あくま》が姿《すがた》をあらわした。なぜかいつも緑《みどり》の小《こ》ザルの姿《すがた》をして、光《ひか》る雲《くも》の上《うえ》であぐらをかいている。タローは悪魔《あくま》を見《み》た。「どうだった？」

「命令《めいれい》どおり、瓦礫《がれき》のなかと各階《かくかい》を、目《め》を切《き》りかえながらしらみつぶしに調《しら》べましたが、魔法《まほう》の痕跡《こんせき》はどこにもありません。ただし、次《つぎ》のものが確認《かくにん》されました。ひとつ——現場《げんば》をおおう防御《ぼうぎょ》網《もう》のかすかな痕跡《こんせき》。これは治安省《ちあんしょう》のチームがビルの外側《そとがわ》に作《つく》ったものです。ふたつ——三人《にん》の小《しょう》アフリートが残《のこ》した痕跡《こんせき》。いずれも現場《げんば》に送《おく》りこまれた者《もの》です。三人《にん》の成分《せいぶん》はピンの店《みせ》で破壊《はかい》されています。三つ——ピン魔術用品店《まじゅつようひんてん》の品物《しなもの》から大量《たいりょう》のオーラを確認《かくにん》。その大半《たいはん》は通《とお》りに飛《と》び散《ち》った状態《じょうたい》で残《のこ》っていますが、値打《ねう》ちのある小《ちい》さい品物《しなもの》がいくつか、フォークス補佐官《ほさかん》に盗《ぬす》まれています。だれも見《み》ていないときにくすねたようです。以上《いじょう》がわれわれの調査《ちょうさ》の大《おお》すじです」緑《みどり》のサルはくつろいだ様子《ようす》でしっぽをくるくるまわした。「今《いま》のところで、なにかほかにお知《し》りになりたいことはありますか？」

タローは手《て》をふった。「いや、いい。ネマイズ。行《い》っていいぞ」

緑《みどり》のサルは首《くび》をかしげ、それからしっぽをぴんと立《た》てると、まるでロープをのぼるように四本《ほん》の足《あし》でしっぽをつかんで、空中《くうちゅう》をすばやくのぼって消《き》えた。

タローとナサニエルはしばらく無言《むごん》で立《た》っていた。

やがてタローがようやく口《くち》をひらいた。「わかったか、マンドレイク？　この事件《じけん》は謎《なぞ》が多《おお》い。魔術師《まじゅつし》の犯行《はんこう》ではないし、レベルの高《たか》い悪魔《あくま》なら、かならず痕跡《こんせき》を残《のこ》す。アフリートのオーラなど何日《なんにち》もたどれるぐらいだ。だが、犯人《はんにん》の痕跡《こんせき》がどこにもない！　ほかに証拠《しょうこ》をつかめないかぎり、レジスタンス団《だん》の反逆者《はんぎゃくしゃ》どもが魔法以外《まほういがい》のなんらかの武器《ぶき》を見《み》つけたと考《かんが》えるしかあるまい。事件《じけん》の解決《かいけつ》に全力《ぜんりょく》をそそがねば、やつらはまたやるぞ！」

「はい」

「よし……今日《きょう》一日《にち》できみもいろいろわかったろうから、行《い》って調査《ちょうさ》を開始《かいし》し、問題点《もんだいてん》を検討《けんとう》してくれ」タローはナサニエルをちらっと見《み》ると、そらぞらしいことをいった。「まあなんといっても、正式《せいしき》にはきみがこの件《けん》の責任者《せきにんしゃ》だ。レジスタンス団《だん》の事件《じけん》だからな」

ナサニエルは体《からだ》をこわばらせて頭《あたま》をさげた。「かしこまりました」

タローは軽《かる》くあしらうように手《て》をふった。「もう行《い》っていいぞ。ああ、それから行《い》きがけにフォークスにちょっと来《く》るようにいってくれ」

ナサニエルは一瞬《いっしゅん》、うす笑《わら》いを浮《う》かべた。「かしこまりました。よろこんで」

9 グラッドストーンの日《ひ》

夕方《ゆうがた》、ナサニエルは最悪《さいあく》の気分《きぶん》で家路《いえじ》についた。とにかくひどい一日《いちにち》だった。午後《ごご》じゅうひっきりなしにとどいたメッセージからは、政府《せいふ》の首脳陣《しゅのうじん》のあからさまな不満《ふまん》が見《み》てとれた。「昨夜《さくや》のピカデリーのさわぎはいったいなんだ？」「容疑者《ようぎしゃ》はつかまったのか？」「夜間外出禁止令《やかんがいしゅっきんしれい》を出《だ》すのか、国民《こくみん》の祝日《しゅくじつ》に？」「捜査《そうさ》の責任者《せきにんしゃ》はだれだ？」「いったいいつになったら警察《けいさつ》にもっと権限《けんげん》がうつされるんだ？　国内《こくない》の反逆者《はんぎゃくしゃ》をつかまえなきゃならんというのに」

対応《たいおう》に追《お》われているあいだ、ナサニエルは同僚《どうりょう》たちの皮肉《ひにく》っぽい視線《しせん》や、ジェンキンスがかげで笑《わら》っているのを感《かん》じていた。ナサニエルはだれひとり信用《しんよう》していなかった。みんなが自分《じぶん》の失敗《しっぱい》を見《み》たがっている。ぼくはひとりぼっちだ。味方《みかた》も、たよりになる召《め》し使《つか》いもいない。ふたりのフォリオットも結局《けっきょく》は役立《やくた》たずで、午後《ごご》のうちに永久追放《えいきゅうついほう》した。あまりにがっかりして〈針《はり》のむしろ〉の罰《ばつ》さえあたえる気《き》になれなかった。

オフィスをあとにしながら、ナサニエルは考《かんが》えた。自分《じぶん》に必要《ひつよう》なのは有能《ゆうのう》な召《め》し使《つか》いだ。力《ちから》があって、きちんと命令《めいれい》にしたがう召《め》し使《つか》い。タローに仕《つか》えるネマイズや、師匠《ししょう》に仕《つか》えるシュービットのような。

しかしじっさいにそういう召《め》し使《つか》いを手《て》に入《い》れるのは、かんたんではなかった。

魔術師《まじゅつし》はだれもが、自分専用《じぶんせんよう》の召《め》し使《つか》いとして、妖霊《ようれい》をひとりかそれ以上《いじょう》もつ必要《ひつよう》がある。召《め》し使《つか》いの質《しつ》がそのまま、魔術師《まじゅつし》の地位《ちい》の高《たか》さをしめすといってもいい。ジェシカ・ウィットウェルのような大物《おおもの》の魔術師《まじゅつし》になると、指《ゆび》を一回鳴《かいな》らすだけで強《つよ》いジンがすぐにあらわれる。首相《しゅしょう》にいたっては仕《つか》えるほうも大物《おおもの》で、深緑色《ふかみどりいろ》のアフリートだ。ただしアフリートは、側近《そっきん》が数人《すうにん》がかりで言葉《ことば》のかせを作《つく》ってつなぎとめておく必要《ひつよう》がある。日常《にちじょう》の雑務《ざつむ》なら魔術師《まじゅつし》はたいていフォリオットかいろんなレベルのインプを使《つか》う。召《め》し使《つか》いたちはふだん、第《だい》二の目《め》に姿《すがた》を見《み》せて主人《しゅじん》に仕《つか》えていた。

ナサニエルはずっと前《まえ》から専用《せんよう》の召《め》し使《つか》いがほしくて、いろいろためしてはいた。最初《さいしょ》に召喚《しょうかん》したゴブリンインプは、硫黄《いおう》のにおいをさせてあらわれた。仕事《しごと》に関《かん》してはなんの問題《もんだい》もなかったのだが、顔《かお》をたえずひきつらせたりゆがませたりするのがどうにも癇《かん》にさわって、すぐに追放《ついほう》した。

次《つぎ》にフォリオットをためした。そのフォリオットは一見礼儀正《いっけんれいぎただ》しかったが、根《ね》っからのウソつきで、ナサニエルの命令《めいれい》をいちいち自分《じぶん》に都合《つごう》よく解釈《かいしゃく》しようとした。そのため、どんなにかんたんな命令《めいれい》でもナサニエルは複雑《ふくざつ》な法律用語《ほうりつようご》を使《つか》い、フォリオットに曲解《きょっかい》する余地《よち》をあたえないようにしなければならなかった。おかげでバスタブに湯《ゆ》をはらせる程度《ていど》の命令《めいれい》を下《くだ》すのに十五分《ふん》もかかり、ナサニエルはとうとうがまんできなくなって〈灼熱《しゃくねつ》の震動《しんどう》〉の罰《ばつ》でとっちめたあと、永久追放《えいきゅうついほう》した。

そのあとも何人《なんにん》かためした。一度《いちど》など、理想的《りそうてき》な召《め》し使《つか》いほしさに、無謀《むぼう》にも強力《きょうりょく》な悪魔《あくま》を呼《よ》びだした。ナサニエルには強《つよ》い悪魔《あくま》を召喚《しょうかん》するエネルギーとたしかな腕《うで》はあったのだが、なにしろ経験《けいけん》が足《た》りないため、悪魔《あくま》を見《み》る目《め》がそなわっていなかった。あるときナサニエルは師匠《ししょう》の白《しろ》い革装《かわそう》の本《ほん》を読《よ》んで、キャスターという名《な》のジンの存在《そんざい》を知《し》った。最後《さいご》に召喚《しょうかん》された記録《きろく》はイタリアのルネッサンス時代《じだい》になっている。キャスターは時間《じかん》どおりにあらわれ、礼儀正《れいぎただ》しく腕《うで》もたしかだったし、品《ひん》があり（ナサニエルはその点大《てんおお》いに満足《まんぞく》していた）、同僚《どうりょう》たちのみっともないインプとはくらべものにならなかった。だがそのかわり、恐《おそ》ろしくプライドが高《たか》いという欠点《けってん》があった。

ある日《ひ》、ペルシャ領事館《りょうじかん》で重要《じゅうよう》な会合《かいごう》がひらかれた。それは参加者全員《さんかしゃぜんいん》が自分《じぶん》の召《め》し使《つか》いを披《ひ》露《ろう》し、魔術師《まじゅつし》としての真価《しんか》をしめす場《ば》でもあった。出《で》だしは順調《じゅんちょう》だった。キャスターは、丸々《まるまる》と太《ふと》ったバラ色《いろ》のほおの智天使《ちてんし》ケルビムの姿《すがた》でナサニエルの肩《かた》のあたりにいた。しかも主人《しゅじん》のネクタイと自分《じぶん》のガウンの色《いろ》をそろえるほどのこだわりようだった。だがその媚《こ》びがインプたちの不《ふ》評《ひょう》を買《か》い、すれちがうたびに小声《こごえ》で悪口《わるぐち》をいわれた。キャスターはこの手《て》の挑発《ちょうはつ》を無視《むし》できない。それでかっとなってナサニエルの肩《かた》をはなれると、大皿《おおざら》に並《なら》べられていたシシカバブ（アラブ料《りょう》理《り》の串焼《くしや》き）を一本《ぽん》わしづかみにし、野菜《やさい》がついたままの串《くし》をやりのように投《な》げて、いちばん口《くち》の悪《わる》いインプの胸《むね》につきさした。とたんに会場《かいじょう》は大《おお》さわぎになった。ほかのインプたちもケンカにとびこんできて、第二《だい》の目《め》に映《うつ》る世界《せかい》は、インプたちのあばれまわる手足《てあし》や、ふりまわされる銀食器《ぎんしょっき》、涙《なみだ》ぐむ目《め》と苦痛《くつう》にゆがむ顔《かお》であふれた。魔術師《まじゅつし》たちが事態《じたい》をおさめるのにしばらくかかった。

ナサニエルは運《うん》よくキャスターをすぐに退去《たいきょ》させていたので、その後《ご》の捜査《そうさ》でも、騒動《そうどう》のきっかけをつくった悪魔《あくま》は特定《とくてい》できなかった。ナサニエルはさわぎを起《お》こしたキャスターに罰《ばつ》をあたえたくてしかたなかったが、もう一度《いちど》呼《よ》びだすのは危険《きけん》すぎた。それでしかたなく、もっとおとなしい召《め》し使《つか》いに切《き》りかえた。

いくらためしても、自分《じぶん》が理想《りそう》とするような決断力《けつだんりょく》と強《つよ》さと従順《じゅうじゅん》さをかねそなえた召《め》し使《つか》いはいなかった。いつしかナサニエルは、最初《さいしょ》に召喚《しょうかん》した召《め》し使《つか》いのことを恋《こい》しく思《おも》い出《だ》すようになり、そんな自分《じぶん》に何度《なんど》かおどろいた。

だが、バーティミアスは二度《ど》と呼《よ》びだすまいと決心《けっしん》していた。

ホワイトホール通《どお》りは興奮《こうふん》した一般人《いっぱんじん》であふれていた。みんな夕方《ゆうがた》おこなわれる軍艦《ぐんかん》パレードと花火《はなび》を見《み》ようと、われさきにテムズ川《がわ》に向《む》かっている。ナサニエルは渋《しぶ》い顔《かお》になった。午後《ごご》はずっと机《つくえ》にかじりついていたが、オフィスのあけはなたれた窓《まど》からブラスバンドの音楽《おんがく》や人々《ひとびと》の歓声《かんせい》が聞《き》こえてきて、なかなか仕事《しごと》に集中《しゅうちゅう》できなかったのだ。しかし政府公認《せいふこうにん》のお祭《まつ》りさわぎとなれば、どうすることもできない。〈創始者記念日《そうししゃきねんび》〉とあって、一般市民《いっぱんしみん》はお祝《いわ》いムード一色《いっしょく》だったが、政府《せいふ》の宣伝《せんでん》をうのみにしていない魔術師《まじゅつし》たちは、ふだんどおり仕事《しごと》をしていた。

人々《ひとびと》はみなほおを赤《あか》くし、楽《たの》しそうに笑《わら》っている。街《まち》のいたるところに置《お》かれた屋台《やたい》の無料《むりょう》の食《た》べ物《もの》や飲《の》み物《もの》、娯楽省主催《ごらくしょうしゅさい》の無料《むりょう》のショーを満喫《まんきつ》していた。街《まち》の中心《ちゅうしん》にある公園《こうえん》ではあちこちでめずらしい催《もよお》しをやっていた。竹馬乗《たけうまの》り、火《ひ》を食《た》べるパンジャブの男《おとこ》。たくさんの檻《おり》にはめずらしい動物《どうぶつ》や、北《きた》アメリカ侵攻《しんこう》でとらえた反逆者《はんぎゃくしゃ》たちがむっつり顔《がお》ですわっていた。そのほか帝国領土《こくりょうど》の周辺《しゅうへん》で集《あつ》めた財宝《ざいほう》の数々《かずかず》、軍隊関係《ぐんたいかんけい》の展示《てんじ》、慈善《じぜん》バザー、メリーゴーラウンド……。

ひと目《め》で夜間警察《やかんけいさつ》とわかる者《もの》が数人《すうにん》、通《とお》りに立《た》っていたが、今日《きょう》ばかりはくつろいだ空気《くうき》にあわせようと努力《どりょく》している。

何人かはあざやかなピンクの綿あめを手にしている。ひとりの警官《けいかん》は年配《ねんぱい》の婦人《ふじん》とならんで、歯《は》をむきだして大《おお》げさな作《つく》り笑《わら》いを浮《う》かべ、婦人《ふじん》の夫《おっと》がかまえるカメラに向《む》かってポーズをとっている。だれもがくつろいだ雰囲気《ふんいき》で、ナサニエルもほっとした。少《すく》なくとも一般人《いっぱんじん》のあいだでは、ピカデリーの事件《じけん》はそれほどのさわぎになっていないようだ。

まだ太陽《たいよう》は高《たか》く、テムズの川面《かわも》が輝《かがや》いている。ナサニエルはウェストミンスター橋《ばし》をわたった。目《め》を細《ほそ》めて空《そら》を見《み》あげると、コンタクトレンズの向《む》こうに、旋回《せんかい》するカモメにまじって悪魔《あくま》たちが飛《と》んでいるのが映《うつ》った。襲撃《しゅうげき》を警戒《けいかい》しているのだ。ナサニエルはくちびるをかんで、道《みち》ばたの豆《まめ》コロッケの包《つつ》みをけとばした。こういう日《ひ》にこそレジスタンス団《だん》は人目《ひとめ》をひく派手《はで》な事件《じけん》を起《お》こすはずだ。世間《せけん》の注目《ちゅうもく》を集《あつ》め、政府《せいふ》の面目《めんぼく》をつぶす絶好《ぜっこう》のチャンスなのだから……ピカデリーの襲撃《しゅうげき》もそのひとつだったんだろうか？

いや、それはない。レジスタンス団《だん》が起《お》こす犯罪《はんざい》とはちがいすぎる。はるかに残酷《ざんこく》だし規模《きぼ》もなみはずれている。能《のう》なしタローがなんといおうとも、あれは人間《にんげん》わざじゃない。

ナサニエルはテムズの南岸《なんがん》まで来《き》て左《ひだり》に折《お》れ、人《ひと》ごみをはなれて魔術師専用住宅《まじゅつしせんようじゅうたく》の区域《くいき》に入《はい》った。埠頭《ふとう》につながれてのんびりゆれている魔術師《まじゅつし》のヨットのなかで、ウィットウェルのファイアストーム号はいちばん大《おお》きく、デザインも最新《さいしん》のものだ。

下宿部屋《げしゅくべや》のそばまで来《き》たとき、とつぜんクラクションの音《おと》がして、ナサニエルはぎょっとした。ウィットウェルのリムジンが歩道《ほどう》わきにとまっている。エンジンがかかったままだ。運転席《うんてんせき》からウィットウェルのおかかえ運転手《うんてんしゅ》がこっちをぼんやり見《み》つめ、後部座席《こうぶざせき》の窓《まど》から師匠《ししょう》のやせた顔《かお》がのぞいた。手《て》まねきしている。

「やっとつかまえたわ。インプを送《おく》ったんだけど、あなたがオフィスを出《で》たあとだったのよ。乗《の》って。これからリッチモンドに行《い》くから」

「首相《しゅしょう》が何《なに》か……？」

「直々《じきじき》にわたしたちに会《あ》いたいそうよ。さあ早《はや》く」

ナサニエルは車《くるま》にかけよった。心臓《しんぞう》がドキドキしている。こういう急《きゅう》な呼《よ》び出《だ》しは、あまりうれしいことではない。

ナサニエルがドアをしめないうちに、ウィットウェルは運転手《うんてんしゅ》に車《くるま》を出《だ》すよう合図《あいず》した。車《くるま》は急発進《きゅうはっしん》してテムズ川《がわ》ぞいを走《はし》りだし、ナサニエルは思《おも》わず座席《ざせき》にそっくり返《かえ》った。師匠《ししょう》の視線《しせん》に気《き》づいて、あわてて姿勢《しせい》を立《た》て直《なお》す。

「なんの件《けん》かわかるわね」師匠《ししょう》はそっけなくいった。

「はい。けさのピカデリーの事件《じけん》ですね」

「そう。デバルー首相《しゅしょう》はわたしたちの対応《たいおう》を知《し》りたがっていらっしゃるの。わたしたちふたりのね。国家保安庁《こっかほあんちょう》を管轄《かんかつ》する治安大臣《ちあんだいじん》として、わたしはこの件《けん》でそうとうプレッシャーをかけられるわ。ライバルたちはこの機《き》に優位《ゆうい》に立《た》とうとするでしょう。この惨事《さんじ》をなんて説明《せつめい》すればいい？　犯人《はんにん》は逮捕《たいほ》したの？」

ナサニエルはせきばらいした。「いえ、まだ」

「犯人《はんにん》はだれ？」

「まだ……たしかなことはわかりません」

「そう。午後《ごご》タローと話《はな》したとき、レジスタンス団《だん》のしわざだとはっきりいっていたけど」

「そうですか。あ、あの……タロー長官《ちょうかん》もリッチモンドにいらっしゃるんでしょうか？」

「いえ、来《こ》ないわ。わたしがあなたを連《つ》れていくのは、首相《しゅしょう》があなたを気《き》に入《い》っているからよ。あなたが行《い》けば、首相《しゅしょう》がわたしたちの味方《みかた》になってくれるかもしれないでしょう。タローじゃ逆《ぎゃく》効果《こうか》よ。無能《むのう》なくせに生意気《なまいき》だし。だいたい呪文《じゅもん》ひとつまともにとなえられるかあやしいものよ。あの肌《はだ》の色《いろ》がいい証拠《しょうこ》ね」ウィットウェルは鼻《はな》で笑《わら》った。「マンドレイク、あなたは頭《あたま》がいい。だからわかるわね？　わたしは首相《しゅしょう》からいらだちを向《む》けられれば、それを部下《ぶか》に向《む》ける。タローはあせっているのよ。今夜《こんや》はふるえながらベッドに入《はい》るんじゃないかしら。眠《ねむ》っているあいだに悪夢《あくむ》より悲惨《ひさん》なことが起《お》こりうるって、わかっているのよ。今《いま》のところタローがいるおかげで、あなたはわたしからどなられずにすんでいるけど、のんきにしてはいられないわよ。あなたは若《わか》いから、非難《ひなん》をあびやすい。タローはもうあなたに責任《せきにん》をおしつけようとしているわ」

ナサニエルはだまっていた。ウィットウェルはしばらく無言《むごん》で弟子《でし》を見《み》つめてから、テムズ川《がわ》のほうへ目《め》を向《む》けた。小艦隊《しょうかんたい》が大《おお》きなファンファーレとともに海《うみ》に向《む》かって進《すす》んでいく。遠方《えんぽう》の植民地《しょくみんち》に向《む》かう装甲艦《そうこうかん》は、木造《もくぞう》の船体《せんたい》を金属板《きんぞくばん》でおおっている。小型《こがた》の巡視船《じゅんしせん》はヨーロッパ領海《りょうかい》向《む》けに設計《せっけい》されたものだ。どの船《ふね》も帆《ほ》を張《は》り、旗《はた》がゆれている。川岸《かわぎし》では人々《ひとびと》が歓声《かんせい》をあげ、紙《かみ》テープが高々《たかだか》と投《な》げられ、ふりそそぐ雨《あめ》のように川《かわ》に落《お》ちている。

ルパート・デバルーが首相《しゅしょう》になって二十年近《ねんちか》い。デバルーは魔術師《まじゅつし》としては二流《にりゅう》だが、政治家《せいじか》としては右《みぎ》に出《で》るものがいない。いつもほかの政治家《せいじか》たちをたがいに対立《たいりつ》させることで、権力《けんりょく》の座《ざ》を守《まも》ってきた。これまでデバルーをおとしいれようとする動《うご》きも何度《なんど》かあったが、そのたびに優秀《ゆうしゅう》なスパイが陰謀者《いんぼうしゃ》をおとしいれ、未然《みぜん》にふせいできた。

デバルーは首相《しゅしょう》になった当初《とうしょ》から、ロンドンにいる大臣《だいじん》たちと距離《きょり》をおくことが権力《けんりょく》を保《たも》つこつだと考《かんが》えてきた。それでロンドンから十五キロほどはなれたリッチモンドに屋敷《やしき》を建《た》てた。週《しゅう》に一度《いちど》、大臣《だいじん》を屋敷《やしき》にまねいて打《う》ち合《あ》わせするほかは、妖霊《ようれい》を使《つか》って情報《じょうほう》を集《あつ》めている。デバルーはリッチモンドで、思《おも》うさまぜいたくにふけることができた。そうした生活《せいかつ》を送《おく》るには、隠《かく》れ家《が》のような屋敷《やしき》がまさにぴったりだった。ほかにもデバルーはとくに芝居《しばい》に熱《ねつ》をあげるようになっていた。ここ何年《なんねん》かは人気《にんき》劇作家《げきさっか》クェンティン・メイクピースと親《した》しくつきあっている。メイクピースはまれに見《み》るエネルギッシュな紳士《しんし》で、定期的《ていきてき》にリッチモンドにかよっては、首相《しゅしょう》だけにひとり芝居《しばい》を見《み》せている。

デバルーは年《とし》とともに、精力《せいりょく》がおとろえると、リッチモンドの屋敷《やしき》からめったに出《で》なくなった。ヨーロッパ大陸《たいりく》へ出発《しゅっぱつ》する軍《ぐん》の閲兵《えっぺい》の日《ひ》とか、芝居《しばい》の初日《しょにち》には、つねにレベル九の魔術師《まじゅつし》の護衛《ごえい》と、第二《だいに》の目《め》で見《み》えるオルラの軍隊《ぐんたい》をしたがえている。デバルーのこうした用心深《ようじんぶか》さは、ラブレース事件《じけん》以来《いらい》、輪《わ》をかけてひどくなっていた。なにしろあやうく死《し》にかけたのだ。デバルーの過剰《かじょう》な警戒《けいかい》は、肥料《ひりょう》をたっぷりあたえられたツル草《くさ》のようにのびて、デバルーに仕《つか》える者《もの》たちすべてにからみついていた。大臣《だいじん》たちは、いつ裏切《うらぎ》り者《もの》にされて地位《ちい》も命《いのち》も失《うしな》うかわからないと、不安《ふあん》を感《かん》じていた。

車《くるま》は砂利道《じゃりみち》を走《はし》り、デバルーの巨額《きょがく》の助成金《じょせいきん》でうるおっている村《むら》をこえ、リッチモンドに着《つ》いた。オークや栗《くり》の木《き》が点在《てんざい》する広《ひろ》い緑地《りょくち》に、設備《せつび》のそろったいくつものコテージが建《た》っている。緑地《りょくち》の片側《かたがわ》には高《たか》いレンガ塀《べい》があり、鉄《てつ》の門《もん》はつねに魔法《まほう》の防犯《ぼうはん》システムで守《まも》られている。塀《へい》の向《む》こうにツゲとイチイの並木《なみき》にはさまれた短《みじか》い私道《しどう》があり、つきあたりがデバルー邸《てい》の赤《あか》レンガの庭《にわ》だった。

リムジンが玄関前《げんかんまえ》の階段《かいだん》の下《した》でとまると、そろいの深紅《しんく》の上着《うわぎ》を着《き》た四人《にん》の召《め》し使《つか》いがかけよってきた。まだ日《ひ》は暮《く》れていなかったが、ポーチの屋根《やね》からさがったランプが、背《せ》の高《たか》い窓《まど》を明《あか》るく照《て》らしている。遠《とお》くのほうで弦楽四重奏団《げんがくしじゅうそうだん》が、物悲《ものがな》しい美《うつく》しい曲《きょく》を奏《かな》でている。

ウィットウェルは少《すこ》しのあいだ車《くるま》のドアをあけさせなかった。

「今日《きょう》の会議《かいぎ》はおもだった大臣《だいじん》が全員《ぜんいん》そろうはずよ。わざわざ礼儀正《れいぎただ》しくなどという必要《ひつよう》はないわね。警察庁長官《けいさつちょうちょうかん》のデュバールはまちがいなくはげしく攻撃《こうげき》してくるはずよ。昨夜《さくや》の事件《じけん》を自分《じぶん》たちが優位《ゆうい》に立《た》てる絶好《ぜっこう》のチャンスと見《み》ているから。わたしたちはふだんの冷静《れいせい》さを失《うしな》わないようにしないと」

「わかりました」

「マンドレイク、しっかりね」

ウィットウェルが窓《まど》をたたくと、召《め》し使《つか》いが車《くるま》に近《ちか》づき、外《そと》からドアをあけた。ウィットウェルとナサニエルは、なだらかな砂岩《さがん》の階段《かいだん》をのぼって玄関《げんかん》に入《はい》った。音楽《おんがく》が大《おお》きく聞《き》こえる。分《ぶ》厚《あつ》い垂《た》れ布《ぬの》や東方《とうほう》の調度品《ちょうどひん》のあいまを、眠《ねむ》りを誘《さそ》うように曲《きょく》が流《なが》れ、ときおり盛《も》りあがっては、また元《もと》の調子《ちょうし》にもどる。音《おと》はかなり近《ちか》くに聞《き》こえたが、演奏者《えんそうしゃ》の姿《すがた》はなかった。ナサニエルも姿《すがた》を見《み》られるとは思《おも》っていなかった。以前《いぜん》もここを訪《おとず》れたとき、似《に》たような音楽《おんがく》がずっと流《なが》れていた。しかもどの部屋《へや》に行《い》っても耳元《みみもと》に聞《き》こえる。つまりこの音楽《おんがく》は、邸宅《ていたく》と庭《にわ》の美《うつく》しさをつねに引《ひ》き立《た》てる役目《やくめ》をしているのだろう。

ふたりは男《おとこ》の召《め》し使《つか》いに案内《あんない》されて、豪華《ごうか》な部屋《へや》をいくつもぬけ、大《おお》きな白《しろ》いアーチをくぐって、日当《ひあ》たりのいい広々《ひろびろ》とした縦長《たてなが》の部屋《へや》に入《はい》った。母屋《おもや》につけ足《た》された温室《おんしつ》だ。両側《りょうがわ》に手入《てい》れの行《ゆ》き届《とど》いた茶色《ちゃいろ》い花壇《かだん》がのび、観賞用《かんしょうよう》のバラの木《き》がところどころに植《う》えられている。花壇《かだん》のあちこちで、第《だい》一の目《め》には見《み》えない召《め》し使《つか》いたちが熊手《くまで》で土《つち》をすいていた。

温室《おんしつ》のなかは暑《あつ》く、天井《てんじょう》で扇風機《せんぷうき》がけだるそうにまわっている。半円《はんえん》を描《えが》いて置《お》かれたソファや長《なが》イスに、首相《しゅしょう》と大臣《だいじん》たちがくつろいだ様子《ようす》ですわっていた。小《ちい》さな白《しろ》いビザンチンカップでコーヒーを飲《の》み、白《しろ》いスーツを着《き》た大柄《おおがら》の男《おとこ》のうったえに耳《みみ》をかたむけている。その男《おとこ》を見《み》て、ナサニエルは胃《い》が痛《いた》くなった。昨夜《さくや》の襲撃《しゅうげき》で店《みせ》をめちゃめちゃにされたショールトウ・ピンだ。

「これほど卑劣《ひれつ》な暴力事件《ぼうりょくじけん》はほかにはありません」ピンが話《はな》している。「侮辱《ぶじょく》するにもほどがある。ここまでひどい損失《そんしつ》だと――」

ドアにいちばん近《ちか》い長《なが》イスがあいていた。ウィットウェルはそこに腰《こし》かけ、ナサニエルもためらいがちにとなりにすわった。それから部屋《へや》にいる面々《めんめん》にすばやく目《め》をやった。

まずはピン。ナサニエルはふだんからこの商人《しょうにん》にどこかうさんくささを感《かん》じていたし、どうにも好《す》きになれなかった。裏切《うらぎ》り者《もの》のラブレースと親《した》しかったからだが、それを証明《しょうめい》できるものは何《なに》ひとつないし、今回《こんかい》、ピンはあきらかに被害者《ひがいしゃ》だ。ピンのグチは続《つづ》いた。

「――店《みせ》を立《た》て直《なお》せないかもしれないと心配《しんぱい》なんです。かけがえのない歴史的遺品《れきしてきいひん》の数々《かずかず》を失《うしな》ったんですからな。残《のこ》っているのは乾《かわ》いて使《つか》い物《もの》にならない糊《のり》が入《はい》ったファイアンス陶器《とうき》の小《こ》ビンだけ！　これじゃやとうてい……」

ルパート・デバルーは背《せ》もたれの高《たか》いソファにゆったりすわっていた。中肉中背《ちゅうにくちゅうぜい》で、昔《むかし》はととのった顔立《かおだ》ちをしていたが、ぜいたくざんまいの毎日《まいにち》で、最近《さいきん》はあごと腹《はら》のあたりがたるんでいる。デバルーはうんざりした顔《かお》でピンの話《はなし》を聞《き》いていた。

そばには警察庁長官《けいさつちょうちょうかん》のヘンリー・デュバールが腕組《うでぐ》みして座《すわ》っていた。灰色《はいいろ》の制帽《せいぼう》をひざの上《うえ》に行儀《ぎょうぎ》よくのせ、ひだえりのついた白《しろ》いドレスシャツの上《うえ》に、みずから指揮《しき》する夜間警察《やかんけいさつ》のエリート集団《しゅうだん》〈グレーバックス〉の制服《せいふく》を着《き》ている。きちんとプレスされた濃《こ》い灰色《はいいろ》の上着《うわぎ》にあざやかな赤《あか》いボタンが目《め》を引《ひ》く。灰色《はいいろ》のズボンのすそは黒《くろ》のロングブーツにたくしこまれ、真鍮《しんちゅう》の肩章《けんしょう》は鳥《とり》の鉤爪《かぎづめ》のようだ。いかめしい身《み》なりは、もともと体格《たいかく》のいいデュバールをさらに大柄《おおがら》に見《み》せている。黙《だま》って座《すわ》っているだけで威圧感《いあつかん》があった。

部屋《へや》にはほかに三人《にん》の大臣《だいじん》がいた。自分《じぶん》の爪《つめ》にばかり目《め》をやっているのが、内務大臣《ないむだいじん》のカール・モータンソンで、やわらかい金髪《きんぱつ》の、おだやかそうな中年男《ちゅうねんおとこ》だ。そのとなりでこれ見《み》よがしにあくびをしているのがヘレン・マルビンディ。人当《ひとあ》たりのいい情報大臣《じょうほうだいじん》だ。外務大臣《がいむだいじん》のマーマデューク・フライは食欲旺盛《しょくよくおうせい》な男《おとこ》で、ピンの話《はなし》に耳《みみ》をかたむけるそぶりさえ見《み》せずに、大声《おおごえ》でおかわりを注文《ちゅうもん》している。召《め》し使《つか》いがうやうやしく応《おう》じた。

「――ポテトコロッケを六つに青豆《あおまめ》をそえて、それと薄切《うすぎ》りの――」

「――三十五年《ねん》もかけて一流《いちりゅう》の品《しな》をそろえてきたんです。お集《あつ》まりのみなさんも、長年《ながねん》その恩恵《おんけい》に浴《よく》してきたはず――」

「――あと、タラコのオムレツをもうひとつ。黒《くろ》コショウをてきとうにまぶしてくれ」

デバルーと同《おな》じソファに、ペルシャ織《お》りのクッションの山《やま》をはさんで、背《せ》の低《ひく》い赤毛《あかげ》の紳士《しんし》がすわっていた。エメラルドグリーンのベストに、スパンコールのついた細身《ほそみ》の黒《くろ》のズボンを合《あ》わせ、顔《かお》に満面《まんめん》の笑《え》みをたたえている。この場《ば》のやりとりを大《おお》いに楽《たの》しんでいるらしい。ナサニエルはしばしその男《おとこ》を見《み》つめた。劇作家《げきさっか》クェンティン・メイクピースはこれまでに書《か》いた二十作以《さくい》上《じょう》の芝居《しばい》がどれもヒットし、最新作《さいしんさく》『アラブの白鳥《はくちょう》』は帝国《ていこく》の興行記録《こうぎょうきろく》をぬりかえるほどの大人《だいにん》気《き》だ。作家《さっか》のメイクピースがこの場《ば》にいるのは違和感《いわかん》があったが、それほど意外《いがい》というわけでもない。なにしろ首相《しゅしょう》の親友《しんゆう》なので、大臣《だいじん》たちもメイクピースを表面上《ひょうめんじょう》は受《う》け入《い》れている。

首相《しゅしょう》はウィットウェルに気《き》づくと、あいさつがわりに手《て》をあげ、それからひかえめにせきばらいした。とたんにピンが口《くち》をつぐんだ。

「ご苦労《くろう》、ショールトウ」首相《しゅしょう》がいった。「きみがいちばん歯切《はぎ》れがいいな。ここにいる全員《ぜんいん》がきみの苦境《くきょう》に心《こころ》から同情《どうじょう》している。だがどうやらそれについて、なんらかの答《こた》えを得《え》られるかもしれんぞ。ジェシカ・ウィットウェルが到着《とうちゃく》した。有望《ゆうぼう》な若《わか》きマンドレイクもいっしょだ。マンドレイクのことはもちろんみんなおぼえているな」

デュバールが皮肉《ひにく》たっぷりにいった。「偉大《いだい》なジョン・マンドレイクを知《し》らない人間《にんげん》なんていますかね。われわれはマンドレイクの仕事《しごと》ぶりを——とくにやっかいなレジスタンス団《だん》の問題《もんだい》をどうするか、興味津々《きょうみしんしん》で見守《みまも》っているんです。さて、今日《きょう》は解決《かいけつ》の知《し》らせをもってきてくれたのかな?」

全員《ぜんいん》の視線《しせん》がナサニエルに注《そそ》がれた。ナサニエルは小《ちい》さく、だがうやうやしく頭《あたま》をさげた。

「こんばんは、首相《しゅしょう》はじめ閣僚《かくりょう》のみなさま。今《いま》のところはまだたしかな情報《じょうほう》はありません。現場《げんば》検証中《けんしょうちゅう》でして……」

「そんなことはわかっている！」デュバールがさえぎった。胸元《むなもと》の勲章《くんしょう》がチャリチャリゆれている。「聞《き》いたか、ショールトウ？　たしかな情報《じょうほう》はないときた。これじゃどうしようもない」

ピンが片《かた》メガネの奥《おく》からナサニエルを見《み》た。「まったく。がっかりですな」

「国家保安庁《こっかほあんちょう》はそろそろこの事件《じけん》から手《て》をひくべきじゃないかね」デュバールは続《つづ》けた。「われわれ警察《けいさつ》のほうがはるかに成果《せいか》をあげられる。今《いま》こそレジスタンス団《だん》をたたきつぶすときだ」

「まあまあ」フライがちょっと顔《かお》をあげ、すぐに召《め》し使《つか》いのほうに視線《しせん》をもどした。「あ、それと、デザートにイチゴロールを」

「賛成《さんせい》よ」ヘレン・マルビンディがまじめにいった。「こちらもかなり被害《ひがい》をこうむっているわ。アフリカの霊《れい》の面《めん》のコレクションも、最近盗《さいきんぬす》まれたし」

カール・モータンソンも続《つづ》けた。「わたしの知《し》りあいも強盗《ごうとう》にあった。それに、昨夜《さくや》も出入《でい》りのペルシャじゅうたん業者《ぎょうしゃ》の倉庫《そうこ》で放火《ほうか》さわぎがあった」

メイクピースはおだやかな笑《え》みを浮《う》かべていった。「たしかにこれまでの犯罪《はんざい》は規模《きぼ》が小《ちい》さかった。だからどなたもそれほど大《おお》きな痛手《いたで》は受《う》けていない。レジスタンス団《だん》はマヌケの集団《しゅうだん》ですよ。やつらは爆発《ばくはつ》さわぎを起《お》こしては、一般人《いっぱんじん》からうとんじられ、恐《おそ》れられています」

「規模《きぼ》が小《ちい》さいだと？　よくもそんなことがいえるな！」デュバールが声《こえ》をはりあげた。「最高級店《さいこうきゅうてん》がならぶロンドンの目《め》ぬき通《どお》りをめちゃめちゃにされたんだぞ。世界《せかい》じゅうの敵《てき》がさっそく祖国《そこく》へかけもどり、喜《よろこ》んでこのニュースを伝《つた》えるだろう。大英帝国《だいえいていこく》は弱体化《じゃくたいか》して、目《め》の前《まえ》のハエも追《お》いはらえないとな。この話《はなし》はアメリカの辺境地《へんきょうち》にまで伝《つた》わるぞ。まちがいない。しかもよりによってグラッドストーンの日《ひ》にやられるとは！」

「まあ、グラッドストーンの日《ひ》の行事《ぎょうじ》もちょっとやりすぎだと思《おも》うがね」カール・モータンソンがいった。「財源《ざいげん》のむだだ。なぜあんな老《お》いぼれをたたえるのか、わたしにはわからないね」

メイクピースがクスクス笑《わら》っている。「モータンソン、そんなこと本人《ほんにん》に面《めん》と向《む》かってはとてもいえなかっただろうな！」

「諸君《しょくん》」首相《しゅしょう》が気《き》をとりなおしていった。「いい争《あらそ》っている場合《ばあい》じゃない。モータンソンのいうこともたしかに一理《いちり》あるが、〈創始者記念日《そうししゃきねんび》〉は政府《せいふ》の重要行事《じゅうようぎょうじ》だ。とどこおりなくおこなわれねばならない。くだらないお祭《まつ》りさわぎといえばそれまでだが、国民《こくみん》の気《き》をまぎらすことができる。そのために財務省《ざいむしょう》から何《なん》百万ポンドも出《だ》して、無料《むりょう》の食事《しょくじ》や娯楽《ごらく》を提供《ていきょう》しているのだ。第《だい》四艦隊《かんたい》もアメリカ出航《しゅっこう》をおくらせて、パレードを見《み》せている。せっかくの努力《どりょく》に水《みず》をさし、しかもピンに大打撃《だいだげき》をあたえた者《もの》はだれであれ、すみやかに処分《しょぶん》されねばならない。今《いま》のところ、この手《て》の犯罪捜査《はんざいそうさ》は国家保安庁《こっかほあんちょう》の仕事《しごと》だ。さてウィットウェル、報告《ほうこく》を聞《き》こう」

ウィットウェルが目《め》でナサニエルをしめした。「ジョン・マンドレイクがタロー長官《ちょうかん》とともに事件《じけん》を担当《たんとう》しています。わたしもまだ報告《ほうこく》を聞《き》いておりませんので、ここで聞《き》けるとぞんじます」

首相《しゅしょう》がナサニエルにやさしくほほえんだ。「では、マンドレイク」

ナサニエルはゴクリとつばを飲《の》んだ。師匠《ししょう》は弟子《でし》ひとりにやらせる気《き》だ。よし、それなら受《う》けてたとう。「けさの損壊事件《そんかいじけん》の真相《しんそう》をお話《はな》しするのはまだ早《はや》すぎます。おそらく……」

ショールトウ・ピンの目《め》から片《かた》メガネが落《お》ちた。「損壊事件《そんかいじけん》だと？」ピンがどなった。「大惨事《だいさんじ》だろう！　小僧《こぞう》、よくもぬけぬけと！」

ナサニエルは食《く》いさがった。「とにかくまだ早《はや》すぎるんです。今回《こんかい》の事件《じけん》が、デュバール長官《ちょうかん》がおっしゃられるようなレジスタンス団《だん》の犯行《はんこう》かどうかはまだ不明《ふめい》です。外国政府《がいこくせいふ》のスパイの犯《はん》行《こう》かもしれませんし、なんらかの不満《ふまん》をもつ地元《じもと》の反逆者《はんぎゃくしゃ》の犯行《はんこう》かもしれません。奇妙《きみょう》な点《てん》がいくつかあるんです」

警察庁長官《けいさつちょうちょうかん》デュバールがさえぎるように毛深《けぶか》い手《て》をあげた。「バカバカしい！　レジスタンス団《だん》の襲撃《しゅうげき》に決《き》まっている。やつらがやったとしか思《おも》えない痕跡《こんせき》がそこらじゅうに残《のこ》っているじゃないか！」

「それはちがいます」ナサニエルはデュバールとにらみあった。これ以上《いじょう》へいこらしてたまるか。「レジスタンス団《だん》の襲撃《しゅうげき》は規模《きぼ》が小《ちい》さく、通常《つうじょう》〈モウラーのガラスの玉《たま》〉や〈四元素《げんそ》の霊《れい》の玉《たま》〉といった低《てい》レベルの魔力《まりょく》が使《つか》われています。標的《ひょうてき》も政界関係者《せいかいかんけいしゃ》と決《き》まっています。魔術師《まじゅつし》や魔術《まじゅつ》師相手《しあいて》の業者《ぎょうしゃ》です。それに、レジスタンス団《だん》の攻撃《こうげき》にはやや場《ば》あたり的《てき》なところがあって、たいていは、あて逃《に》げのようなものです。ところがピカデリーの事件《じけん》はちがいます。やり方《かた》が残忍《ざんにん》きわまりなく、犯行時間《はんこうじかん》も長《なが》い。しかもビルの内部《ないぶ》からこわされいて、外壁《がいへき》はほとんど無傷《むきず》のままなのです。つまり、何者《なにもの》かがかなり高《こう》レベルの魔力《まりょく》をあやつって破壊《はかい》したものと考《かんが》えられます」

ウィットウェルが口《くち》をはさんだ。「でもインプやジンの痕跡《こんせき》はなかったのよ」

「はい。現場一帯《げんばいったい》を念入《ねんい》りに調《しら》べましたが、なにも見《み》つかりませんでした。ふつうの魔法《まほう》の痕跡《こんせき》はありませんので、悪魔《あくま》の犯行《はんこう》という可能性《かのうせい》はありません。しかし人間《にんげん》がかかわったという証拠《しょうこ》もありません。襲撃《しゅうげき》の最中《さいちゅう》に現場《げんば》にいた者《もの》は、ひとり残《のこ》らず強力《きょうりょく》な魔法《まほう》のようなもので殺《ころ》されています。ただ、その魔法《まほう》がなにか特定《とくてい》できない。タロー長官《ちょうかん》はこつこつと正確《せいかく》な仕事《しごと》をする方《かた》ですが、正直申《しょうじきもう》しあげて、あのやり方《かた》では新《あたら》しい手《て》がかりはつかめません。また襲撃事件《しゅうげきじけん》が起《お》こっても、犯人《はんにん》がたどったあとをただうろうろし続《つづ》けるだけです。作戦《さくせん》を変《か》えないことには、どうしようもありません」

「警察《けいさつ》の権限《けんげん》を強化《きょうか》する必要《ひつよう》があるな」デュバールがいった。

「それはごもっともですが」ナサニエルはいった。「昨夜《さくや》はよりぬきの警官《けいかん》六人《にん》でも足《た》りませんでした」

少《すこ》しのあいだしんとなった。デュバールの小《ちい》さな黒《くろ》い目《め》がナサニエルをうかがうように上下《じょうげ》する。目《め》とは対照的《たいしょうてき》に鼻《はな》は低《ひく》くて大《おお》きいだんご鼻《ばな》で、無精《ぶしょう》ひげの生《は》えたあごは、雪《ゆき》かきでもできそうなほどつきでている。デュバールはだまっていたが、目《め》にうかんだ表情《ひょうじょう》はあきらかだった。

「いや、なかなかはっきりした物言《ものい》いだ」首相《しゅしょう》がようやく口《くち》をひらいた。「それで、マンドレイク、きみの考《かんが》えは？」

きたぞ！　ぜったいにここでチャンスをものにしてやる。みんな、ぼくが失敗《しっぱい》するのを待《ま》っているんだから。「犯人《はんにん》はかならずまたおそってきます。ピカデリーはロンドンでもっとも人気《にんき》のある観光《かんこう》スポットです。ひょっとすると、犯人《はんにん》のねらいはわれらに恥《はじ》をかかせることかもしれません。海外《かいがい》からの観光客《かんこうきゃく》のあいだに不安《ふあん》を広《ひろ》めて、英国《えいこく》のプライドを傷《きず》つけようとしているのでしょう。理由《りゆう》はどうあれ、レベルの高《たか》いジンにロンドンじゅうを見張《みは》らせるべきです。わたしならジンたちを有名商店街《ゆうめいしょうてんがい》や、博物館《はくぶつかん》、美術館《びじゅつかん》などの観光地《かんこうち》に配備《はいび》します。そうすれば、なにかが起《お》こってもすぐに動《うご》けます」

大臣《だいじん》たちが不満《ふまん》げに鼻《はな》を鳴《な》らし、いっせいに抗議《こうぎ》の声《こえ》があがった。「バカバカしい」「〈捜索玉《そうさくだま》〉がすでに見張《みは》っているし、警察《けいさつ》も目《め》を光《ひか》らせているじゃないか」「レベルの高《たか》いジンをはたらかせるとなれば、かなりのエネルギーを消耗《しょうもう》するぞ……」

デバルー首相《しゅしょう》はだまっていた。となりのメイクピースもだまってソファに腰《こし》を落《お》ちつけている。かなりおもしろがっているようだ。

首相《しゅしょう》がようやく口《くち》をひらいた。「どうやら決定的《けっていてき》な証拠《しょうこ》はないようだな。この事件《じけん》はレジスタンス団《だん》の犯行《はんこう》かもしれないし、ちがうかもしれない。見張《みは》りの強化《きょうか》は効果《こうか》があるかどうかわからない。ならば、わたしが決断《けつだん》をくだす。マンドレイク、きみは以前《いぜん》、非凡《ひぼん》な才能《さいのう》をしめした。今回《こんかい》もそれを発揮《はっき》してくれたまえ。新《あら》たな監視体制《かんしたいせい》を作《つく》って、犯人《はんにん》をつきとめるのだ。レジスタンス団《だん》の捜査《そうさ》のほうも手《て》をぬくなよ。わたしは結果《けっか》がほしい。もし国家保安庁《こっかほあんちょう》が成果《せいか》をあげられなければ……」そこでデバルーはナサニエルとウィットウェルを意味《いみ》ありげに見《み》た。「ほかの部署《ぶしょ》にひきつがせる。さあ、行《い》って慎重《しんちょう》に悪魔《あくま》を選《えら》ぶように。ほかの諸君《しょくん》は〈創始者記念日《そうししゃきねんび》〉のお祝《いわ》いだ。食事《しょくじ》にしよう！」

車《くるま》がリッチモンドの村《むら》を出《で》てだいぶたってから、ウィットウェルはようやく口《くち》をひらいた。「デュバールを敵《てき》にまわしたわね。ほかの大臣《だいじん》たちもあまり好意的《こういてき》じゃないわ。ま、そんなことは今《いま》さら気《き》にする必要《ひつよう》はないけど」ウィットウェルは窓《まど》の外《そと》に見《み》える黒《くろ》い木々《きぎ》や、流《なが》れるように通《とお》りすぎていく夕暮《ゆうぐ》れの田舎《いなか》の風景《ふうけい》をながめながら続《つづ》けた。「マンドレイク、わたしはあなたを信《しん》じているわ。あなたの考《かんが》えを実行《じっこう》にうつせば成果《せいか》をあげられるかもしれない。タローに話《はな》して、それから庁《ちょう》のみんなを動《うご》かして悪魔《あくま》を配備《はいび》なさい」師匠《ししょう》は細《ほそ》い指《ゆび》で髪《かみ》をかきあげた。「わたしはこの件《けん》にばかりかかわってはいられないの。アメリカ侵攻《しんこう》の準備《じゅんび》でいそがしいのよ。でももしあなたが犯人《はんにん》を見《み》つけだして、国家保安庁《こっかほあんちょう》にそれなりの信頼《しんらい》をとりもどすことができれば、見返《みかえ》りはじゅうぶんあるわ……」ただし、その逆《ぎゃく》もありうるということだ。ウィットウェルはそこで言《こと》葉《ば》を切《き》った。最後《さいご》までいう必要《ひつよう》はない。

ナサニエルはだまっていられず、「はい、師匠《ししょう》」とかすれ声《ごえ》でいった。「ありがとうございます」

ウィットウェルはゆっくりうなずくと、ナサニエルをちらっと見《み》た。

ナサニエルはそのとき、つねにあこがれ尊敬《そんけい》し、二年以上《ねんいじょう》もいっしょに暮《く》らす師匠《ししょう》の目《め》にさめたものを感《かん》じた。遠《とお》くはなれたところから見《み》つめられている気分《きぶん》だ。空《そら》を飛《と》んでいるタカがやせたウサギを見《み》おろしながら、おそいかかるだけの値打《ねう》ちがあるかどうかをうかがっているような感《かん》じといえばいいだろうか。ナサニエルはとつぜん、自分《じぶん》の若《わか》さともろさを痛《いた》いほど感《かん》じた。師《し》匠《しょう》の絶大《ぜつだい》な力《ちから》の前《まえ》で、自分《じぶん》はあまりに未熟《みじゅく》で無防備《むぼうび》だ。

「ぐずぐずしてはいられないわ」師匠《ししょう》はいった。「有能《ゆうのう》な悪魔《あくま》が調達《ちょうたつ》できるといいわね」

10 もどってきたぜ！

むろん、いつものようにおれは抵抗《ていこう》を試《こころ》みた。

力《ちから》のかぎり、ひっぱられる力《ちから》に反発《はんぱつ》してみた。だが、無情《むじょう》な呪文《じゅもん》の言葉《ことば》はあまりに強《つよ》く、ひとつひとつが銛《もり》のようにおれの成分《せいぶん》をつきさし、一致団結《いっちだんけつ》してひきはがしにかかりやがった。三秒《びょう》ほどあっちの世界《せかい》のやさしい重力《じゅうりょく》にひきとめられたものの……とつぜんその手《て》がゆるむと、おれは子《こ》どもが母親《ははおや》の懐《ふところ》から引《ひ》きはなされるように、異世界《いせかい》からはなれた。

おれの成分《せいぶん》は一瞬《いっしゅん》にして圧縮《あっしゅく》され、それからながーくのびて、やがて地上《ちじょう》に吐《は》きだされた。毎度《まいど》おなじみ、いまいましいペンタクルのかせのなかだ。

そこでおれは太古《たいこ》からのしきたりにしたがい、すぐに人《ひと》の目《め》に見《み》える姿《すがた》をとることにした。

さてと、何《なに》にしようか？　今回《こんかい》の召喚《しょうかん》はなかなか強力《きょうりょく》だ。どこの魔術師《まじゅつし》か

★11 少女《しょうじょ》の顔《かお》は古代《こだい》ローマで会《あ》ったウェスタの処女《しょじょ》（古代《こだい》ローマの炉《ろ》の女神《めがみ》ウェスタの祭壇《さいだん》の火《ひ》を守《まも》った六人《にん》の処女《しょじょ》）のひとりを見本《みほん》にした。ひどく勝気《かちき》そうな顔《かお》をした少女《しょうじょ》でジュリ

知《し》らないが、経験《けいけん》もまあまあありそうだから、大声《おおごえ》を出《だ》す幽霊《ゆうれい》とかクモの巣《す》みたいな目《め》をしたオバケなんかじゃこわがりそうもない。そこで多少細工《たしょうさいく》をして、呼《よ》びだしたやつにこっちの教養《きょうよう》の高《たか》さを印象《いんしょう》づけてやることにした。

自分《じぶん》でいうのもなんだが、なかなか手《て》ぎわのいい仕事《しごと》ぶりだった。まずは大《おお》きな虹色《にじいろ》のシャボン玉《だま》を作《つく》り、真珠《しんじゅ》のツヤをだして中空《ちゅうくう》で回転《かいてん》させる。かぐわしい木《き》の香《かお》りをほのかにただよわせ、遠《とお》くから聞《き》こえるようなかすかな音《おと》で、ハープとバイオリンの優雅《ゆうが》な調《しら》べを流《なが》す。シャボン玉《だま》のなかには、形《かたち》のととのった鼻《はな》の上《うえ》に丸《まる》メガネをかけた美《うつく》しい少女《しょうじょ》がすわっている（✵II）。その少女《しょうじょ》が静《しず》かに目《め》をあげると……

おれは思《おも》わず、おどろきと怒《いか》りの声《こえ》をあげた。

「おまえ！」

「落《お》ちついてくれ、バーティミアス」

「おまえ！」優雅《ゆうが》な音楽《おんがく》はゴボゴボいう不快《ふかい》な音《おと》にかき消《け》され、かぐわしい香《かお》りは、鼻《はな》につんとくるすっぱいにおいに変《か》わった。美《うつく》しい少女《しょうじょ》の顔《かお》はみるみる真《ま》っ赤《か》になり、目《め》がポーチトエッグみたいにふくらんで、メガネにひび

アって名《な》だ。ジュリアは賭《か》けごとが好《す》きで、夜中《よなか》に聖火《せいか》の番《ばん》の途中《とちゅう》でこっそりぬけだしては、大競技場《だいきょうぎじょう》キルクス・マクシムスでやっていた二《に》輪戦車競争《りんせんしゃきょうそう》によく来《き》ていた。むろん、じっさいにはメガネはかけていない。メガネをつけたのはちょっとばかり顔《かお》に威厳《いげん》をもたせたかったからだ。ま、芸術家《げいじゅつか》の特権《とっけん》ってやつだな。

が入《い》った。バラのつぼみのような口《くち》からは、するどい黄色《きいろ》い歯《は》がのぞき、怒《いか》りのあまりはげしく歯《は》ぎしりしている。炎《ほのお》がおどり、それを包《つつ》むシャボン玉《だま》は風船《ふうせん》のようにふくらんで、今《いま》にも割《わ》れそうだ。しかもものすごいスピードで回転《かいてん》し、風《かぜ》を切《き》る音《おと》がしはじめた。

「ちょっと話《はなし》を聞《き》いてくれ——」

「取引《とりひき》したはずだ！　誓《ちか》いだってたてただろう！」

「厳密《げんみつ》にいえば、ちょっとちがうけど——」

「ちがう？　もう忘《わす》れたってのか？　ええっ？　こっちは異世界《いせかい》にいて時間《じかん》の経過《けいか》はわからなくなっちまったが、見《み》たところおまえはほとんど変《か》わっちゃいない。ガキのままじゃねえか！」

小僧《こぞう》は胸《むね》をはった。「ぼくは今《いま》、政府《せいふ》の要人《ようじん》のひとりで——」

「まだひげも生《は》えてねえな。どれくらいたった？　二年《ねん》か、三年《さんねん》か？」

「二年《ねん》と八か月《げつ》」

「てことは、十四か。それでもうおれを呼《よ》びもどしやがったのか？」

「そう、あ、だけど……あのとき誓《ちか》ってなんかいないよ。ただ解放《かいほう》しただけだ。決《けっ》して――」

「おれを呼《よ》びもどさないとはいわなかったっていうのか？　あれにはそれだけの意味《いみ》があったんだぞ。おれはおまえの本名《ほんみょう》を忘《わす》れる。おまえもおれの名《な》前《まえ》を忘《わす》れる。取引成立《とりひきせいりつ》。それを……」ぐるぐるまわるシャボン玉《だま》のなかで、少女《しょうじょ》の顔《かお》がみるみるくずれていき……かわりにゲジゲジのまゆ、ギザギザの鼻《はな》、赤《あか》い残忍《ざんにん》な目《め》があらわれた。これじゃ小《ちい》さい丸《まる》メガネがいささか不《ふ》つりあいだ……鉤爪《かぎづめ》のついた手《て》がのびてメガネをつかむと、そのまま口《くち》に放《ほう》りこんで、するどい歯《は》でかみくだいた。

小僧《こぞう》がなだめるように手《て》をあげた。「ふざけてないで、話《はなし》を聞《き》いてくれ」

「話《はなし》を聞《き》けだと？　なんでそんなことしなきゃならない？　こっちはまだ前《ぜん》回《かい》の痛《いた》みがいえてないってのに。正直《しょうじき》な話《はなし》、もう少《すこ》したっていると思《おも》ったが、二年《ねん》とは……」

「二年《ねん》と八か月《げつ》」

「人間《にんげん》の二年《ねん》なんて短《みじか》い時間《じかん》じゃ、おまえと会《あ》ったトラウマはいやせない。ま、いつかはとんがり帽子《ぼうし》をかぶったどっかのマヌケに呼《よ》びだされるとは思《おも》っていたが、まさかこないだと同《おな》じタコとはな！」

やつは口《くち》をすぼめた。「ぼくはとんがり帽子《ぼうし》なんてかぶってない」

「おまえほんとにアホだな！　おまえの本名《ほんみょう》を知《し》ってるおれを無理《むり》やり呼《よ》びもどすなんて。よしわかった。おさらばする前《まえ》に、屋根《やね》にのぼっておまえの名前《なまえ》を大声《おおごえ》でさけんでやる！」

「よせ。誓《ちか》ったはずだ……」

「誓《ちか》いは取《と》り消《け》された。解約《かいやく》！　破棄《はき》！　無効《むこう》！　未開封《みかいふう》のまま差出人《さしだしにん》につきかえされた。おまえが約束《やくそく》をやぶるなら、こっちだって同《おな》じ手《て》を使《つか》う」少女《しょうじょ》の顔《かお》が消《き》え、野獣《やじゅう》のような顔《かお》があらわれた。歯《は》をむきだし、髪《かみ》にはトゲがある。おれは外《そと》にとび出《だ》すかっこうでシャボン玉《だま》をなぐった。

「とにかく説明《せつめい》させてくれ！　おまえを助《たす》けようと思《おも》って呼《よ》びだしたんだ！」

「助《たす》ける？　こりゃ愉快《ゆかい》だ！　聞《き》く価値《かち》はあるな」

「じゃあちょっとだまって、ぼくに話《はなし》をさせてくれ」

「よし、わかった！　だまっててやる！」

「うん」

「墓《はか》のように静《しず》かにな。おっ、偶然《ぐうぜん》にもおまえの墓《はか》だ」

「じつは……」

「おまえがまともな言《い》い訳《わけ》を思《おも》いつくかどうか、すぐにわかる。だいたい――」

「だまれ！」小僧《こぞう》がさっと片手《かたて》をあげた。とたんにシャボン玉《だま》の外《そと》から強《つよ》い圧力《あつりょく》がかかるのを感《かん》じ、おれはうるさくいうのをやめた。

小僧《こぞう》は深《ふか》いため息《いき》をつくと、髪《かみ》をかきあげてシャツのそでで口《ぐち》を直《なお》すふりをした。「たしかにぼくは、おまえのいうように二歳年《さいとし》をとった。だからその分《ぶん》かしこくなってる。いっとくけど、〈宇宙《うちゅう》の万力《まんりき》〉はもう使《つか》わない。おまえの行儀《ぎょうぎ》が悪《わる》くてもだ。〈皮膚《ひふ》の反転《はんてん》〉の罰《ばつ》を受《う》けたことは？〈成分《せいぶん》の牽引《けんいん》〉は？　もちろんあるよな。おまえみたいな性格《せいかく》のやつならまちがいない（✡12）。だからこれ以上《いじょう》、ぼくを怒《おこ》らせないほうがいい」

「そういうこともぜんぶ、やりあったはずだろ？　いいか、おまえはおれの名《な》を知《し》り、おれはおまえの名《な》を知《し》っている。おまえがおれに罰《ばつ》をあたえても、

✡12　くやしいが小僧《こぞう》のいったことは当《あ》たっている。どっちも経《けい》験《けん》ずみだ。〈皮膚《ひふ》の反転《はんてん》〉はとくに頭《あたま》にくる。身動《みうご》きがとれないし、しゃべることはまず不可能《ふかのう》だ。皮膚《ひふ》が裏表《うらおもて》になって成分《せいぶん》があたりに飛《と》び散《ち》るから、カーテンやじゅうたんもよごれて台無《だいな》しになる。

おれはすぐにそれをおまえに返《かえ》すだけだ。だれも得《とく》をしない。おたがい痛《いた》い目《め》にあうだけだ」

小僧《こぞう》がため息《いき》をつきながら、うなずいた。「そうか、そうだった。おたがい冷静《れいせい》になったほうがいい」そういうとやつは腕《うで》を組《く》み、しばらくおれのいるシャボン玉《だま》をけわしい顔《かお》でにらんだ(✡13)。

おれも小僧《こぞう》をさめた目《め》で見返《みかえ》した。あいかわらず青白《あおじろ》いひもじそうな顔《かお》をしてやがる。もっともおれの見《み》える範囲《はんい》ではってことだ。なにしろ顔《かお》の半分《はんぶん》は、ライオンのたてがみみたいなぼさぼさの髪《かみ》でかくれている。こりゃまちがいなく、やつはおれと別《わか》れて以来《いらい》、ハサミのそばに近《ちか》づかなかったと見《み》える。てかてかの黒《くろ》いナイアガラの滝《たき》だな、こりゃあ。

体《からだ》のほうは、前《まえ》よりちっとは肉《にく》がついたようだが、だからといってたくましくなったわけじゃなく、不細工《ぶさいく》にひきのばした感《かん》じだ。どっかの巨人《きょじん》にでも頭《あたま》と足《あし》をつかまれて、一回《かい》ぐっとひきのばされてから、ポイッとすてられたんじゃねえか。胴《どう》は糸《いと》まきの心棒《しんぼう》のように細《ほそ》く、腕《うで》と脚《あし》はひょろっとして体全体《からだぜんたい》のバランスが悪《わる》い。手足《てあし》なんか、どう見《み》てもサルだ。

✡13 そのときシャボン玉《だま》は床《ゆか》から一メートルほど上《うえ》で、ぴくりともせずにとまっていた。表面《ひょうめん》はくすんでいて、なかの怪物《かいぶつ》はむっとして姿《すがた》を消《け》していた。

しかもその印象《いんしょう》は着《き》ている服《ふく》でさらに強調《きょうちょう》されている。気《き》どったスーツは体《からだ》に絵《え》を描《か》いたのかと思《おも》うほどぴっちりしている。その上《うえ》にこっけいなほど長《なが》たらしい黒《くろ》のコートをはおって、先《さき》のとがった靴《くつ》をはき、小《ちい》さなテントほどもあるふち飾《かざ》りのついたハンカチを胸《むね》ポケットからのぞかせている。小僧《こぞう》はそのかっこうがイカしていると思《おも》ってるらしい。

やつをからかう絶好《ぜっこう》の材料《ざいりょう》だと思《おも》ったが、おれは待《ま》つことにした。さっと部屋《へや》を見《み》まわすと、どうやらちゃんとした召喚部屋《しょうかんべや》にいるらしい。おそらく政府《せいふ》の建物《たてもの》のなかだ。床《ゆか》は人工材《じんこうざい》のたぐいがしかれていて、節《ふし》や穴《あな》もなくなめらかで、まさにペンタクルを描《えが》くのにうってつけだ。部屋《へや》のすみにはガラス戸《ど》の棚《たな》があって、チョーク、定規《じょうぎ》、コンパス、紙《かみ》がずらりとならんでいる。そのとなりの戸棚《とだな》はさまざまな種類《しゅるい》の香《こう》の壺《つぼ》やビンでいっぱいだ。だがそれをのぞけば、部屋《へや》はがらんとしていた。壁《かべ》は白《しろ》く、上《うえ》のほうに四角《しかく》い窓《まど》がひとつあって、夜空《よぞら》が見《み》える。天井《てんじょう》からいくつもぶらさがった味気《あじけ》ない裸電球《はだかでんきゅう》が部屋《へや》を照《て》らしていた。出入《でい》り口《ぐち》はひとつだけで、鉄《てつ》でできたドアには内側《うちがわ》から鍵《かぎ》がかかっている。

小僧《こぞう》はようやく物思《ものおも》いからさめたような顔《かお》をすると、またそで口《ぐち》をいじってまゆをひそめた。なんだか苦《くる》しそうな表情《ひょうじょう》だ。真剣《しんけん》なつもりか、それとも腹《はら》でもこわしたか。

「バーティミアス」重苦《おもくる》しい声《こえ》。「ちゃんと聞《き》いてくれ。おまえを呼《よ》びださなければならなかったのはほんとうに残念《ざんねん》だが、ほかにどうしようもなかった。事情《じじょう》が変《か》わったんだ。おたがいのために旧交《きゅうこう》をあたためよう」

やつはそこで言葉《ことば》を切《き》った。おれが前向《まえむ》きな返事《へんじ》でもすると思《おも》ったか？あいにくだが、そうはいかない。シャボン玉《だま》はくすんだまま、ぴくりともしない。

「要点《ようてん》をいうよ。状況《じょうきょう》はそうややこしいものじゃない」やつは続《つづ》けた。「政府《せいふ》が——まあぼくも今《いま》はそのひとりだけど（✡I4）——この冬《ふゆ》に植民地《しょくみんち》アメリカに大々的《だいだいてき》な攻撃《こうげき》をしかける計画《けいかく》を進《すす》めている。戦争《せんそう》はどっちにとっても大《おお》きな犠牲《ぎせい》をともなうだろうけど、アメリカがロンドンに抵抗《ていこう》しているから、残念《ざんねん》ながら流血《りゅうけつ》の事態《じたい》はさけられそうにない。アメリカの反逆者《はんぎゃくしゃ》たちは強《つよ》く団結《だんけつ》していて、魔術師《まじゅつし》も味方《みかた》につけているんだ。なかには力《ちから》のある魔術師《まじゅつし》も

✡I4 小僧《こぞう》はそこでもういちど髪《かみ》をかきあげた。この手《て》の気《き》どった態度《たいど》はなんとなくだれ

いる。それをたおすにはジンやそれより下《した》のレベルの悪魔《あくま》をしたがえた魔術《まじゅつ》師《し》の大部隊《だいぶたい》を送《おく》らなければならない」

おれはそこで身《み》じろぎした。シャボン玉《だま》の側面《そくめん》が口《くち》のようにあんぐりあいた。「おい、おまえたちはその戦争《せんそう》に負《ま》けるぞ。アメリカに行《い》ったことあんのか？　おれは住《す》んでた。二百年《ねん》のあいだ数回《すうかい》にわたってな。アメリカはどこもかしこも荒野《こうや》で、それがどこまでも続《つづ》いている。反逆者《はんぎゃくしゃ》たちはきっと後《こう》退《たい》すると見《み》せて、おまえたちを終《お》わりのないゲリラ戦《せん》にひきこもうとするだろう。そうなりゃ泥沼《どろぬま》だ」

「英国軍《えいこくぐん》が負《ま》けることはないだろうけど、たしかにひとすじ縄《なわ》ではいかない。人《ひと》とジンが大勢《おおぜい》死《し》ぬだろうね」

「人《ひと》が大勢《おおぜい》、な。いっしょにしないでくれ」

「ジンも死《し》ぬときはあっという間《ま》だよね。そうだろ？　おまえはこれまでたくさん戦《たたか》いを経験《けいけん》しただろうから、戦争《せんそう》ってのがどんなものかわかるだろ？ぼくはおまえを助《たす》けてやろうと思《おも》ったんだ。じつは政府《せいふ》の公文書係官《こうぶんしょかかりかん》が過去《かこ》の記録《きろく》をひととおり調《しら》べて、アメリカに攻《せ》め入《い》るのに役《やく》だちそうな悪魔《あくま》のリ

かに似《に》ていると思《おも》ったが、はて、だれだったか思《おも》いだせない。

ストをまとめた。おまえの名前《なまえ》がそのなかにあったんだ」

アメリカに攻《せ》め入《い》る？　悪魔《あくま》のリスト？　どうもウソくさい話《はなし》だ。だがおれはひとまず慎重《しんちょう》にたちまわり、やつからもう少《すこ》し情報《じょうほう》をひきだすことにした。シャボン玉《だま》をねじって、肩《かた》をすくめているような形《かたち》をつくる。「かまわん。おれはアメリカ好《ず》きだからな。おまえたちが祖国《そこく》と呼《よ》ぶこの豚小屋《ぶたごや》みたいなロンドンよりよっぽどマシだ。ゴミまみれの都会《とかい》とちがって、広大《こうだい》な空《そら》と草原《そうげん》が続《つづ》き、てっぺんに雪《ゆき》をいただいた山々《やまやま》がどこまでもそびえ……」おれはすがすがしい気分《きぶん》を強調《きょうちょう》するため、シャボン玉《だま》のなかにうれしそうなバッファローの顔《かお》を出現《しゅつげん》させた。

小僧《こぞう》は見《み》おぼえのあるうす笑《わら》いを浮《う》かべた。二年前《ねんまえ》にも見《み》た、あのいまいましい笑《え》みだ。「もしかして、しばらくアメリカへ行《い》ってないだろう？」

おれはバッファローのまま、やつをいぶかしげに見《み》た。「それがどうした？」

「今《いま》じゃ、アメリカにも東部海岸《とうぶかいがん》ぞいに街《まち》ができてる。ロンドンくらい大《おお》きい街《まち》もひとつふたつあるし。抵抗《ていこう》しているのはそこなんだ。海岸《かいがん》から奥《おく》に入《はい》ればおまえのいう荒野《こうや》もあるけど、ぼくたちはそんなものはどうでもいい。戦《たたか》うのは市街地《しがいち》なんだから」

おれは、へえそうかいという顔《かお》で、ひづめの具合《ぐあい》を調《しら》べた。「べつにかまわん」

「いいの？　それよりここでぼくに仕《つか》えたほうがよくない？　ぼくならおまえをアメリカ侵攻《しんこう》のリストからはずしてやれる。ぼくの仕事《しごと》なら期間《きかん》も決《き》まっていて、ほんの数週間《すうしゅうかん》てところだ。ちょっとした見張《みは》りの仕事《しごと》さ。ゲリラ戦《せん》よりはずっと危険《きけん》が少《すく》ない」

「見張《みは》り？」おれは吐《は》きすてるようにいった。「そんなもん、インプにたのめ」

「アメリカ軍《ぐん》にはアフリートがいる」

やれやれ。「おい、かんべんしてくれ。戦《たたか》いぐらいなんとかなる。これまでだっておまえの助《たす》けがなくても、アル・アリッシュの戦《たたか》いやプラハ城攻《じょうぜ》めをくぐりぬけてきたんだ。正直《しょうじき》にいえ。おまえ、だいぶヤバい状況《じょうきょう》なんだろ？　でなきゃ、おれをわざわざ呼《よ》びもどすはずがない。なんたっておれは知《し》ってるんだから。なあ……サニエル？」

一瞬《いっしゅん》、小僧《こぞう》は怒《いか》りを爆発《ばくはつ》させそうに見《み》えたが、なんとか気持《きも》ちをおし殺《ころ》すと、うんざりしたようにほおをふくらませた。「わかった。みとめる。おまえを助《たす》けるためだけに呼《よ》んだんじゃない」

おれは目《め》をくるりとまわした。「さあて、一大事《いちだいじ》だ」

「じつはさしせまった事情《じじょう》があって」小僧《こぞう》は続《つづ》けた。「早《はや》く結果《けっか》を出《だ》したいんだ。でないと……」やつはぐっと歯《は》を食《く》いしばった。「ぼくは……今《いま》の立場《たちば》を追《お》われるかもしれない。ほんとうはもっと礼儀《れいぎ》をわきまえた悪《あく》──じゃなかったジンを呼《よ》びだしたかったんだ。けど、ちゃんと調《しら》べる時間《じかん》がなくて」

「その話《はなし》はどうやらほんとらしいな」おれはいった。「アメリカに攻《せ》め入《い》るなんてまったくのデタラメだろう？　あらかじめおれに恩《おん》を売《う》っておこうって魂胆《こんたん》だな。あいにく、おれはだまされんぞ。おれはおまえの本名《ほんみょう》を知《し》っているんだから、その気《き》になればいつだってそれを使《つか》える。頭《あたま》を冷《ひ》やして、すぐにおれを解放《かいほう》したほうがいいぞ。これで話《はな》し合《あ》いはおわりだ」おれは最後《さいご》のひとことを強調《きょうちょう》するため、バッファローの鼻《はな》をつんと上向《うわむ》きにし、シャボン玉《だま》のなかでエラそうに背《せ》を向《む》けた。

小僧《こぞう》が動揺《どうよう》してとびあがった。「待《ま》ってくれ、バーティミアス」

「ダメだ！　おまえがどれだけおがんでも、バッファローは聞《き》く耳《みみ》もたん」

「ぼくはおがんだりしない！」やつはとうとう怒《いか》りを爆発《ばくはつ》させた。やれやれ、まったくこいつのはげしさときたら。「よく聞《き》けよ」やつはかみつかんばかりにいった。「たしかにぼくは助《たす》けがなければ、この危機《きき》を乗《の》りきれない。それはおまえには関係《かんけい》ないことかもしれないが――」

おれはうしろをふりむいて、バッファローの目《め》をクリクリさせた。「さすがだな！　おれの心《こころ》をよくわかってらっしゃる！」

「だけどこっちの話《はなし》は関係《かんけい》あるんじゃないのか。アメリカ侵攻《しんこう》はほんとの話《はなし》だ。リストがあるって話《はなし》はウソだけど、もしおまえがこの仕事《しごと》をけってぼくが失脚《しっきゃく》したら、ぼくはその前《まえ》にかならずアメリカ遠征部隊《えんせいぶたい》におまえを入《い》れるようにしむける。おまえがぼくの本名《ほんみょう》をどこでしゃべろうと勝手《かって》だ。そのころにはもう、ぼくはこまるようなところにはいない。さあどっちにする」やつは最後《さいご》の言葉《ことば》を吐《は》きながら腕《うで》を組《く》んだ。「かんたんな見張《みは》りの仕事《しごと》か、それとも戦争《せんそう》に放《ほう》りこまれるか。おまえしだいだ」

「ほう、そうか？」おれはいった。

小僧《こぞう》はあえいだ。髪《かみ》があつくるしく顔《かお》にかかっている。「そうだ。ぼくを見《み》すてるなら危険《きけん》を覚悟《かくご》しろ」

おれは向《む》きなおると、しばらくやつをまじまじと見《み》た。うむ。たしかにかんたんな見張《みは》りのほうが戦争《せんそう》に行《い》かされるよりははるかにマシだ。戦争《せんそう》ってのはたちが悪《わる》くて収拾《しゅうしゅう》がつかなくなることがある。それにまあ、このヒヨッコは頭《あたま》にくるやつだが、ほかの大半《たいはん》の主人《しゅじん》にくらべりゃ、良心《りょうしん》ってやつを申《もう》し訳程度《わけていど》だがもっている。今《いま》もまだもってるかどうかはあやしいが、それでも大《たい》した時間《じかん》はたっちゃいないから、堕落《だらく》しきってはいないだろう。おれはシャボン玉《だま》の前《まえ》チャックをあけ、ひづめをあごにあてて身《み》を乗《の》りだした。

「どうやらまたおまえの勝《か》ちらしい」おだやかにいう。「おれに選択《せんたく》の余地《よち》はないようだな」

小僧《こぞう》が肩《かた》をすくめた。「まあね」

✡15 二年前《ねんまえ》、盗《ぬす》みやだましというこみいったことをやっちまったせいで（まあそれだけが原因《げんいん》ではないにせよ）、ナサニエルは自分《じぶん》の師匠《ししょう》を死《し》に追《お》いやった。そのときやつは罪悪感《ざいあくかん》に苦《くる》しんだはずだが、そ

「なら、状況説明《じょうきょうせつめい》ぐらいしろ。おまえが出世《しゅっせ》したのは見《み》りゃあわかる。で、今《いま》なんの仕事《しごと》をしてる？」

「国家保安庁《こっかほあんちょう》ではたらいてるんだ」

「国家保安庁《こっかほあんちょう》？　アンダーウッドのじいさんがいた部署《ぶしょ》じゃねえか」バッファローはまゆをつりあげた。「なるほど、だれかさんは前《まえ》の師匠《ししょう》にならおうというわけか」

小僧《こぞう》はくちびるをかんだ。「ちがう。それとは関係《かんけい》ない」

「だれかさんはきっとまだ、師匠《ししょう》の死《し》に責任《せきにん》を感《かん》じていて……（✡15）」

小僧《こぞう》はかっとなった。「バカバカしい！　ただの偶然《ぐうぜん》だって。新《あたら》しい師匠《ししょう》がこの仕事《しごと》につくよう勧《すす》めてくれたんだ」

「ああ、そうか。なつかしのウィットウェルさんか。いい人《ひと》だよなあ（✡16）」

おれはがぜんやる気《き》がわいてきて、やつをとっくり観察《かんさつ》した。「それでウィットウェルさんはおまえにファッションのアドバイスもしてくれたのか？　だいたいなんだ、その冗談《じょうだん》みたいなぴっちりズボンは？　下着《したぎ》のラベルまですけて見《み》えるぞ。それからそのシャツのそで……」


れがまだあるのかどうか、興味《きょうみ》をかきたてられたのさ。

✡16　こういうのを皮肉《ひにく》という。ウィットウェルは正直《しょうじき》これ以上《いじょう》ないってくらいいまいましいやつだ。長身《ちょうしん》でやせぎすで、手足《てあし》なんか乾《かわ》ききった長《なが》い棒《ぼう》きれそのもの。足《あし》を組《く》むだけで摩擦《まさつ》で火《ひ》がつきそうだ。

小僧《こぞう》は体《からだ》をこわばらせた。「このシャツはすごく高《たか》かったんだ。バイアス柄《がら》のシルクだぞ。それに大《おお》きなそで口《ぐち》が最近《さいきん》のはやりなんだ」

「トイレそうじ用《よう》の吸引《きゅういん》カップにひらひらがついてるみたいじゃねえか。風《かぜ》を受《う》けてうしろにふきとばされないのが不思《ふし》議《ぎ》なぐらいだ。その余分《よぶん》なひらひらで、もう一着作《ちゃくつく》ったらどうだ？　今着《いまき》てるのよりはマシなものができるだろう。それかその生地《きじ》でおまえの髪用《かみよう》にアリスみたいなヘアバンドを作《つく》るとか」

どうやらやつは、アンダーウッドのことをいわれるより、服《ふく》のことをからかわれるほうが頭《あたま》にくるらしい。この数年《すうねん》で、やつにとって大事《だいじ》なものが変《か》わったってことか。まったく色気《いろけ》づきやがって。小僧《こぞう》は必死《ひっし》に怒《いか》りをおさえると、落《お》ちつきなくシャツのそでをいじっては、何度《なんど》も髪《かみ》をかきあげた。

「なんてザマだ。変《へん》なクセばかり増《ふ》やしやがって。どうせあこがれの魔術師《まじゅつし》のまねでもしてんだろ」

小僧《こぞう》が髪《かみ》にやっていた手《て》をさっとおろした。「ちがう」

「たぶん鼻《はな》クソのほじり方《かた》までウィットウェルのまねをしてるんだろうな。

おまえ、あの女《おんな》みたいになりたがってたから」

ここにもどされたのは気《き》に入《い》らないが、やつの怒《いか》りにゆがむ顔《かお》をながめるのはじつに気分《きぶん》がいい。おれはしばらくやつに好《す》きなだけ自分《じぶん》のペンタクルのなかで地団駄《じだんだ》をふませてやった。「もちろんお忘《わす》れでないと思《おも》うが」おれは陽気《ようき》な声《こえ》を出《だ》した。「おれを呼《よ》びだした以上《いじょう》、へらず口《ぐち》はとまらない。もれなくついてくるからな」

やつは自分《じぶん》の両手《りょうて》に向《む》かってうめいた。「口《くち》はわざわいのもとって知《し》ってるか？」

よし、その調子《ちょうし》だ。少《すく》なくとも小僧《こぞう》との関係《かんけい》は無事復活《ぶじふっかつ》だな。「それで、見張《みは》りの話《はなし》だが、かんたんだといったな？」

小僧《こぞう》が表情《ひょうじょう》をゆるめた。「ああ」

「だがおまえの仕事《しごと》と人生《じんせい》がそれにかかってる」

「そのとおり」

「少《すこ》しも危険《きけん》じゃなく、こみいってもいないんだな？」

「うん、まあ……それほどは」

おれはいらいらしてひづめで床《ゆか》をふみならした。「それで?」

小僧《こぞう》はため息《いき》をついた。「ロンドンにひどく凶暴《きょうぼう》なやつがあらわれた。マリッドでもアフリートでもジンでもない。魔法《まほう》の痕跡《こんせき》がないんだ。ゆうべピカデリーの半分《はんぶん》を破壊《はかい》した。ピン魔術用品店《まじゅつようひんてん》もこわされた」

「ほんとか? シンプキンは?」

「あのフォリオットのこと? 死《し》んだよ」

「チェッ、なんてこった(✡17)」

小僧《こぞう》が肩《かた》をすくめた。「ぼくはロンドンの治安《ちあん》を少《すこ》しまかされてて、非難《ひなん》の矛先《ほこさき》がこっちに向《む》いてる。首相《しゅしょう》は腹《はら》を立《た》ててるし、師匠《ししょう》はぼくを守《まも》ってくれない」

「おどろくようなことか? だからウィットウェルには注意《ちゅうい》しろといったんだ」

やつはむっとした顔《かお》をした。「バーティミアス、師匠《ししょう》はきっとぼくに薄情《はくじょう》だったことを悔《く》いるようになる。とにかく、もう時間《じかん》がないんだ。おまえにロンドンの見張《みは》りと犯人追跡《はんにんついせき》をしてもらいたい。ぼくはこれからほかの魔術《まじゅつ》

✡17 これは本心《ほんしん》だ。なんたって復讐《ふくしゅう》のチャンスをのがしたんだから。

師《し》を集《あつ》めて、同《おな》じようにジンを配備《はいび》するよう指示《しじ》を出《だ》す。どうだ？」

「ひとつ確認《かくにん》させてくれ。仕事《しごと》の内容《ないよう》と条件《じょうけん》は？」

小僧《こぞう》がうっとうしい髪《かみ》のあいだからおれをにらんだ。「前回《ぜんかい》と同《おな》じ条件《じょうけん》だ。おまえはぼくの本名《ほんみょう》をもらすことなく仕事《しごと》をする。もしおまえが仕事《しごと》に熱心《ねっしん》に取《と》り組《く》み、へらず口《ぐち》を最小限《さいしょうげん》におさえてくれれば、滞在期間《たいざいきかん》もかなり短《みじか》くなるはずさ」

「おれは正確《せいかく》な期間《きかん》が知《し》りたい。あいまいなのはだめだ」

「わかった。六週間《しゅうかん》。六週間《しゅうかん》なんておまえにはあっという間《ま》だろう」

「で、具体的《ぐたいてき》な仕事内容《しごとないよう》は？」

「つねに主人《しゅじん》――つまりぼく――を全面的《ぜんめんてき》に守《まも》ること。それとロンドンのいくつかの決《き》まった場所《ばしょ》の見張《みは》り。正体不明《しょうたいふめい》の強力《きょうりょく》な敵《てき》の追跡《ついせき》と特定《とくてい》。それでどう？」

「見張《みは》りはオーケーだ。主人《しゅじん》を守《まも》るってのは、ちとめんどうだな。なしにしないか？」

「そしたら、おまえがぼくに危害《きがい》を加《くわ》える可能性《かのうせい》を心配《しんぱい》しなくちゃならない。

魔術師《まじゅつし》はそんな危険《きけん》はぜったいにおかさない（✡18）。おまえはすきあらばぼくをおそおうとするだろうから。で、この仕事《しごと》、やるか？」

「ああ」

「よし、じゃあおまえが守《まも》るべき約束《やくそく》を確認《かくにん》しろ！」小僧《こぞう》は両手《りょうて》をあげ、あごをつきだした。カッコよく決《き》めようと思《おも》ったらしいが、髪《かみ》がしじゅう目《め》にかかっちまって、効果《こうか》ゼロ。どう見《み》てもそのへんの十四歳《さい》のガキと変《か》わらない。

「まあ、あわてるな。手伝《てつだ》ってやるよ。今日《きょう》はもうおそいから、おねんねしたほうがいい」おれはバッファローの鼻《はな》の上《うえ》にまた少女《しょうじょ》のメガネをのせていた。「よし、それならこれでどうだ？」おれはつまらないよそいきの声《こえ》を出《だ》した。「おれはもう一度《いちど》、六週間《しゅうかん》みっちりおまえに仕《つか》えてやる。しょうがないから、そのあいだはおまえの名前《なまえ》はもらさないと約束《やくそく》しよう」

「ぼくの本名《ほんみょう》」

「おお、そうだった。おまえの本名《ほんみょう》を六週間《しゅうかん》はだれにももらさない。これでどうだ？」

✡18 小僧《こぞう》のいうのはまちがいだ。おれの知《し》ってるある魔術師《まじゅつし》は、主人《しゅじん》を守《まも》るなどという条件《じょうけん》なしにおれを信用《しんよう》してくれた。もちろんそれはプトレマイオスのことだ。だがあいつは特別《とくべつ》だ。あんな出会《であ》いはもう二度《ど》とないだろう。

「それじゃ、足《た》りないよ、バーティミアス。信用《しんよう》するしないの問題《もんだい》じゃなくて、内容《ないよう》が不十分《ふじゅうぶん》なんだ。いい？――六週間《しゅうかん》のあいだ、人間《にんげん》、インプ、ジン、そのほか生《い》きている妖霊《ようれい》すべてに対《たい》して、この世界《せかい》だろうと異世界《いせかい》だろうと、どの目《め》で見《み》える世界《せかい》だろうと、ぼくの本名《ほんみょう》を一語《ご》たりとももらさないだけでなく、ひとりのときもだれかの耳《みみ》に入《はい》るような声《こえ》でぼくの本名《ほんみょう》をいったり、ビンやなにかの穴《あな》や、魔法《まほう》で痕跡《こんせき》をたどれるようなかくれた場所《ばしょ》でささやいたりすることも、意味《いみ》を解読《かいどく》できるいかなる言語《げんご》でどこかに書《か》きしるすようなこともしない」

やれやれ。おれは渋《しぶ》い顔《かお》で小僧《こぞう》の言葉《ことば》をくり返《かえ》した。長《なが》い六週間《しゅうかん》になりそうだ。だがひとつだけ、やつはおれが誓《ちか》った言葉《ことば》にふくまれるひっかけに気《き》づかなかった。つまり、六週間《しゅうかん》さえ終《お》われば、おれはやつの本名《ほんみょう》を勝手《かって》にしゃべっていいってことだ。ちょっとでもすぎたら、ぜったいにしゃべってやる。

「よし」おれはいった。「これで取引成立《とりひきせいりつ》だ。じゃあ、その正体不明《しょうたいふめい》の敵《てき》のことをもう少《すこ》し聞《き》かせてくれ」

第《だい》2部《ぶ》　それぞれの敵《てき》

11 隠《かく》れ家《が》

〈創始者記念日《そうししゃきねんび》〉の翌朝《よくあさ》、天気《てんき》は一変《いっぺん》した。ロンドンの街《まち》に暗《くら》い雲《くも》がたちこめ、雨《あめ》がぱらつきだした。通《とお》りからはあっという間《ま》に人《ひと》がいなくなり、配達《はいたつ》の車《くるま》が通《とお》る程度《ていど》だ。レジスタンス団《だん》のメンバーたちも、いつもなら街《まち》に出《で》て新《あたら》しい標的《ひょうてき》をさがし歩《ある》くところだが、その日《ひ》はアジトに集《あつ》まっていた。

アジトは、サザークの中心部《ちゅうしんぶ》にある小《ちい》さいけれど品《しな》ぞろえの豊富《ほうふ》な画材店《がざいてん》だった。絵《え》の具《ぐ》、筆《ふで》といった画材《がざい》をあつかっていて、絵《え》の好《す》きな一般人《いっぱんじん》に人気《にんき》が高《たか》い。北側《きたがわ》には数百《すう》メートルにわたって古《ふる》い店《みせ》が続《つづ》き、その向《む》こうをテムズ川《がわ》が流《なが》れている。さらにその北《きた》に魔術師《まじゅつし》たちのつどうロンドンの中心地《ちゅうしんち》があった。サザークはややまずしい地域《ちいき》で、安物《やすもの》を作《つく》ったり、あつかったりする工場《こうじょう》や店《みせ》が軒《のき》をならべ、魔術師《まじゅつし》が足《あし》をふみ入《い》れることはめったにない。

それが画材店《がざいてん》の住人《じゅうにん》たちにはむしろ好都合《こうつごう》だった。

キティはガラスのカウンターの前《まえ》に立《た》って、大量《たいりょう》の紙《かみ》をサイズと厚《あつ》さごとに分《わ》けていた。カウンターの片側《かたがわ》には牛皮紙《ぎゅうひし》をまいてひもでくくったものが山《やま》のように積《つ》まれ、小型《こがた》ナイフの入《はい》った小《ちい》さいラックと、馬《うま》の毛《け》でできた絵筆《えふで》のつまった大《おお》きめのガラスビンが六つならんでいる。そのうえ、スタンリーの尻《しり》も目《め》の前《まえ》にせまっていて、キティはどうにも落《お》ちつかなかった。スタンリーはカウンターの上《うえ》であぐらをかき、朝刊《ちょうかん》に顔《かお》をうめんばかりにして一心《いっしん》に読《よ》んでいる。

「ぼくらのことがのってる。たたかれてるぜ」スタンリーがいった。

「なんで?」キティはたずねた。なぜかはよくわかっていたが。

「街《まち》で悪《わる》さをしたからさ」スタンリーは記事《きじ》が見《み》やすいように、新聞《しんぶん》を折《お》りたたんでひざにのせた。「ほらここ。『ピカデリーの事件《じけん》を受《う》け、国家保安庁《こっかほあんちょう》のジョン・マンドレイク氏《し》は、忠実《ちゅうじつ》なロンドン市民《しみん》に警戒《けいかい》を呼《よ》びかけている。大量《たいりょう》の死者《ししゃ》を出《だ》した事件《じけん》の犯人《はんにん》は、いぜん市内《しない》を逃走中《とうそうちゅう》。同庁《どうちょう》はその前《まえ》に起《お》こったウェストミンスター、チェルシー、シャフツベリー通《どお》りの一連《いちれん》の襲撃事《しゅうげきじ》件《けん》と同一《どういつ》グループの犯行《はんこう》と見《み》ている』シャフツベリー通《どお》りか……フレッド、ぼくらのことだぜ!」

フレッドは不満《ふまん》げにうなっただけだった。ふたつのイーゼルのあいだに置《お》かれた籐《とう》イスにすわり、イスの前脚《まえあし》を浮《う》かせて、うしろの壁《かべ》によりかかっている。フレッドはもう一時間《じかん》もそうやってイスをゆらしながら宙《ちゅう》を見《み》つめていた。

「『レジスタンス団《だん》は政府《せいふ》に不満《ふまん》をもつ若者《わかもの》たちの集団《しゅうだん》と考《かんが》えられている。きわめて危険《きけん》かつ狂《きょう》信的《しんてき》で暴力《ぼうりょく》にうったえるグループである』へえ。なあフレッド、この文章《ぶんしょう》きみの母《かあ》さんが書《か》いたんじゃないか？　やけにくわしい。『……どうかレジスタンス団《だん》には近《ちか》づかずに、夜間警察《やかんけいさつ》にご連絡《れんらく》を』……ふむふむ……『マンドレイク氏《し》はあらたに夜間《やかん》パトロール隊《たい》を組織《そしき》する予定《よてい》で……市民《しみん》の安全《あんぜん》のため、午後九時以降《ごごくじいこう》の夜間外出禁止令《やかんがいしゅつきんしれい》を……』お決《き》まりの手《て》だな」スタンリーは新聞《しんぶん》をカウンターの上《うえ》に放《ほう》りだした。「まったくしゃくにさわる。きのうぼくたちがしたことについては結局《けっきょく》ふれてないじゃないか。ピカデリーの事件《じけん》に完全《かんぜん》にしてやられたな。こりゃあマズいぜ。行動《こうどう》を起《お》こさないと」

スタンリーはキティのほうを見《み》た。キティはせっせと紙《かみ》を数《かぞ》えている。「なあリーダー、地下室《ちかしつ》から武器《ぶき》をいくつかもちだして、コヴェントガーデンにでもくりだそうぜ。本物《ほんもの》の混乱《こんらん》を起《お》こすんだ」

キティは上目《うわめ》づかいにスタンリーをにらみつけた。「そんなことする必要《ひつよう》ないでしょ？　あたしたちの代《か》わりにだれかがやってくれてるじゃない」

「だれか、ね……いったいだれなんだろう？」スタンリーは帽子《ぼうし》のうしろをもちあげると、器用《きよう》に頭《あたま》をかいた。「チェコ人《じん》があやしい」そういって目《め》のはしでキティを見《み》る。

またあたしにケンカを売《う》ろうとしてる、とキティは思《おも》った。スタンリーはリーダーであるキティの神経《しんけい》をさかなでし、どれくらいで音《ね》をあげるか試《ため》しているのだ。キティはわざとあくびをし、「そうかもね」とめんどくさそうにいった。これぐらいのことでは動《どう》じない。「ハンガリー人《じん》かアメリカ人《じん》かも……考《かんが》えだしたらきりがないわ。ライバルはたくさんいるし。でもだれにせよ、人目《ひとめ》につく場所《ばしょ》をねらうのはあたしたちのやり方《かた》じゃない。そうでしょ？」

スタンリーはふきげんそうな声《こえ》をあげた。「じゅうたんを燃《も》やしたこと、まだ根《ね》にもってんのかよ？　もういいだろ。あれがなきゃ、ぼくらのことなんてひとこともふれられないぜ」

「ケガ人《にん》が出《で》たのよ、スタンリー。それもふつうの人《ひと》たちに」

「魔術師《まじゅつし》の協力者《きょうりょくしゃ》だろう。ご主人《しゅじん》さまのじゅうたんを守《まも》るためにかけつけてきたんだ」

「どうしてあんたはいつも――」キティはそこではっと口《くち》をつぐんだ。ドアがあいていた。黒髪《くろかみ》でシワの目立《めだ》つ中年《ちゅうねん》の女《おんな》が店《みせ》に入《はい》ってきた。傘《かさ》をふって雨《あめ》のしずくを落《お》としている。

「おはよう、アン」キティはいった。

「おはよう、みんな」アンは張《は》りつめた空気《くうき》を感《かん》じて店《みせ》を見《み》まわした。「なあに、天気《てんき》が悪《わる》いせい？　ここの空気《くうき》、ちょっと変《へん》だけど。どうかした？」

「べつに。だいじょうぶよ」キティはわざとのんびり笑《わら》って見《み》せた。これ以上《いじょう》争《あらそ》いを広《ひろ》げないほうがいい。「きのうはどうだった？」

「盗《ぬす》み放題《ほうだい》」アンはいった。もっていた傘《かさ》をイーゼルにたてかけ、カウンターのほうにゆっくり歩《ある》いてくる。その途中《とちゅう》でフレッドの頭《あたま》をなでた。アンはさえないかっこうをして、上体《じょうたい》を少《すこ》しゆらすような歩《ある》き方《かた》をしているが、目《め》の動《うご》きはすばやく、輝《かがや》いている。「昨夜《さくや》は魔術師《まじゅつし》と名《な》のつく連中《れんちゅう》が勢《せい》ぞろいして、テムズ川《がわ》の船《ふね》のパレードをながめていてね。みんなあまりにポケットへの注意《ちゅうい》がおろそかでびっくりだったわよ」アンは指《ゆび》でものをくすねるまねをした。「強《つよ》いオーラが出《で》ている宝石《ほうせき》を少《すこ》し手《て》に入《い》れたよ。ボスが興味《きょうみ》をもつんじゃないかと思《おも》って。ボスからホプキンスさんに見《み》せてもいいし」

スタンリーがもぞもぞ体《からだ》を動《うご》かした。「今《いま》もってる？」

アンはにこりともせずにいった。「ここへ来《く》る途中《とちゅう》に隠《かく》れ家《が》の地下室《ちかしつ》に置《お》いてきた。ここにもってくると思《おも》う？　それよりお茶《ちゃ》を一杯《ぱい》ちょうだい、スタンリー」

「でも、これからしばらくは盗《ぬす》みもできなくなるかもね」アンは続《つづ》けた。スタンリーはカウンターからとびおりると、店《みせ》の奥《おく》へ消《き》えた。「あのピカデリーの事件《じけん》で世間《せけん》は大騒《おおさわ》ぎだから。だれがやったか知《し》らないけど、スズメバチの巣《す》に大《おお》きな石《いし》を投《な》げこんだみたいなもんだからね。昨夜《さくや》の空《そら》を見《み》た？　悪魔《あくま》がうじゃうじゃいた」

フレッドがイスにすわったまま、うなずいた。「ああ、うじゃうじゃいたな」

「またマンドレイクでしょ」キティがいった。「新聞《しんぶん》に書《か》いてあったわ」

アンは渋《しぶ》い顔《かお》でうなずいた。「しつこく追跡《ついせき》してこなきゃ、マンドレイクなんてなんでもないけどね。あんな人間《にんげん》の子《こ》どもになりすました連中《れんちゅう》――」

「アン」キティは店《みせ》のドアをあごで指《さ》した。やせたひげ面《づら》の男《おとこ》が雨《あめ》からのがれるように入《はい》ってきた。エンピツやノートのならんだ棚《たな》をぶらぶら見《み》てまわっている。キティとアンはいそがしそうに手《て》を動《うご》かし、フレッドもせっせと品出《しなだ》しを始《はじ》めた。男《おとこ》はそのうち買《か》い物《もの》をすませて、店《みせ》を出《で》ていった。

キティはアンを見《み》た。首《くび》をふっている。「今《いま》の人《ひと》はだいじょうぶ」

「ボスはいつもどる？」フレッドが運《はこ》んでいた箱《はこ》をその場《ば》に置《お》きながらたずねた。

「すぐだと思《おも》う」アンはいった。「今《いま》、ホプキンスさんと大《おお》がかりな仕事《しごと》の準備《じゅんび》をしているから」

「ほんとか。うずうずしてたんだ」

スタンリーがもどってきた。紅茶《こうちゃ》のトレーをもっている。いっしょにニックと呼《よ》ばれる薄《うす》いブロンドのずんぐりした青年《せいねん》があらわれた。腕《うで》を包帯《ほうたい》でつっている。青年《せいねん》はアンに笑《わら》いかけ、キティの肩《かた》を軽《かる》くたたくと、トレーからカップをとった。

アンが包帯《ほうたい》を見《み》てまゆをよせた。「どうしたの？」あっさりきいた。

「ケンカしたんだ」ニックは紅茶《こうちゃ》を一気《いっき》に飲《の》んだ。「ゆうべブラックドッグ・パブの裏手《うらて》の集会所《しゅうかいじょ》で。相手《あいて》は一般人活動家《いっぱんじんかつどうか》といわれてる連中《れんちゅう》さ。そいつらを本物《ほんもの》の活動《かつどう》に目《め》ざめさせてやろうと思《おも》ったんだ。けどあいつら、すぐにいやそうな顔《かお》したから、ちょっとムカついてさ。思《おも》ってることをいってやったんだ。おまえら、クズだってさ」そこで顔《かお》をしかめた。「たいしたケガじゃないよ」

「バカね、ニック」キティはいった。「そんなやり方《かた》じゃ、だれも仲間《なかま》に入《はい》らないわ」

ニックはしかめっ面《つら》をした。「やつらの泣《な》きごとを聞《き》かせてやりたかったよ。ぶるぶるふるえてさ」

「腰《こし》ぬけどもだな」スタンリーが音《おと》をたてて紅茶《こうちゃ》を飲《の》みながらいった。

「なにがこわいんだろうね？」アンがきいた。

「いろいろだろ。悪魔《あくま》、魔術師《まじゅつし》、スパイ、火《ひ》の玉《たま》、魔法《まほう》、警察《けいさつ》、報復《ほうふく》……あいつらまったく役立《やくた》たずだ」

「あたりまえよ」キティはいった。「あたしたちみたいな力《ちから》がないんだもの」

ニックは首《くび》をふった。「そんなのわかんないだろう。危険《きけん》をおかしてたしかめようって気持《きも》ちがないのさ。じつは、それとなくほのめかしてみたんだ、ぼくらがやってることをさ。ゆうべのじゅうたん屋《や》のこととか。けど、みんなだまりこんで、ビールを飲《の》むだけで返事《へんじ》をしようともしなかった。関心《かんしん》をもとうとしないんだ」ニックはカップをたたきつけるようにしてカウンターに置《お》いた。

「ボスがもどってくれば」フレッドがいった。「アドバイスしてくれるさ」

キティはまた怒《いか》りをあらわにした。「あんなじゅうたん屋《や》の事件《じけん》になんか、だれもかかわりたいとは思《おも》わないわよ。やってることがめちゃくちゃだし危険《きけん》だし、だいいち被害《ひがい》を受《う》けたのが魔術師《じゅつし》じゃなくてふつうの人《ひと》なんだから。そこが問題《もんだい》なのよ、ニック。あたしたちはたんに破壊行為《はかいこうい》をしているだけじゃなくて、理想《りそう》の社会《しゃかい》の実現《じつげん》をめざしているってことを示《しめ》さなきゃ」

「おい、聞《き》いたかよ」スタンリーが得意《とくい》げにいった。「キティのやつ、おじけづいてきたぜ」

「なによ、あんた……」

そのときアンがカップでガラスのカウンターを二回《かい》たたいた。力《ちから》が入《はい》りすぎてカップにひびが入《はい》った。アンはドアのほうを見《み》ている。キティたちはそっちを見《み》ないようにして、てんでにゆっくり動《うご》きだした。キティはカウンターのうしろへさがり、ニックは奥《おく》の部屋《へや》にもどった。フレッドはさっき置《お》いた箱《はこ》をまたもちあげている。

店《みせ》のドアがあき、レインコートを着《き》たやせた若《わか》い男《おとこ》がさっと入《はい》ってきた。フードをとると、もじゃもじゃの黒髪《くろかみ》がのぞいた。男《おとこ》は遠慮《えんりょ》がちな笑《え》みを見《み》せてカウンターに近《ちか》づいてきた。キティはレジにあった領収書《りょうしゅうしょ》に目《め》を通《とお》すふりをした。

「いらっしゃいませ。なにかおさがしですか？」

「おはようございます」男《おとこ》は鼻《はな》をかきながらいった。「あの、わたしは治安省《ちあんしょう》の者《もの》ですが、ちょっとお聞《き》きしたいことがありまして」

キティは領収書《りょうしゅうしょ》を置《お》いて、男《おとこ》のほうを向《む》いた。「はい、なにか……」

男《おとこ》はにっこりした。「いや、どうも。このところいろいろ不愉快《ふゆかい》な事件《じけん》が起《お》こっているのを新聞《しんぶん》でごぞんじかと思《おも》いますが、じつはこの近《ちか》くでまた、爆発騒《ばくはつさわ》ぎやら恐《おそ》ろしい事件《じけん》がありましてね」

「ええ」キティはいった。「そうらしいですね」

「悪質《あくしつ》な事件《じけん》でたくさんの善良《ぜんりょう》な市民《しみん》が傷《きず》ついているだけでなく、われわれのリーダーであるりっぱな魔術師《まじゅつし》たちの財産《ざいさん》も被害《ひがい》を受《う》けているんです。ぜひとも犯人《はんにん》をつかまえませんと、やつらはまた犯行《はんこう》をくり返《かえ》すでしょう」

キティはうなずいた。「たしかにそうですね」

「それで、善良《ぜんりょう》な市民《しみん》のみなさんに不審《ふしん》な者《もの》がいないか目《め》を光《ひか》らせていただくよう、お願《ねが》いにまわっているんです。近《ちか》くで見《み》なれない人《ひと》を見《み》かけたとか、妙《みょう》な行動《こうどう》をとっている人《ひと》がいるとか、そういったことなんですが。どうでしょう、なにか目《め》にしていませんか？」

キティは考《かんが》えながらいった。「うーん、なんともいえませんね。このあたりは見《み》なれない人《ひと》をしょっちゅう見《み》かけますから。埠頭《ふとう》に近《ちか》いから、外国《がいこく》の船乗《ふなの》りとか商人《しょうにん》とか……いちいち注意《ちゅうい》をはらってはいられないんです」

「それでは、今《いま》までになにか変《か》わったことを目《め》にしたとか、思《おも》いあたることはありませんか？」

キティはしばし考《かんが》えこんで見《み》せた。「ないと思《おも》います」

笑《わら》っていた男《おとこ》の口元《くちもと》ががっかりしたようにへの字《じ》になった。「ではなにか見《み》かけたら知《し》らせてください。通報《つうほう》してくださった方《かた》には多額《たがく》のお礼《れい》が出《で》ます」

「ええ、かならず」

男《おとこ》はうかがうような目《め》つきでキティを見《み》てから店《みせ》を出《で》ていった。ほどなく窓《まど》ガラスごしにとなりの店《みせ》に向《む》かう男《おとこ》の姿《すがた》が見《み》えたが、ひどい雨《あめ》にもかかわらず、フードをかぶり忘《わす》れている。

カウンターからはなれた通路《つうろ》や奥《おく》の部屋《へや》にいたメンバーたちがゆっくり集《あつ》まってきた。キティは問《と》いかけるようにアンとフレッドを見《み》た。ふたりとも真《ま》っ青《さお》で冷《ひ》や汗《あせ》をかいている。「人間《にんげん》じゃなかったんでしょ」キティはさらりといった。フレッドがうなずいた。

アンがいった。「カブト虫《むし》の頭《あたま》をしてたよ。全身真《ぜんしんま》っ黒《くろ》で口《くち》のあたりだけ赤《あか》かった。触手《しょくしゅ》がまっすぐにのびて、今《いま》にもあんたの体《からだ》にさわりそうだったよ。ウエッ。ほんとにわからなかったの？」

「あいにくそっちの才能《さいのう》はないから」キティはそっけなくいった。

「やつらがせまってきてる」ニックが目《め》をみひらきながら、ひとりごとのようにつぶやいた。「早《はや》く致命的《ちめいてき》な打撃《だげき》をあたえなきゃ、やつらにつかまってしまう。一回《かい》のミスが命《いのち》とりになる」

「ホプキンスさんに計画《けいかく》があるはずだから」アンがなだめようとしていった。「それで一気《いっき》にことを運《はこ》べるよ。今《いま》にわかる」

「そう願《ねが》いたいよ」スタンリーがいった。「ぼくもアンみたいな目《め》があったらなあ」

アンは口《くち》をすぼめた。「こんな才能《さいのう》、ありがたくもなんともないよ。さてと、今《いま》のが悪魔《あくま》だろうとなんだろうとどうだっていい。それよりきのう盗《ぬす》んできたものを種類別《しゅるいべつ》に整理《せいり》したいんだけど、だれかいっしょに地下室《ちかしつ》につきあってくれる？　雨《あめ》がふってるけど、ここからそんなに遠《とお》くないし……」そういってみんなを見《み》まわした。

「赤《あか》い触角《しょっかく》だった……」フレッドがふるえながらいった。「みんなに見《み》せたかったよ。短《みじか》い茶色《ちゃいろ》の毛《け》がびっしり生《は》えてて……」

「あぶないところだったな」スタンリーがいった。「もしぼくたちの話《はなし》が聞《き》こえてたら……」

「一回《かい》のミスが命《いのち》とりになる。たった一回《かい》のミスでぼくらは――」

「ニック、もうやめて！」キティはカウンターの一部《いちぶ》をあげて外《そと》に出《で》ると、あげた部分《ぶぶん》をたたきつけるようにおろし、乱暴《らんぼう》な足《あし》どりで店内《てんない》を横切《よこぎ》った。キティにはわかっていた。あたしだってみんなと同《おな》じように不安《ふあん》だ。追《お》われる恐怖《きょうふ》。今日《きょう》みたいに雨《あめ》がしとしと窓《まど》をたたき、だれもが屋《おく》内《ない》をあてもなくうろつくしかない日《ひ》には、つきまとう恐怖《きょうふ》と孤独《こどく》の影《かげ》がさらに濃《こ》くなる。あたしたちはこの大都会《だいとかい》に住《す》むほかの人々《ひとびと》とはちがう存在《そんざい》なんだ。いまいましい能力《のうりょく》のせいで。

その思《おも》いはキティにとって今《いま》に始《はじ》まったことではなかった。この三年間《ねんかん》ずっとかかえてきた。そう、公園《こうえん》でおそわれ、自分《じぶん》をとりまく世界《せかい》ががらりと変《か》わったときから。

12 〈黒竜巻《くろたつまき》〉の悲劇《ひげき》

一時間《じかん》ほどたったころ、犬《いぬ》を連《つ》れた紳士《しんし》が、公園《こうえん》の陸橋《りっきょう》にたおれているふたりの子《こ》どもを見《み》つけて通報《つうほう》した。まもなく救急車《きゅうきゅうしゃ》が到着《とうちゃく》し、キティとヤコブはやっと野次馬《やじうま》からのがれた。

キティは救急車《きゅうきゅうしゃ》に運《はこ》ばれるころにはすでに意識《いしき》をとりもどしていた。遠《とお》くに明《あ》かりのついた小《ち》さな窓《まど》が見《み》える。キティはその窓《まど》が暗闇《くらやみ》のなかをゆっくりと長《なが》いカーブを描《えが》いて近《ちか》づいてくるのを見《み》つめた。明《あ》かりのなかで小《ちい》さな人影《ひとかげ》のようなものが動《うご》いているが、はっきりとはわからない。

耳《みみ》にもコルクをつめられたような感覚《かんかく》があった。明《あ》かりはしだいに大《おお》きくなり、それから一気《いっき》にせまってくると、キティの目《め》はぱっとあいた。音《おと》もよみがえり、耳《みみ》に痛《いた》いほどぶつかってくる。

知《し》らない女《おんな》の人《ひと》がキティを見《み》おろしていた。「動《うご》いちゃだめ。だいじょうぶだから」

「あの……なにが……」

「しゃべっちゃだめ」

とつぜん嵐《あらし》におそわれたかのように、キティに記憶《きおく》がよみがえった。「化《ば》け物《もの》が！　サルが！」

もがいたが、両腕《りょううで》をキャスターつきの担架《たんか》にしばりつけられていて動《うご》けない。

「お願《ねが》いだから、じっとして。だいじょうぶよ」

キティはおとなしく横《よこ》たわった。体《からだ》じゅうがこわばっている。「ヤコブは……」

「お友《とも》だち？　ここにいるわ」

「ヤコブは無事《ぶじ》？」

「お願《ねが》い、休《やす》んでいてちょうだい」

救急車《きゅうきゅうしゃ》のゆれのせいか、それとも疲《つか》れがどっとおしよせたせいか、キティはすぐにまた眠《ねむ》りに落《お》ちた。ふたたび目《め》をさましたときはすでに病院《びょういん》にいて、看護師《かんごし》たちがキティの着《き》ていた服《ふく》を切《き》りはがしていた。上着《うわぎ》とショートパンツの前半分《まえはんぶん》は黒《くろ》こげでパリパリになり、焼《や》けた新聞紙《しんぶんし》のように薄《うす》くはがれて空中《くうちゅう》を舞《ま》った。やがて、白《しろ》い病院着《びょういんぎ》に着《き》がえさせられると、ひとしきり検査《けんさ》を受《う》けた。数人《すうにん》の医師《いし》がジャムに群《むら》がるスズメバチみたいにまわりをとりかこみ、脈《みゃく》、呼吸《こきゅう》、体温《たいおん》を測《はか》っている。だが医師《いし》たちはやがていっせいにいなくなり、キティはがらんとした病室《びょうしつ》にとり残《のこ》された。

だいぶ時間《じかん》がたったころ、ひとりの看護師《かんごし》が立《た》ちよった。「ご両親《りょうしん》に連絡《れんらく》したから、むかえに来《き》てくれるわ」キティがいぶかしげに顔《かお》をあげると、看護師《かんごし》は足《あし》をとめた。「あなたはなんともないわ。たぶんぎりぎりのところで〈黒竜巻《くろたつまき》〉からのがれたのね。ただちょっと余波《よは》を受《う》けただけ。ほんとうに運《うん》がよかったわね」

キティはその言葉《ことば》を理解《りかい》するのに少《すこ》し時間《じかん》がかかった。「ヤコブも無事《ぶじ》ですか？」

「お友《とも》だちは……あまり運《うん》がよくなかったみたい」

キティはとたんに恐怖《きょうふ》におそわれた。「どういうこと？　ヤコブはどこ？」

「だいじょうぶ、すぐ近《ちか》くにいるわ。今手当《いまてあ》てをしているところなの」

涙《なみだ》が急《きゅう》にあふれた。「ヤコブはあたしのとなりにいたの。だからヤコブもよくなるはずよ」

「食《た》べ物《もの》をもってきてあげるわ。食《た》べれば少《すこ》しは気分《きぶん》もよくなるわよ。なにか読《よ》んで気分《きぶん》をまぎらわしたらどう？　テーブルに雑誌《ざっし》があるわよ」

雑誌《ざっし》なんか読《よ》めるわけがない。看護師《かんごし》が行《い》ってしまうと、こっそりベッドをぬけだし、冷《つめ》たい木《き》の床《ゆか》によろよろと立《た》った。一歩《ぽ》ずつ、自力《じりき》で歩《ある》けることをたしかめながら静《しず》かな病室《びょうしつ》を移動《いどう》し、明《あか》るい日《ひ》ざしがさしこむアーチ型《がた》の窓《まど》のそばを通《とお》って廊下《ろうか》に出《で》た。

向《む》かいの病室《びょうしつ》のドアはしまっていた。ドアの窓《まど》には内側《うちがわ》からカーテンがひかれている。キティはすばやくあたりを見《み》まわすと、幽霊《ゆうれい》のようにさっと廊下《ろうか》を横切《よこぎ》り、ドアの取《と》っ手《て》をつかんだ。耳《みみ》をすましたが、なにも聞《き》こえない。キティは取《と》っ手《て》をまわして部屋《へや》に入《はい》った。

そこは風通《かぜとお》しのいい小《ちい》さな病室《びょうしつ》だった。ベッドが一台置《だいお》かれ、大《おお》きな窓《まど》から南《みなみ》ロンドンの町《まち》なみが一望《いちぼう》できる。午後《ごご》の強《つよ》い日《ひ》ざしがななめにさしこみ、ベッドがくっきり二色《しょく》に分《わ》かれて見《み》える。上半分《うえはんぶん》には影《かげ》がさし、そこに横《よこ》たわっている人《ひと》も影《かげ》におおわれていた。部屋《へや》じゅうに病院特有《びょういんとくゆう》のにおいがたちこめている。薬《くすり》、ヨードチンキ、消毒液《しょうどくえき》。だがそれにまじってほかのにおいもする。こげたようなにおいだ。

キティはドアをしめ、音《おと》をたてないよう、つま先立《さきだ》ちで歩《ある》きながらベッドに近《ちか》づいた。ヤコブを見《み》た瞬間《しゅんかん》、目《め》に涙《なみだ》があふれた。

キティが最初《さいしょ》に感《かん》じたのは、医者《いしゃ》がヤコブの髪《かみ》をそり落《お》としたことへの怒《いか》りだった。なぜ丸坊《まるぼう》主《ず》になんてするんだろう？　のびるのに時間《じかん》がかかるのに。ハーネックのおばさんはヤコブの大《おお》きくカールした黒髪《くろかみ》が大好《だいす》きなのだ。それと、なんだかひどく妙《みょう》な感《かん》じがする。とくにヤコブの顔《かお》がおかしな影《かげ》におおわれている……ようやくそこでキティは影《かげ》の正体《しょうたい》に気《き》づいた。

髪《かみ》で守《まも》られていた部分《ぶぶん》はふつうの肌《はだ》の色《いろ》だった。だがそれ以外《いがい》は、首《くび》のつけ根《ね》からひたいの生《は》えぎわまで、黒《くろ》と灰色《はいいろ》のうねりのある縞模様《しまもよう》になっている。大《おお》やけどを負《お》ったか、なにかの染料《せんりょう》を浴《あ》びるかしないとこうはならない。顔《かお》にはもとの色《いろ》はどこにも残《のこ》っていない。灰《はい》とこげた木《き》の色《いろ》をしていて、わずかにまゆの部分《ぶぶん》だけがきれいな色《いろ》をしていた。まゆ毛《げ》もそられているので、むきだしのピンクの小《ちい》さい三日月《みかづき》がふたつならんでいる。だが、それ以外《いがい》はくちびるもまつ毛《げ》も耳《みみ》たぶもすべて変色《へんしょく》していた。もはや生《い》きている人間《にんげん》の顔《かお》ではない。どこかの部族《ぶぞく》の面《めん》か、パレード用《よう》に作《つく》った彫像《ちょうぞう》のようだ。

毛布《もうふ》の下《した》でヤコブの胸《むね》が不規則《ふきそく》に上下《じょうげ》している。苦《くる》しそうな呼吸《こきゅう》の音《おと》が口《くち》から小《ちい》さくもれている。

キティは手《て》をのばして、毛布《もうふ》の上《うえ》からヤコブにふれてみた。おそってくる黒煙《こくえん》をふりはらおうとしたらしく、手《て》のひらにも顔《かお》と同《おな》じ色《いろ》のすじがついている。

キティの手《て》の重《おも》みに気《き》づいたのか、ヤコブが頭《あたま》を左右《さゆう》に動《うご》かした。不気味《ぶきみ》に変色《へんしょく》した顔《かお》につらそうな表情《ひょうじょう》が走《はし》った。灰色《はいいろ》のくちびるがあいて、なにかをしゃべろうとするかのように動《うご》いている。キティは手《て》をひっこめ、身《み》をかがめた。

「ヤコブ?」

ヤコブの目《め》がとつぜんひらいた。キティはびっくりしてうしろにとびのき、その拍子《ひょうし》に背中《せなか》をベッドわきのテーブルの角《かど》に思《おも》いきりぶつけた。キティはもう一度《いちど》ヤコブに近《ちか》づいた。ちがう、目《め》をさましたわけじゃないんだ。目《め》はまっすぐに上《うえ》を向《む》き、大《おお》きく見《み》ひらかれてはいるが、なにも見《み》てはいない。黒《くろ》と灰色《はいいろ》の肌《はだ》のせいで、その目《め》はひときわ白《しろ》く見《み》え、乳白色《にゅうはくしょく》のオパール石《いし》のようだった。まさか、ヤコブは目《め》が見《み》えなくなってしまったのだろうか？

やがて、医師《いし》がヤコブの両親《りょうしん》とあらわれた。そのうしろでキティの母親《ははおや》がなにかさわいでいる。そのときキティはベッドのわきにひざまずいて、両手《りょうて》でヤコブの手《て》をにぎり、顔《かお》を毛布《もうふ》にうずめていた。ヤコブの手《て》を放《はな》そうとしないキティを医師《いし》たちがやっとのことでひきはなした。

家《いえ》に帰《かえ》ると、今度《こんど》はキティがあれこれきいてくる両親《りょうしん》からやっとのことでのがれ、二階《かい》にかけのぼった。キティは長《なが》いこと廊下《ろうか》の鏡《かがみ》の前《まえ》に立《た》ち、いつもと変《か》わらない無傷《むきず》の顔《かお》をながめた。すべすべの肌《はだ》、たっぷりした黒髪《くろかみ》、くちびるにまゆ毛《げ》、手《て》のそばかす、鼻《はな》の横《よこ》にあるホクロ。どれもまったく変《か》わらない。ほんとうはこんな幸運《こううん》に恵《めぐ》まれる資格《しかく》なんてないのに。

ふつうなら、捜査《そうさ》を始《はじ》めるには法律的《ほうりつてき》な手続《てつづ》きが必要《ひつよう》なため、手間《てま》がかかる。ところがヤコブがまだ意識不明《いしきふめい》の状態《じょうたい》だというのに、警察《けいさつ》はキティの家《いえ》を訪《おとず》れ、調書《ちょうしょ》をとった。キティの両親《りょうしん》ははらはらしていた。キティは自分《じぶん》の知《し》っていることをかんたんに説明《せつめい》し、そのあいだ若《わか》い女性警《じょせいけい》官《かん》はメモをとっていた。

「わたしたちはいざこざを望《のぞ》みません」女性警官《じょせいけいかん》がメモをとりおわるころを見《み》はからって、父《とう》さんがいった。

「望《のぞ》んでいないんです」母《かあ》さんもいった。「ほんとうに」

「捜査《そうさ》はおこないます」女性警官《じょせいけいかん》はまだなにか書《か》きとめながらいった。

「でもどうやってあの人《ひと》を見《み》つけるんですか?」キティはきいた。「あの人《ひと》の名前《なまえ》も知《し》らないし、それにあの……化《ば》け物《もの》の名前《なまえ》も忘《わす》れちゃったし」

「車《くるま》からたどっていけるわ。あなたがいうように車《くるま》が衝突《しょうとつ》したなら、どこかに修理《しゅうり》に出《だ》しているかもしれないわね。見《み》つかれば事実《じじつ》を証明《しょうめい》できるでしょう」

「ほんとうのことをつきとめてください」キティはきっぱりといった。

「わたしたちはいざこざを望《のぞ》まない」父《とう》さんがもう一度《いちど》いった。

「ご連絡《れんらく》いたします」女性警官《じょせいけいかん》はそういって手帳《てちょう》をピシャリととじた。


問題《もんだい》の車《くるま》、ロールスロイス・シルバースラスターはまもなく見《み》つかり、持《も》ち主《ぬし》の身元《みもと》もすぐに判明《はんめい》した。男《おとこ》はジュリアス・タローといい、国家保安省《こっかほあんしょう》のアンダーウッド副大臣《ふくだいじん》の下《した》ではたらいている魔術師《まじゅつし》だった。とくに重要《じゅうよう》な立場《たちば》にいるというわけではなかったが、政府《せいふ》にいいコネがあって、地元《じもと》でもよく知《し》られている人物《じんぶつ》だ。タローはワンズワース公園《こうえん》で〈黒竜巻《くろたつまき》〉をふたりの子《こ》どもに放《はな》ったのは自分《じぶん》だと進《すす》んでみとめた。それどころか、やったことはまちがっていないとまでいいきった。のんびりドライブを楽《たの》しんでいたとき、子《こ》どもたちがおそってきた。とつぜん飛《と》び道具《どうぐ》のようなものが飛《と》んできてフロントガラスが割《わ》れ、ハンドルを切《き》りそこなったところへ、子《こ》どもたちが長《なが》い木《き》の板《いた》をふりまわして近《ちか》づいてきた。金目《かねめ》のものを奪《うば》おうとしたことはあきらかだったので、これまでにもときどき正当防衛《せいとうぼうえい》のときに使《つか》っていた手段《しゅだん》で、おそわれる前《まえ》にたおした。状況《じょうきょう》を考《かんが》えれば、むしろ節度《せつど》のある対応《たいおう》だったと思《おも》う、ということだった。

「あきらかなウソです」キティはいった。「あたしたちは道路《どうろ》に近《ちか》づいてもいません。それにもし、道路《どうろ》ぞいで正当防衛《せいとうぼうえい》の手段《しゅだん》をとったのなら、あたしたちが陸橋《りっきょう》で見《み》つかるわけないじゃないですか。その人《ひと》を逮捕《たいほ》したんですか？」

女性警官《じょせいけいかん》はおどろいた顔《かお》をした。「相手《あいて》は魔術師《まじゅつし》よ。ことはそんなにかんたんじゃないわ。あちらはあなたの主張《しゅちょう》を否定《ひてい》しているわけだから。この件《けん》は来月《らいげつ》、裁判《さいばん》で争《あらそ》われることになるわ。事態《じたい》の進展《しんてん》を望《のぞ》むなら、裁判《さいばん》に出廷《しゅってい》してタロー氏《し》と対決《たいけつ》するしかないわね」

「わかりました」キティはいった。「受《う》けてたちます」

「この子《こ》は出廷《しゅってい》しません」父《とう》さんがいった。「もうじゅうぶんです」

キティは不満《ふまん》の声《こえ》をあげたが、なにもいわなかった。父《とう》さんも母《かあ》さんも魔術師《まじゅつし》と争《あらそ》うことなど考《かん》えるのもいやがり、そもそも公園《こうえん》に立《た》ち入《い》ったのがいけないのだとキティを責《せ》めたてた。娘《むすめ》が病院《びょういん》から無事《ぶじ》にもどったことで、ふたりはタローに対《たい》してよりもむしろ娘《むすめ》に腹《はら》を立《た》てているようなところがあった。キティはそうしたことすべてがたまらなくいやだった。

「あなたしだいよ」女性警官《じょせいけいかん》はいった。「どちらにしろ、裁判所《さいばんしょ》の出廷案内《しゅっていあんない》を送《おく》るわ」

一週間《しゅうかん》ほどのあいだ、入院《にゅういん》しているヤコブの容態《ようだい》についてはほとんど知《し》らされず、面会謝絶《めんかいしゃぜつ》が続《つづ》いていた。キティは様子《ようす》を知《し》りたいと思《おも》い、勇気《ゆうき》を出《だ》して事件後《じけんご》初《はじ》めてハーネック家《け》に向《む》かった。通《かよ》いなれた小道《こみち》におそるおそる足《あし》をふみ入《い》れながら、家族《かぞく》の人《ひと》たちにどういう顔《かお》をされるかと不安《ふあん》ばかりがつのる。罪悪感《ざいあくかん》で胸《むね》をしめつけられる思《おも》いだった。

けれどハーネックのおばさんはなにもいわずにキティをむかえ、ゆたかな胸《むね》にぎゅっと抱《だ》きしめてから、なかへまねき入《い》れた。キッチンへ通《とお》されると、いつものように強烈《きょうれつ》な料理《りょうり》のにおいが鼻《はな》をついた。切《き》りかけの野菜《やさい》の入《はい》ったボウルがテーブルの真《ま》ん中《なか》に置《お》かれている。壁《かべ》ぞいには大《おお》きなオーク材《ざい》の食器棚《しょっきだな》があって、派手《はで》な模様《もよう》の皿《さら》がならんでいた。黒《くろ》い壁《かべ》には、いろいろな種類《しゅるい》のちょっと変《か》わった調理器具《ちょうりきぐ》がぶらさがっている。ヤコブのおばあさんが、黒《くろ》い大型《おおがた》ストーブのそばにある子《こ》ども用《よう》のイスにすわり、取《と》っ手《て》の長《なが》いスプーンでスープ鍋《なべ》をかきまわしていた。なにも変《か》わってはいない。壁《かべ》のひびひとつにいたるまでなにも。

ただ、ヤコブだけがいない。

キティはテーブルにつくと、香《かお》りの強《つよ》い紅茶《こうちゃ》の入《はい》ったマグを受《う》け取《と》った。おばさんは深《ふか》いため息《いき》をつきながら、向《む》かいの席《せき》にすわった。木《き》のイスが不満《ふまん》そうな音《おと》をたてた。おばさんはしばらく無言《むごん》だった。話好《はなしず》きなおばさんにはめずらしいことだ。キティのほうも話《はな》しかける勇気《ゆうき》がなかった。ストーブのそばでは、あいかわらずヤコブのおばあさんが湯気《ゆげ》のたつスープをかきまわしている。

それでもようやくおばさんは音《おと》をたてて紅茶《こうちゃ》を一気《いっき》に飲《の》むと、いきなり話《はな》しはじめた。「ヤコブが今日《きょう》、意識《いしき》をとりもどしたよ」

「ほんとに？　それでヤコブは……？」

「思《おも》っていたとおり。よくない」

「そんな。でも意識《いしき》がもどったのはいいことよね？　よくなるんでしょう？」

おばさんは意味《いみ》ありげな表情《ひょうじょう》をした。「まさか！　〈黒竜巻《くろたつまき》〉にやられたんだよ。あの子《こ》の顔《かお》は二度《ど》ともとにもどらない」

キティは目《め》に涙《なみだ》があふれるのを感《かん》じた。「ぜったいに？」

「やけどの状態《じょうたい》がひどいからね。わかるだろう、あんたも見《み》たんだから」

「でもどうしてヤコブは……？」キティはまゆをひそめた。「だってあの……あたしは無事《ぶじ》なのに。あたしも熱《ねつ》にうたれたもの。ふたりとも……」

「ふたりとも？　あんたはうたれてないじゃないか！」おばさんは自分《じぶん》のほおを指《ゆび》でたたきながら、責《せ》めるようなこわい目《め》を向《む》けた。その目《め》のはげしさにキティはキッチンの壁《かべ》に背中《せなか》をつけて小《ちい》さくなり、それ以上続《いじょうつづ》けられなかった。おばさんは長《なが》いこと恐《おそ》ろしい目《め》でキティをにらみつけてから、また紅茶《こうちゃ》に口《くち》をつけた。

キティは小声《こごえ》でいった。「ご、ごめんなさい」

「あやまることはないさ。あんたがヤコブを傷《きず》つけたわけじゃないんだから」

「でもヤコブを治《なお》す方法《ほうほう》はないの？　医者《いしゃ》がだめでも、魔術師《まじゅつし》ならなんとかしてくれるかもしれないでしょう？」

おばさんは首《くび》をふった。「後遺症《こういしょう》は死《し》ぬまで続《つづ》くよ。それにたとえ治《なお》す方法《ほうほう》があるとしても、魔術師《まじゅつし》たちは助《たす》けてはくれない」

キティは顔《かお》をこわばらせた。「そんな、助《たす》けるべきよ！　どうして助《たす》けてくれないの？　だってあれは事故《じこ》だったのに。あの男《おとこ》がしたことはどう考《かんが》えても犯罪《はんざい》だけど」キティの心《こころ》のなかで怒《いか》りがわきあがった。「おばさん、あの人《ひと》あたしたちを殺《ころ》そうとしたの！　裁判所《さいばんしょ》はそれをみとめるべきよ。ヤコブとあたしは証言《しょうげん》できる。来月《らいげつ》の裁判《さいばん》の席《せき》で。それまでにきっとよくなるよね？　あたしたちふたりで矛盾《むじゅん》だらけのタローの話《はなし》をひっくり返《かえ》して、ロンドン塔《とう》に送《おく》ってやるわ。そしたら魔術師《まじゅつし》たちがヤコブの顔《かお》を治《なお》す方法《ほうほう》をさがしてくれるはずよ。見《み》てて」

夢中《むちゅう》で話《はな》しながらも、キティは自分《じぶん》の言葉《ことば》がむなしくひびいていることに気《き》づいていた。それでもハーネックのおばさんが次《つぎ》に口《くち》にした言葉《ことば》はもっとむなしかった。

「ヤコブは裁判《さいばん》には出席《しゅっせき》しない。それにあんたもだよ、キティ。ご両親《りょうしん》が望《のぞ》んでいないし、それが正《ただ》しいのさ。裁判《さいばん》なんて賢明《けんめい》じゃない」

「でもやらなきゃ。もしあたしたちがうったえれば……」

おばさんは身《み》を乗《の》りだして、赤《あか》らんだ大《おお》きな手《て》をキティの手《て》にのせた。「もしヤコブが魔術師《まじゅつし》をうったえたら、ハーネック＆サンズはどうなると思《おも》う？　ウチのひとはその日《ひ》のうちにすべてを失《うしな》うんだ。魔術師《まじゅつし》たちはウチの会社《かいしゃ》をつぶすか、取引先《とりひきさき》をヤロスラフかほかのライバル会社《がいしゃ》に変《か》えるだろうからね」おばさんは悲《かな》しそうにほほえんだ。「それに裁判《さいばん》なんてやるだけむださ。勝《か》つ見《み》こみはないんだから」

キティはしばらくぼうぜんとして、返事《へんじ》ができなかった。「でも出廷《しゅってい》するようにって連絡《れんらく》があったわ」キティは口《くち》ごもった。「だからヤコブにも」

「今回《こんかい》のような場合《ばあい》はかんたんに辞退《じたい》できるんだよ」ハーネックのおばさんはいった。「そのほうが裁判所側《さいばんしょがわ》もよろこぶのさ。小《ちい》さいごたごたにわずらわされずにすむわけだから。ふたりの一《いっ》般人《ぱんじん》の子《こ》どもの事件《じけん》なんて、向《む》こうにとっちゃ時間《じかん》のむだなんだ。だからいうとおりにして。裁《さい》判所《ばんしょ》には行《い》かないでおくれ。いいことはなにもない」

キティは表面《ひょうめん》がでこぼこしたテーブルを見《み》つめた。「でもそうすると、あの……タローって男《おとこ》は無罪《むざい》になってしまう」そっといった。「そんなことできない。まちがってるわ」

おばさんはいきなり立《た》ちあがった。イスがタイルの床《ゆか》にこすれてするどい音《おと》をたてた。「まちがいとか正《ただ》しいとかいう問題《もんだい》じゃないんだ。それが世間《せけん》ってものなんだよ。それに……」おばさんはきざんだキャベツの入《はい》ったボウルを片手《かたて》でつかむと、ストーブに近《ちか》づいた。「あんたが思《おも》うほどかんたんにタローが罪《つみ》をのがれられるかどうかはわからない」おばさんはそういうと、ボウルを返《かえ》して、大鍋《おおなべ》の煮《に》えたぎったお湯《ゆ》のなかにキャベツを一気《いっき》に入《い》れた。ストーブのそばでは、ヤコブのおばあさんがうなずきながら、ごつごつした手《て》でぐるぐるとひたすらスープをかきまわしていた。湯気《ゆげ》の合間《あいま》から見《み》える笑《え》みは、どこかゴブリンのようだった。

13 法廷《ほうてい》の屈辱《くつじょく》

がんこでプライドが高《たか》いキティは、それから三週間《しゅうかん》、なんとか思《おも》いとどまらせようとするまわりの必死《ひっし》のはたらきかけをはねつけ、自分《じぶん》の道《みち》をつき進《すす》んだ。両親《りょうしん》がおどしたりすかしたりすればするほど、キティはどんどんかたくなになった。裁判所《さいばんしょ》に出廷《しゅってい》し、正義《せいぎ》の瞬間《しゅんかん》をこの目《め》で見《み》るんだとかたく決心《けっしん》していた。

その決意《けつい》はヤコブの容態《ようだい》を知《し》ってさらに強《つよ》まった。ヤコブはまだ入院中《にゅういんちゅう》で、意識《いしき》ははっきりしているものの目《め》が見《み》えないらしい。ただヤコブの家族《かぞく》は、視力《しりょく》はそのうち回復《かいふく》するだろうと希望《きぼう》をもっていた。けれど、もし回復《かいふく》しなかったら？　そう思《おも》うとキティは悲《かな》しみと怒《いか》りにふるえた。

キティの両親《りょうしん》はできることなら辞退《じたい》したいと思《おも》っていた。だが、原告《げんこく》はキティだった。つまり裁判《さいばん》をとりやめにするには本人《ほんにん》の署名《しょめい》が必要《ひつよう》なのだ。もちろんキティに署名《しょめい》するつもりはない。

手続《てつづ》きは進《すす》み、指定《してい》された日《ひ》の朝《あさ》、八時半《じはん》きっかりに、キティは裁判所《さいばんしょ》の正門《せいもん》にやってきた。いちばん見《み》ばえのいいジャケットとスエードのパンツ姿《すがた》で。両親《りょうしん》はついてこなかった。

裁判所《さいばんしょ》にはいろいろな人《ひと》が集《あつ》まっていた。キティはひじでおされたりつかれたりしながら、入《い》り口《ぐち》のドアがあくのを待《ま》った。貧《まず》しい物売《ものう》りが数人《すうにん》、開門《かいもん》を待《ま》つ人々《ひとびと》のあいだをかきわけるように行《い》ったり来《き》たりしながら、大《おお》きな木《き》のトレーにのせた温《あたた》かい菓子《かし》パンやパイを売《う》り歩《ある》いている。売《う》り子《こ》がそばを通《とお》るたびに、キティのショルダーバックをにぎる手《て》に力《ちから》が入《はい》った。キティと同《おな》じ一般人《いっぱんじん》の商売人《しょうばいにん》も何人《なんにん》かいた。みんないっちょうらを身《み》につけ、緊張《きんちょう》して青《あお》い顔《かお》をしている。しかし圧倒的《あっとうてき》に多《おお》いのは、心配顔《しんぱいがお》の魔術師《まじゅつし》たちだった。みんなピカデリースーツや、フォーマルなマントやガウンをはおり、派手《はで》な装《よそお》いをしていた。キティは魔術師《まじゅつし》たちのなかにタローの姿《すがた》をさがしたが、どこにも見《み》あたらなかった。群衆《ぐんしゅう》のまわりには体格《たいかく》のいい夜間警察官《やかんけいさつかん》たちがにらみをきかせている。

ドアがあき、笛《ふえ》の音《ね》がした。人々《ひとびと》がドアに流《なが》れこんでいく。来所者《らいしょしゃ》は全員《ぜんいん》、赤《あか》と金《きん》の制服《せいふく》を着《き》た職員《しょくいん》のところで受付《うけつけ》しなければいけない。キティが名前《なまえ》を告《つ》げると、職員《しょくいん》は書類《しょるい》に目《め》を走《はし》らせた。

「二十七法廷《ほうてい》です。左手《ひだりて》の階段《かいだん》をのぼって、すぐ右手《みぎて》の廊下《ろうか》の手前《てまえ》から四つ目《め》の部屋《へや》です。急《いそ》いで」

キティは職員《しょくいん》におされて先《さき》に進《すす》んだ。縦長《たてなが》の石《いし》のアーチをくぐり、ひんやりした大理石《だいりせき》のホールに入《はい》った。石《いし》でできた偉人《いじん》の胸像《きょうぞう》が壁《かべ》のくぼみに飾《かざ》られ、さめた目《め》でこっちを見《み》ている。だれもが音《おと》をたてないように足早《あしばや》に移動《いどう》していく。あたりは静《しず》かでおごそかな空気《くうき》が流《なが》れ、石炭酸《せきたんさん》せっけんのにおいがただよっている。キティは階段《かいだん》をのぼり、人《ひと》で混《こ》みあう廊下《ろうか》を進《すす》んで二十七法廷《ほうてい》のドアの前《まえ》についた。すぐわきに木《き》の長《なが》イスがあり、上《うえ》の壁《かべ》に『原告《げんこく》は呼《よ》ばれるまでここですわって待《ま》つこと』という指示《しじ》があった。

キティはイスにすわって待《ま》った。

それから十五分《ふん》のあいだに、しかめっ面《つら》をした人々《ひとびと》がぽつぽつと部屋《へや》の外《そと》に集《あつ》まってきた。立《た》っている人《ひと》もすわっている人《ひと》もみな無言《むごん》で、考《かんが》えこんでいる。ほとんどが魔術師《まじゅつし》で、法律関係《ほうりつかんけい》の書類《しょるい》の束《たば》に熱心《ねっしん》に目《め》を通《とお》していた。どの書類《しょるい》にも紙《かみ》の上《うえ》の部分《ぶぶん》に複雑《ふくざつ》な模様《もよう》の星印《ほしじるし》や目印《めじるし》がついている。魔術師《まじゅつし》たちは書類《しょるい》を読《よ》むことでたがいに目《め》をあわせないようにしているのだろう。

二十七法廷《ほうてい》のドアがあいた。しゃれた緑《みどり》の帽子《ぼうし》をかぶった青年《せいねん》が、まじめそうな顔《かお》をつき出《だ》した。

「キャスリーン・ジョーンズ！　いますか？　次《つぎ》です」

「あたしです」キティの心臓《しんぞう》がはねあがり、手首《てくび》が不安《ふあん》にうずいた。

「それからジュリアス・タロー。いますか？　同《おな》じく次《つぎ》です」

廊下《ろうか》はしーんとしていた。タローはまだ来《き》ていないようだ。

青年《せいねん》は顔《かお》をしかめた。「まあ、待《ま》ってもいられませんので。来《き》ていないならしょうがありませんね。ジョーンズさん、お入《はい》りください」

青年《せいねん》はキティを先《さき》に部屋《へや》に入《い》れると、うしろ手《で》にそっとドアをしめた。

「あそこがあなたの席《せき》ですよ、ジョーンズさん。審理《しんり》はすぐに始《はじ》まります」

法廷《ほうてい》はこぢんまりした四角《しかく》い部屋《へや》で、うすよごれたようなくすんだ日《ひ》の光《ひかり》に満《み》ちていた。光《ひかり》はステンドグラスをはめこんだふたつの大《おお》きなアーチ型《がた》の窓《まど》から入《はい》ってくる。窓《まど》の絵《え》はどちらも勇《ゆう》敢《かん》な魔術師《まじゅつし》の騎士《きし》を描《えが》いたものだった。ひとりはよろいを身《み》にまとい、獣《けもの》の姿《すがた》をした巨大《きょだい》な悪魔《あくま》の腹《はら》を剣《けん》でつらぬいている。悪魔《あくま》は鉤爪《かぎづめ》の生《は》えた手足《てあし》にごつい歯《は》をしていた。もうひとりの魔術《まじゅつ》師《し》は兜《かぶと》をかぶり、白《しろ》い長衣《ながぎぬ》のようなものを着《き》て、おぞましいゴブリンを追《お》いはらっている。ゴブリンは地面《じめん》にあいていた四角《しかく》い黒《くろ》い穴《あな》に落《お》ちるところだった。窓《まど》と反対側《はんたいがわ》の壁《かべ》には黒《くろ》い羽目板《はめいた》がならび、天井《てんじょう》も木《き》でできていて、教会《きょうかい》でよく見《み》かける石《いし》の天蓋《てんがい》のような形《かたち》をしていた。なんて古《ふる》めかしくて重苦《おもくる》しいところなんだろう。部屋《へや》をつくった者《もの》のねらいどおりにキティは圧倒《あっとう》され、自分《じぶん》がひどく場《ば》ちがいなところにいる気《き》がした。

法廷《ほうてい》の前方《ぜんぽう》の壁《かべ》の前《まえ》に高《たか》い壇《だん》があって、大《おお》きな木《き》の裁判官席《さいばんかんせき》の前《まえ》に長《なが》テーブルが置《お》かれている。テーブルの片側《かたがわ》に小《ちい》さい机《つくえ》がひとつあり、黒《くろ》いスーツを着《き》た三人《にん》の書記官《しょきかん》がすわっていそがしそうにコンピュータをたたいたり、書類《しょるい》に目《め》を通《とお》したりしている。キティは壇《だん》の前《まえ》を通《とお》り、案内《あんない》の青年《せいねん》がさししめした背《せ》の高《たか》いイスに向《む》かった。イスはひとつだけぽつんとはなれて置《お》かれていて、ステンドガラスの窓《まど》を背《せ》にくっきり浮《う》かびあがって見《み》える。キティはイスに腰《こし》をおろした。同《おな》じようなイスが反対側《はんたいがわ》の壁《かべ》ぎわにこっちを向《む》いて置《お》かれている。

壇《だん》の向《む》かいの壁《かべ》ぞいには、傍聴用《ぼうちょうよう》の長《なが》イスがふたつ置《お》かれ、真鍮《しんちゅう》の手《て》すりで法廷《ほうてい》とのあいだを仕切《しき》ってあった。そこにはすでに数人《すうにん》の傍聴人《ぼうちょうにん》がいて、キティはおどろいた。

青年《せいねん》が腕時計《うでどけい》に目《め》をやり、深呼吸《しんこきゅう》すると、大声《おおごえ》をはりあげた。キティはおどろいてとびあがった。「全員起立《ぜんいんきりつ》！　レベル四の魔術師《まじゅつし》にして本法廷《ほんほうてい》の裁判官《さいばんかん》、フィッツウィリアム判事《はんじ》の入廷《にゅうてい》。全員《ぜんいん》、起立《きりつ》！」

イスを引《ひ》く音《おと》と立《た》ちあがる靴《くつ》の音《おと》がひびいた。キティも書記官《しょきかん》も傍聴人《ぼうちょうにん》たちもいっせいに立《た》ちあがった。裁判官席《さいばんかんせき》のうしろのドアがあいて、フードつきの黒《くろ》い長衣《ながぎぬ》を着《き》た女《おんな》が入《はい》ってきた。席《せき》につくと女《おんな》はフードをはずした。茶色《ちゃいろ》いショートヘアの若《わか》い女《おんな》で口紅《くちべに》をべったりぬっている。

「ご来廷《らいてい》のみなさん！　どうぞご着席《ちゃくせき》ください！」キティを案内《あんない》した青年《せいねん》が裁判官席《さいばんかんせき》に向《む》かって深々《ふかぶか》と頭《あたま》をさげると、部屋《へや》のすみに移動《いどう》して腰《こし》をおろした。

裁判官《さいばんかん》は出席者《しゅっせきしゃ》に向《む》かって冷《ひ》ややかな笑《え》みを浮《う》かべた。「みなさん、おはようございます。それではレベル三の魔術師《まじゅつし》ジュリアス・タローと、バーラム在住《ざいじゅう》の一般人《いっぱんじん》キャスリーン・ジョーンズの審理《しんり》を始《はじ》めます。ジョーンズさんは出廷《しゅってい》されていますね。タロー氏《し》は？」

青年《せいねん》がびっくり箱《ばこ》からとび出《で》るようないきおいで立《た》ちあがった。「まだ出廷《しゅってい》されていません！」

それからさっと礼《れい》をして、すわった。

「それは見《み》ればわかります。どこにいるのかと聞《き》いているのです」

青年《せいねん》はまたとびあがった。「わかりません！」

「そう、こまりましたね。書記官《しょきかん》、タロー氏《し》を法廷侮辱罪《ほうていぶじょくざい》でうったえる手続《てつづ》きをしてください。さて、始《はじ》めましょう」裁判官《さいばんかん》はメガネをかけると、しばらく目《め》の前《まえ》の書類《しょるい》をじっくり読《よ》んだ。キティは緊張《きんちょう》のあまり、背《せ》すじをピンとのばしたままかたまっていた。

裁判官《さいばんかん》がメガネをはずし、キティを見《み》た。「キャスリーン・ジョーンズ？」

キティはぱっと立《た》ちあがった。「はいっ」

「すわって。なるべくかた苦《くる》しくならないようにしたいと思《おも》っています。さてと、お若《わか》いようですが、おいくつですか、ジョーンズさん？」

「十三歳《さい》です」

「そうですか。若《わか》いし、まちがいなく一般人《いっぱんじん》のようですね。この書類《しょるい》を見《み》ればわかります。お父《とう》さまが店員《てんいん》で、お母《かあ》さまが掃除人《そうじにん》……」声《こえ》が少《すこ》し見《み》くだしたようにひびいた。「それではこういう雰囲気《ふんいき》に圧倒《あっとう》されるのも無理《むり》ないですね」そういって裁判官《さいばんかん》は身《み》ぶりでまわりをしめした。「でもこわがらないように。ここは司法《しほう》の場《ば》ですから、たとえ弱《よわ》い立場《たちば》の人《ひと》でも歓迎《かんげい》しますよ。ですから正直《しょうじき》に話《はな》すように。わかりましたか？」

キティの口《くち》からかすれた声《こえ》がもれた。いつの間《ま》にかはっきり答《こた》えることができなくなっていた。

「は……い」

「いいでしょう。それではあなたの陳述《ちんじゅつ》からうかがいましょう。どうぞ」

キティはかすれた声《こえ》で、事件《じけん》のあらましを述《の》べた。最初《さいしょ》はぎこちない話《はな》しぶりだったが、大事《だいじ》なところでは熱《ねつ》が入《はい》ってきて、できるだけくわしく説明《せつめい》した。法廷《ほうてい》にいる人《ひと》たちはみんなだまって耳《みみ》をかたむけている。裁判官《さいばんかん》はメガネの奥《おく》からさめた目《め》でキティを見《み》つめ、書記官《しょきかん》たちはひたすらキーボードをたたき続《つづ》けた。

キティは最後《さいご》に〈黒竜巻《くろたつまき》〉の魔法《まほう》を受《う》けたヤコブの病状《びょうじょう》について熱《ねつ》のこもった陳述《ちんじゅつ》をした。話《はな》しおえると、重苦《おもくる》しい沈黙《ちんもく》が部屋《へや》にたちこめた。だれかがせきばらいをした。キティが話《はなし》をしているあいだに、外《そと》では雨《あめ》がふりはじめ、雨粒《あまつぶ》が窓《まど》を軽《かる》くたたいている。部屋《へや》にさしこむ光《ひかり》が湿《しめ》っぽくぼやけて見《み》えた。

裁判官《さいばんかん》がイスに深《ふか》く腰《こし》かけなおしていった。「書記官《しょきかん》、すべて記録《きろく》しましたか?」

三人《にん》の黒服《くろふく》の男《おとこ》のひとりが顔《かお》をあげた。「はい、記録《きろく》しました」

「よろしい」裁判官《さいばんかん》はいかにも不満《ふまん》そうにまゆをよせた。「タロー氏《し》が出廷《しゅってい》されていませんので、残念《ざんねん》ながら今《いま》の陳述《ちんじゅつ》を受《う》け入《い》れるしかありませんね。それでは本件《ほんけん》の判決《はんけつ》を……」

そのときとつぜん、ドアをはげしくノックする音《おと》がした。裁判官《さいばんかん》の言葉《ことば》に舞《ま》いあがらんばかりだったキティはとたんに胸騒《むなさわ》ぎにおそわれた。緑《みどり》の帽子《ぼうし》をかぶった青年《せいねん》がかけよってドアをあけると、青年《せいねん》をはねとばさんばかりのいきおいで、ジュリアス・タローが入《はい》ってきた。灰色《はいいろ》に細《ほそ》いピンクの線《せん》が入《はい》ったスーツを着《き》て、あごをつきだし、空《あ》いている自分《じぶん》の席《せき》に向《む》かうと、えらそうに腰《こし》をおろした。

キティは憎《にく》しみのこもった目《め》でにらんだ。タローは妙《みょう》ににやけた顔《かお》で見返《みかえ》してから、裁判官《さいばんかん》のほうに顔《かお》を向《む》けた。

「タローさん、おわかりでしょうが」裁判官《さいばんかん》がいった。

「それはもう」タローは目《め》をふせた。「つつしんで――」

「遅刻《ちこく》ですよ」

「はい。つつしんで法廷《ほうてい》におわびを申《もう》しあげます。けさ、国家保安省《こっかほあんしょう》の仕事《しごと》がたてこんでおりまして。緊急事態《きんきゅうじたい》だったのです。ささいなことですが、三人《にん》のおろかなフォリオットがワッピング地区《ちく》で野放《のばな》しになっておりました。おそらくテロリストたちの犯行《はんこう》でしょう。それで夜間警察《やかんけいさつ》に最善《さいぜん》の方法《ほうほう》を急《いそ》いで指示《しじ》していたのです」タローは胸《むね》をはり、傍聴席《ぼうちょうせき》のほうへウィンクを送《おく》った。「フルーツを山《やま》のように用意《ようい》して、ハチミツをたっぷりかける……それが作戦《さくせん》です。やつらは甘《あま》さにひきつけられますからな。そこで――」

裁判官《さいばんかん》が小《こ》づちをたたいた。「失礼《しつれい》ですが、タローさん。それは本件《ほんけん》とは関係《かんけい》ありません！裁判《さいばん》を円滑《えんかつ》に進《すす》めるには時間厳守《じかんげんしゅ》が大事《だいじ》です。法廷侮辱罪《ほうていぶじょくざい》として五百ポンドの罰金《ばっきん》を科《か》します」

タローは頭《こうべ》をたれ、大《おお》いに悔《く》いているところを見《み》せた。「はい」「ですが……」裁判官《さいばんかん》の声《こえ》が心《こころ》なしか明《あか》るくなった。「ぎりぎりあなたの陳述《ちんじゅつ》には間《ま》にあいました。ジョーンズさんの陳述《ちんじゅつ》はすんでいます。うったえられていることはごぞんじですね、タローさん。どう主張《しゅちょう》なさいますか？」

「無実《むじつ》です！」タローはとたんに姿勢《しせい》を正《ただ》すと、胸《むね》をそらした。胸元《むなもと》のピンストライプの模様《もよう》が、乱暴《らんぼう》にひっぱられたハープの弦《げん》のようにのびた。「残念《ざんねん》ながら、わたしとしてもあの信《しん》じられない残忍《ざんにん》な事件《じけん》を語《かた》らねばなりますまい。ふたりの暴漢《ぼうかん》が……そのひとりは申《もう》しあげにくいが、あそこにすました顔《かお》ですわっている小娘《こむすめ》です……強盗《ごうとう》、傷害《しょうがい》の目的《もくてき》でわたしの車《くるま》を待《ま》ちぶせていました。運《うん》よくわたしに使《つか》える力《ちから》があったから、ふたりの攻撃《こうげき》をかわしてなんとか逃《に》げられたのですが、まったくあぶないところでした」

タローは二十分《ぷんちか》近くもえんえんと作《つく》り話《ばなし》を続《つづ》け、ふたりにおどされて身《み》もこおる思《おも》いをした話《はなし》まで披露《ひろう》した。しかもことあるごとに話題《わだい》をそらし、自分《じぶん》がいかに政府《せいふ》で重要《じゅうよう》な立場《たちば》にいるかということをほのめかすエピソードをおりまぜる。そのあいだ、キティは怒《いか》りに顔《かお》を青《あお》くし、手《て》のひらに爪《つめ》が食《く》いこむほど強《つよ》く手《て》をにぎりしめていた。タローの話《はなし》に、裁判官《さいばんかん》は同情《どうじょう》して首《くび》をふっている。書記官《しょきかん》のうちのふたりは、クリケットボールがフロントガラスを直撃《ちょくげき》した話《はなし》を聞《き》いて怒《いか》りにふるえ、傍聴人《ぼうちょうにん》たちも話《はなし》にひきこまれておどろきの声《こえ》をあげた。この分《ぶん》だとあたしの負《ま》けだ、とキティは思《おも》った。

いよいよタローは、いやらしいほどひかえめな調子《ちょうし》で、手下《てした》に命《めい》じて首謀者《しゅぼうしゃ》のヤコブにだけ〈黒竜巻《くろたつまき》〉を放《はな》ったときのことを話《はな》した。タローが、自分《じぶん》としては犠牲者《ぎせいしゃ》を最小限《さいしょうげん》にとどめたかったといった瞬間《しゅんかん》、キティはだまっていられなくなった。

「ウソよ！　あたしも〈黒竜巻《くろたつまき》〉をまともに受《う》けたわ！」

裁判官《さいばんかん》が小《こ》づちをたたいた。「静粛《せいしゅく》に！」

「だってあまりにでたらめなんだもの！　あたしたちはならんで立《た》っていました。サルみたいな生《い》き物《もの》がタローの命令《めいれい》であたしたち両方《りょうほう》に黒煙《こくえん》を放《はな》ったんです。あたしもそれで気《き》を失《うしな》いました。救急車《きゅうきゅうしゃ》で病院《びょういん》に運《はこ》ばれたんです」

「静粛《せいしゅく》に、ジョーンズさん！」

キティはおとなしくなった。「申《もう》し訳《わけ》……ありません」

「タローさん、続《つづ》けてください」

タローはそれからまもなく話《はなし》を終《お》えた。傍聴人《ぼうちょうにん》たちが興奮《こうふん》してひそひそ話《ばなし》をしている。フィッツウィリアム判事《はんじ》はしばらくじっと考《かんが》えながら、ときおり身《み》をかがめて書記官《しょきかん》たちと小声《こごえ》で言葉《ことば》をかわした。それからようやく小《こ》づちをたたいた。場《ば》が静《しず》まった。

「これはむずかしく痛《いた》ましい事件《じけん》です。証人《しょうにん》がいないことも事態《じたい》をややこしくしています。双方《そうほう》ひとりずつの主張《しゅちょう》しかありません。はい、ジョーンズさん。なんですか？」

キティは礼儀正《れいぎただ》しく手《て》をあげた。「もうひとり証人《しょうにん》がいます。ヤコブです」

「では、なぜ出廷《しゅってい》されないのでしょう？」

「容態《ようだい》がよくないのです」

「家族《かぞく》が代理《だいり》で出廷《しゅってい》することだってできたはずですよ。しかしそうしなかった。おそらく状況《じょうきょう》が不利《ふり》だと感《かん》じたからではありませんか？」

「ちがいます。こわがっているんです」

「こわがる？」裁判官《さいばんかん》のまゆがつりあがった。「バカバカしい！　なにをこわがるというんです？」

キティは迷《まよ》ったが、ここまで来《き》てはもう話《はな》すしかなかった。「仕返《しかえ》しです。法廷《ほうてい》で魔術師《まじゅつし》と争《あらそ》ったら仕返《しかえ》しされると」

キティの言葉《ことば》に傍聴席《ぼうちょうせき》からどよめきが起《お》こった。三人《にん》の書記官《しょきかん》はあぜんとして、キーボードを打《う》つ手《て》をとめた。緑《みどり》の帽子《ぼうし》の青年《せいねん》は、部屋《へや》のすみで口《くち》をぽかんとあけている。フィッツウィリアム判事《はんじ》はまゆをひそめ、場《ば》をしずめるのに何度《なんど》も小《こ》づちをたたくはめになった。

「ジョーンズさん。そんなバカげたことをいうなら、わたし自身《じしん》があなたをうったえますよ！　二度《ど》と軽《かる》はずみなことを口《くち》にしないように」ジュリアス・タローがあからさまに笑《え》みを見《み》せている。キティは必死《ひっし》に涙《なみだ》をこらえた。

裁判官《さいばんかん》はキティをきびしい目《め》で見《み》つめた。「あなたの常軌《じょうき》を逸《いっ》した発言《はつげん》は、すでにあなたにとってじゅうぶん不利《ふり》な状況証拠《じょうきょうしょうこ》に説得力《せっとくりょく》をあたえただけです。ですからもう発言《はつげん》しないように！」

あまりのショックに、キティは思《おも》わずまた口《くち》をひらきかけた。

「あなたは話《はな》すたびに、自分《じぶん》の立場《たちば》を追《お》いつめているのですよ」裁判官《さいばんかん》は続《つづ》けた。「もしあなたの友《とも》だちが、あなたの話《はなし》が真実《しんじつ》だと自信《じしん》をもっていれば、いうまでもなく今日《きょう》、本人《ほんにん》が出廷《しゅってい》するはずです。それから、あなたは〈黒竜巻《くろたつまき》〉を受《う》けたと主張《しゅちょう》しましたが、あきらかにそれはちがっています。もし受《う》けたのであれば、あなたは——なんていえばいいかしら——今日《きょう》ここに元気《げんき》な姿《すがた》で出廷《しゅってい》することはまず無理《むり》だったでしょうから」

裁判官《さいばんかん》はそこで言葉《ことば》を切《き》ると、水《みず》を少《すこ》し飲《の》んだ。

「裁判《さいばん》にうったえ出《で》たあなたの大胆《だいたん》さには心《こころ》から感服《かんぷく》しますよ。タロー氏《し》のような名《な》のある市民《しみん》に挑戦《ちょうせん》しようという無謀《むぼう》さにも」そういって裁判官《さいばんかん》は身《み》ぶりでタローをしめした。

タローは背中《せなか》をなでられているネコのように、満足《まんぞく》そうににんまりしている。

「しかし、それだけでは法《ほう》の場《ば》では通用《つうよう》しません。タロー氏《し》の主張《しゅちょう》は氏《し》のもつりっぱな評判《ひょうばん》と、あなたがひき起《お》こした車《くるま》の損傷《そんしょう》に対《たい》する高額《こうがく》な修理代《しゅうりだい》からしても真実《しんじつ》でしょう。あなたの主張《しゅちょう》は根《ね》も葉《は》もないいいがかりで、でっちあげだとしか考《かんが》えられません」

人々《ひとびと》の息《いき》をのむ音《おと》がした。

「それはなぜか？　理由《りゆう》はかんたんです。あなたは〈黒竜巻《くろたつまき》〉についてウソの陳述《ちんじゅつ》をしました。あなたは〈黒竜巻《くろたつまき》〉にうたれたといっていますが、そうでないのは見《み》ればわかります。ということとは、本法廷《ほんほうてい》としてはあなたのほかの供述《きょうじゅつ》に関《かん》しても真実《しんじつ》とみとめることはできません。そのうえ、あなたは証人《しょうにん》を連《つ》れてくることもできませんし、もうひとりの被害者《ひがいしゃ》であるあなたの友《とも》だちさえ出廷《しゅってい》されていません。先《さき》ほどの激情《げきじょう》にかられた失言《しつげん》がしめすとおり、あなたはまちがいなく短気《たんき》で凶暴《きょうぼう》です。ささいなことですぐにカッとなる傾向《けいこう》がありますね。こうした点《てん》から、あなたの発言《はつげん》をまともに取《と》りあげるのはおろかであるということはあきらかです。つまりあなたは未成《みせい》年《ねん》で、しかも一般人《いっぱんじん》であり、そんなあなたがいくら主張《しゅちょう》しても、信頼《しんらい》のおける政府《せいふ》の要職《ようしょく》にある人《ひと》の主張《しゅちょう》とはほとんど比較《ひかく》にならないということです」

裁判官《さいばんかん》はそこで深《ふか》いため息《いき》をついた。傍聴席《ぼうちょうせき》からは小《ちい》さく「そのとおり」という声《こえ》があがる。書記官《しょきかん》のひとりが顔《かお》をあげ「よくぞおっしゃいました、判事《はんじ》」とつぶやくと、またコンピュータの上《うえ》にかがみこんだ。

キティは絶望《ぜつぼう》に打《う》ちのめされ、力《ちから》なくイスにもたれた。裁判官《さいばんかん》の顔《かお》も書記官《しょきかん》の顔《かお》も、そしてなにより憎《にく》むべきタローの顔《かお》も見《み》ることができない。しかたなく、床《ゆか》に映《うつ》る雨粒《あまつぶ》の影《かげ》を見《み》つめた。今《いま》はただ、早《はや》くこの場《ば》から逃《に》げだしたかった。

「判決《はんけつ》！」裁判官《さいばんかん》はそこでせいいっぱい威厳《いげん》のある顔《かお》をして見《み》せた。「キャスリーン・ジョーンズ、本法廷《ほんほうてい》はあなたの陳述《ちんじゅつ》を根拠《こんきょ》にとぼしいと考《かんが》え、うったえを却下《きゃっか》します。あなたが大人《おとな》なら、あきらかに拘留刑《こうりゅうけい》はまぬがれなかったでしょう。しかしあなたは未成年《みせいねん》ですし、タロー氏《し》がすでにご自身《じしん》の適切《てきせつ》なる判断《はんだん》で、あなたの共犯者《きょうはんしゃ》を罰《ばっ》しているので、ここでは審理《しんり》の時間《じかん》を浪費《ろうひ》したことに対《たい》して罰金刑《ばっきんけい》をいいわたすにとどめます」

キティはごくりとつばを飲《の》みこんだ。お願《ねが》い、高額《こうがく》にしないで。お願《ねが》い……。

「百ポンドの罰金《ばっきん》とします」

よかった、とキティは思《おも》った。それならなんとかなる。銀行《ぎんこう》に七十五ポンド近《ちか》い預金《よきん》があるから。

「それに加《くわ》えて、慣例《かんれい》により勝訴側《しょうそがわ》の負担金《ふたんきん》が敗訴側《はいそがわ》にうつされます。タロー氏《し》は出廷時間《しゅっていじかん》に遅刻《ちこく》したことで、五百ポンドの支払《しはら》い義務《ぎむ》が生《しょう》じています。その分《ぶん》も支払《しはら》わねばなりません。よって、裁判所《さいばんしょ》への支払《しはら》い合計額《ごうけいがく》は六百ポンド」

キティはショックに頭《あたま》がくらくらして、涙《なみだ》がこみあげた。けれど懸命《けんめい》にそれをこらえた。泣《な》いてはだめだ。ぜったいに。ここで泣《な》いてはだめ。

キティはこみあげてきた最初《さいしょ》の嗚咽《おえつ》をおさえるために、思《おも》いきりせきばらいした。ちょうどそのとき、裁判官《さいばんかん》が二回《かいこ》小づちをたたいた。

「閉廷《へいてい》！」

キティは部屋《へや》からとびだした。

14 不思議《ふしぎ》な老人《ろうじん》

ストランド通《どお》りから石《いし》だたみの小《ちい》さなわき道《みち》にかけこむと、キティは思《おも》いきり泣《な》いた。思《おも》うぞんぶん泣《な》いて、涙《なみだ》をぬぐうと、裁判所《さいばんしょ》の向《む》かい側《がわ》の角《かど》にあるペルシャカフェで元気《げんき》づけにパンを買《か》い、どうすべきか考《かんが》えた。あんなに高《たか》い罰金《ばっきん》は払《はら》えないし、両親《りょうしん》にそれだけのお金《かね》があるとも思《おも》えない。一か月以内《げついない》に六百ポンド用意《ようい》できなければ、債務者用《さいむしゃよう》の刑務所《けいむしょ》行《い》きになる。ことによると両親《りょうしん》も一緒《いっしょ》に……。音《おと》のひびく法廷《ほうてい》から出《で》ようとしたとき、黒服《くろふく》の書記官《しょきかん》のひとりがひかえめにキティの腕《うで》をつかみ、まだインクのかわいていない支払《しはら》い命令書《めいれいしょ》をふるえる手《て》におしこんだのだ。そこに罰金《ばっきん》についてくわしく記《しる》されていた。

両親《りょうしん》に知《し》らせることを考《かんが》えただけで、胸《むね》に刺《さ》すような痛《いた》みを感《かん》じた。平気《へいき》な顔《かお》で家《いえ》に帰《かえ》ることなどとてもできない。キティはとりあえず川《かわ》ぞいを歩《ある》くことにした。

石《いし》だたみの道《みち》はストランド通《どお》りからエンバンクメント通《どお》りへと続《つづ》いていた。テムズ川《がわ》ぞいにのびる歩行者専用《ほこうしゃせんよう》の道路《どうろ》だ。すでに雨《あめ》はあがっていたが、道《みち》はまだぬれていて、ところどころに水《みず》たまりも見《み》える。道《みち》の両側《りょうがわ》にはおなじみの店《みせ》が軒《のき》を連《つら》ねている。中東《ちゅうとう》のファーストフードの屋台《やたい》やグロテスクな記念品《きねんひん》をとりそろえたみやげ店《てん》、ハーブの店《みせ》ではミズキやローズマリーの入《はい》った安売《やすう》りのカゴが通《とお》りの真《ま》ん中近《なかちか》くまでせりだしている。

エンバンクメント通《どお》りにさしかかったとき、うしろからせわしない音《おと》が近《ちか》づいてきた。ふりむくと、ステッキがまず目《め》に入《はい》り、それからひとりの老人《ろうじん》が足《あし》をひきずりながら坂道《さかみち》をやってくるのが見《み》えた。キティはあわてて道《みち》をあけた。坂《さか》をおりて川岸《かわぎし》まで行《い》くのだろうと思《おも》ったのだ。ところが老人《ろうじん》は息《いき》を切《き》らし、必死《ひっし》に足《あし》を動《うご》かしながら、キティのそばで立《た》ちどまった。

「ジョーンズさんかな？」あえぎながらなんとか言葉《ことば》をしぼりだしている。

キティは暗《くら》い声《こえ》を出《だ》した。「そうですけど」どうせ裁判所《さいばんしょ》の別《べつ》の職員《しょくいん》が新《あたら》しい請求書《せいきゅうしょ》でももってきたんだろう。

「よかった。息《いき》が落《お》ちつくまで、ちょっと待《ま》ってくださらんか」

老人《ろうじん》が息《いき》をととのえるわずかなあいだに、キティは相手《あいて》をじっくり観察《かんさつ》した。やせこけた老紳士《ろうしんし》で、頭《あたま》のてっぺんははげていて、くすんだ色《いろ》の白髪《しらが》がひだえりのように半円《はんえん》を描《えが》いて頭《あたま》のうしろへ流《なが》れている。ほおはこけているが、目《め》は生《い》き生《い》きと輝《かがや》いていた。品《ひん》のよいスーツを着《き》て、緑《みどり》の革《かわ》の手袋《てぶくろ》をし、ステッキをもつ手《て》がふるえている。

老人《ろうじん》はようやくいった。「びっくりさせて申《もう》し訳《わけ》ない。見失《みうしな》うかと心配《しんぱい》だったものでな。ストランド通《どお》りを歩《ある》きだしたんだが、途中《とちゅう》でひき返《かえ》したんだ。こっちじゃないかとピンときてな」

「なにか用《よう》ですか?」キティはいった。

「ああ、じつはさっき傍聴席《ぼうちょうせき》にいたんだ。妙《みょう》な老人《ろうじん》とかかわっている時間《じかん》はない。二十七法廷《ほうてい》の。きみの戦《たたか》いぶりを見《み》た」老人《ろうじん》はそういうと、キティをしげしげとながめた。

「それで?」

「ききたいことがあってね。かんたんな質問《しつもん》だ。さしつかえなければ」

「その話《はなし》はしたくありません。じゃあ」キティは立《た》ち去《さ》ろうとしたが、おどろくほどのスピードでステッキが目《め》の前《まえ》にのび、すっと行《ゆ》く手《て》をふさいだ。キティはカッとなった。このままでは老人《ろうじん》をけとばしかねない。「すみませんけど、話《はな》すことはありません」

「そういうのも無理《むり》はない。よく、わかる。だが、きみのためになることかもしれん。まず話《はなし》を聞《き》いてから決《き》めてくれればいい。〈黒竜巻《くろたつまき》〉のことだ。法廷《ほうてい》のうしろにすわっていたんで、よく聞《き》こえなくてな。たしか、きみは竜巻《たつまき》に打《う》たれたといったように聞《き》こえたが」

「いいました。だって打《う》たれたから」

「そうか。それで気《き》を失《うしな》ったといったな」

「はい」

「炎《ほのお》と煙《けむり》にとりかこまれたわけだ。強烈《きょうれつ》な熱《ねつ》を感《かん》じたかね？」

「ええ。あたし、もう……」

「だが法廷《ほうてい》はそれをみとめなかった」

「そうです。あたしもう行《い》かなきゃ」キティは目《め》の前《まえ》のステッキをかわすと、エンバンクメント通《どお》りまでの数《すう》メートルを足早《あしばや》に歩《ある》きだした。ところがおどろいたことに、老人《ろうじん》も同《おな》じ速度《そくど》でついてくる。キティはいらいらした。しかも歩《ある》きながらしきりにステッキをななめにつきだすのだ。キティは足《あし》がもつれたりつまづいたりして、大股《おおまた》で歩《ある》かなければならなかった。そのうち、さすがにたえられなくなってステッキの先《さき》をつかみ、思《おも》いきり引《ひ》っぱった。老人《ろうじん》はバランスをくずしてひっくり返《かえ》った。キティはまた急《いそ》ぎ足《あし》で歩《ある》きだしたが、それでもうしろからはげしくステッキをつく音《おと》が追《お》いかけてくる。

キティはぱっとふり返《かえ》った。「ちょっと、いいかげんに……」

老人《ろうじん》は必死《ひっし》にそばまでやってきた。顔《かお》は真《ま》っ青《さお》で、息《いき》も荒《あら》い。「待《ま》ってくれ。怒《おこ》るのはわかる。ほんとうだとも。だがわしはきみの味方《みかた》だ。その、どうだね……きみの罰金《ばっきん》をわしが肩《かた》がわりするといったら？……裁判所《さいばんしょ》が科《か》してきた罰金《ばっきん》だ。六百ポンドぜんぶ。どうかな？」

キティは老人《ろうじん》を見《み》た。

「ああ、興味《きょうみ》をひいたようだ。効《き》き目《め》があった」

キティはとまどいと怒《いか》りで心臓《しんぞう》がはげしく打《う》つのを感《かん》じた。「な、なにをいってるんですか？　あたしをだまそうっていうんでしょ。共謀罪《きょうぼうざい》かなにかで逮捕《たいほ》されるように……」

老人《ろうじん》はほほえんだ。顔《かお》の皮膚《ひふ》が骨《ほね》にはりついたみたいにのびた。「そんなことは決《けっ》してないし、無理《むり》やりなにかをさせるつもりもない。いいかな？　わしはペニーフェザーという者《もの》だ。名刺《めいし》を……」老人《ろうじん》はそういうと、コートのポケットに手《て》をつっこみ、これみよがしにキティの前《まえ》にさしだした。二本《ほん》の絵筆《えふで》が交差《こうさ》したイラストが描《か》かれ、その下《した》に「T・E・ペニーフェザー、画材《がざい》商《しょう》」という文字《もじ》が刷《す》りこまれている。すみに電話番号《でんわばんごう》ものっていた。迷《まよ》いながらも、キティはそれを受《う》けとった。

「よし。さてと、行《い》くとしよう。もうじゃまはしない。では、ごきげんよう。ああ日《ひ》が出《で》てきたな。興味《きょうみ》があったら電話《でんわ》をくれればいい。一週間以内《しゅうかんいない》にな」

ようやくキティは礼儀正《れいぎただ》しくしなければという気《き》になった。それでも理由《りゆう》がわからない。「ペニーフェザーさん。どうして助《たす》けてくれるんですか？　わけがわかりません」

「わけはちゃんとある。うっ！　なんだ、おい！」老人《ろうじん》が声《こえ》を荒《あら》げたのは通《とお》りの向《む》こうからやってきたふたりの若者《わかもの》のせいだった。高《たか》そうな服《ふく》を着《き》ていかにも魔術師《まじゅつし》とわかる若者《わかもの》が、大声《おおごえ》で笑《わら》いながらペルシャカフェで買《か》ったヒラ豆《まめ》をほおばり、すれちがいざまに老人《ろうじん》をつきとばしたのだ。老人《ろうじん》はもう少《すこ》しでたおれるところだった。それでも若者《わかもの》たちはちらともふり返《かえ》らずに、浮《う》かれ気《き》分《ぶん》で歩《ある》いていく。キティは手《て》をさしだしたが、老人《ろうじん》の目《め》によぎる怒《いか》りに気《き》づいて思《おも》わずひっこめた。老人《ろうじん》はステッキによりかかって、ゆっくり体勢《たいせい》をたてなおすと、小声《こごえ》でブツブツいった。

「いや、失礼《しつれい》。まったくあの若造《わかぞう》どもときたら、世界《せかい》は自分《じぶん》たちのものだといわんばかりだ。ま、まあ、じっさいそのとおりなんだろうがな。今《いま》のところは」

老人《ろうじん》はエンバンクメント通《どお》りの先《さき》を見《み》つめた。遠《とお》くのほうで人々《ひとびと》がいそがしそうに行《い》き来《き》している。店《みせ》を訪《おとず》れる人《ひと》、通《とお》りへ出《で》て、物《もの》でごちゃごちゃしたわき道《みち》に入《はい》っていく人《ひと》。テムズ川《がわ》では、綱《つな》でつながれた四艘《そう》のはしけが石炭《せきたん》を積《つ》んで川下《かわしも》へ流《なが》れていく。船頭《せんどう》たちが船《ふな》べりにもたれてタバコをすっていた。老人《ろうじん》は不満《ふまん》をぶちまけた。

「世《よ》の中《なか》のマヌケどもは外《そと》にいたって、頭上《ずじょう》をなにが飛《と》んでいるか疑《うたぐ》ってみることもせん。通《とお》りを歩《ある》いていたって、どんなものがうしろにあらわれるか考《かんが》える者《もの》はほとんどいない。もっとも考《かんが》えたって立《た》ちむかうことはできんがね。だれもがおとなしく、魔術師《まじゅつし》たちがわがもの顔《がお》で歩《ある》くのを見《み》つめ、自分《じぶん》たちが汗水《あせみず》たらしてはたらいた金《かね》で豪邸《ごうてい》を建《た》てるのを見《み》つめ、正義《せいぎ》を次々《つぎつぎ》にふみにじるのを見《み》つめている。だが、わしときみは魔術師《まじゅつし》のやり口《くち》をこの目《め》で見《み》て知《し》っている。やつらがどうやってそれをするのかもだ。たぶんほかの者《もの》たちよりはよーく見《み》えているはずだ、そうだろう？」

老人《ろうじん》は上着《うわぎ》のシワをのばすと、急《きゅう》に笑顔《えがお》になった。「自分《じぶん》で考《かんが》えてみることだ。これ以上《いじょう》はよしておこう。ただ、これだけはいっておく。わしはきみの話《はなし》を信《しん》じている。ぜんぶな。とくに〈黒竜巻《くろたつまき》〉の話《はなし》は真実《しんじつ》だろう。だいたい、そんな作《つく》り話《ばなし》をするマヌケはいない。とにかくそこが大変《たいへん》に興味深《きょうみぶか》い点《てん》だ。連絡《れんらく》を待《ま》っているよ、ジョーンズさん」

それを最後《さいご》に、老人《ろうじん》はキティに背《せ》を向《む》けると、若々《わかわか》しい足《あし》どりでわき道《みち》をもどっていった。ステッキの音《おと》をひびかせ、ハーブ店《てん》の店先《みせさき》に立《た》つ店員《てんいん》の元気《げんき》のいい呼《よ》びかけにもかまわずに歩《ある》いていく。キティは老人《ろうじん》がストランド通《どお》りに出《で》て、姿《すがた》が見《み》えなくなるまで見《み》つめた。

暗《くら》い地下室《ちかしつ》で仲間《なかま》を待《ま》ちながら、キティは昔《むかし》のできごとを思《おも》い出《だ》していた。すべてがひどく遠《とお》いことのようだ。あのころのあたしはなんておろかだったんだろう？　法廷《ほうてい》で正義《せいぎ》を求《もと》めるなんて。キティは怒《いか》りに顔《かお》が赤《あか》くなった。あの日《ひ》のことを思《おも》い出《だ》すと今《いま》でも胸《むね》が痛《いた》い。魔術師《まじゅつし》に正義《せいぎ》を期待《きたい》する？　そんなことを考《かんが》えること自体《じたい》お笑《わら》いぐさだ。どう考《かんが》えたって実力行使《じつりょくこうし》しか手《て》はないのに。少《すく》なくともあたしたちは今《いま》、行動《こうどう》を起《お》こして、魔術師《まじゅつし》たちに抵抗《ていこう》する姿勢《しせい》をはっきり見《み》せている。

キティは腕時計《うでどけい》に目《め》をやった。アンが少《すこ》し前《まえ》から秘密《ひみつ》の部屋《へや》に入《はい》っている。〈創始者記念日《そうししゃきねんび》〉に盗《ぬす》んだ魔術用品《まじゅつようひん》はぜんぶで十一個《こ》。小《ちい》さい武器《ぶき》が九つと、使《つか》い方《かた》のわからない宝石《ほうせき》がふたつ。それをアンが今《いま》、秘密《ひみつ》の部屋《へや》にしまっていた。

外《そと》は雨足《あまあし》が強《つよ》くなっていた。画材店《がざいてん》から隠《かく》れ家《が》にしている廃屋《はいおく》になったアパートまでの、わずかな距離《きょり》を歩《ある》いただけでキティたちはずぶぬれになった。地下室《ちかしつ》のなかでさえ、水《みず》からのがれられない。しっくいの天井《てんじょう》にできた大《おお》きなひび割《わ》れから、ポタポタと水《みず》がしたたり落《お》ちている。真《ま》下《した》に置《お》いてある使《つか》い古《ふる》した黒《くろ》いバケツがほとんどいっぱいになっていた。

「スタンリー、バケツの水《みず》をあけてきて」キティはいった。

スタンリーは石炭箱《せきたんばこ》の上《うえ》に腰《こし》をおろし、背中《せなか》を丸《まる》めて立《た》てたひざに顔《かお》をうずめていた。キティの声《こえ》に少《すこ》し長《なが》くためらうそぶりを見《み》せてから、石炭箱《せきたんばこ》からとびおりてバケツをもつと、重《おも》そうに壁《かべ》のわきの鉄格子《てつごうし》まで運《はこ》んで中身《なかみ》をあけた。

「ボスはなんで排水管《はいすいかん》を修理《しゅうり》しないんだろうな」スタンリーは不満《ふまん》そうにいいながら、バケツを元《もと》の位置《いち》にもどした。ほんの数秒《すうびょう》のことだったが、バケツのあった床《ゆか》のすりへったレンガのすきまに、すでに小《ちい》さい水《みず》たまりができている。

「ここをだれにも使《つか》われてないように見《み》せたいからよ」キティはいった。「決《き》まってるじゃない」

スタンリーは文句《もんく》をいった。「いろいろ盗《ぬす》んだって、こんなとこに置《お》いとくんじゃムダだ。ここは保管《ほかん》するような場所《ばしょ》じゃない」

フレッドが持《も》ち場《ば》である入《い》り口《ぐち》にいちばん近《ちか》い場所《ばしょ》で、とびだしナイフの刃《は》をもてあそびながらうなずいた。「おれたちも入《い》れてくれればいいのによ」

せまい地下室《ちかしつ》の奥《おく》には裸電球《はだかでんきゅう》がひとつともり、薪《まき》の山《やま》がぞんざいに積《つ》みあげられている。その向《む》こうの壁《かべ》は多少《たしょう》レンガのくずが落《お》ちてはいたが、がんじょうそうだった。その壁《かべ》を動《うご》かすには、床《ゆか》にある金属《きんぞく》のペダルを軽《かる》くおしさげればいい。キティたちは壁《かべ》が床《ゆか》をこするにぶい音《おと》や、その奥《おく》からただよう冷《つめ》たい薬品《やくひん》くさいにおいもよく知《し》っていた。ただ、この秘密《ひみつ》の場所《ばしょ》になにがあるのか正確《せいかく》には知《し》らない。グループの補給係《ほきゅうがかり》であるアンしかなかに入《はい》ることを許《ゆる》されていないのだ。

ほかのメンバーはいつも外《そと》で見張《みは》りをしていた。

キティは壁《かべ》によりかかりながら、背中《せなか》を少《すこ》し動《うご》かした。「まだ今《いま》は盗《ぬす》んだものを使《つか》ったって意《い》味《み》ないわ。できるだけとっておくべきよ。もっと仲間《なかま》がふえるときまで」

「ほんとに仲間《なかま》がふえると思《おも》ってんのか？」スタンリーは石炭箱《せきたんばこ》にはもどらずに、いらいらしながら地下室《ちかしつ》を行《い》ったり来《き》たりしている。「ニックのいうとおりだ。一般人《いっぱんじん》はバカばかりだ。なんにもしようとしない」

フレッドがものほしげにいった。「なかにある武器《ぶき》をぜんぶ使《つか》えば、もっとすごいことができるんじゃないか。マーティンがやったように」

「でも結局《けっきょく》あれはむだだったわ」キティはいった。「首相《しゅしょう》はまだ生《い》きてるじゃない？　マーティンはどうなった？　魚《さかな》の餌食《えじき》よ」

キティはわざと傷《きず》つけるようないい方《かた》をした。すぐに思《おも》ったとおりの反応《はんのう》が返《かえ》ってきた。マーティンの親友《しんゆう》だったスタンリーが、うわずった、とげとげしい声《こえ》を出《だ》した。

「マーティンは運《うん》が悪《わる》かったんだ。あの〈四元素《げんそ》の霊《れい》の玉《たま》〉がそれほど強力《きょうりょく》じゃなかったってだけだ。もっと強《つよ》ければ、デバルーと閣僚《かくりょう》の半分《はんぶん》はたおせたはずさ。それよりアンはなにしてる？　まだ出《で》てこないぞ」

「そんなのあんたの思《おも》いあがりよ」キティはするどくいい返《かえ》した。「魔術師《まじゅつし》の防衛力《ぼうえいりょく》がそれだけ強《つよ》かったってことでしょ。マーティンに勝《か》ち目《め》はなかったわ。ここ数年《すうねん》でいったい何人《なんにん》の魔術師《まじゅつし》を殺《ころ》せた？　四人《にん》？　五人《にん》？　それっぽっちじゃ、なんの効果《こうか》もない。いい？　武器《ぶき》は関係《かんけい》ない。必要《ひつよう》なのはすぐれた作戦《さくせん》よ」

「ボスにそういっとくよ」スタンリーがいった。「もどってきたら」

「いえばいいわ、告《つ》げ口男《ぐちおとこ》」キティは吐《は》きすてるようにいったが、ほんとうにボスにいわれたらと思《おも》うと、体《からだ》にふるえが走《はし》った。

「腹《はら》ペコだ」フレッドがナイフのボタンをおすと、刃《は》がいきおいよくとびだした。

キティはフレッドに目《め》をやった。「お昼《ひる》たくさん食《た》べてたじゃない。見《み》てたわよ」

「もうすいたんだ」

「食《く》い意地《いじ》がはってる」

「食《く》わなきゃ戦《たたか》えない」フレッドはとつぜん体《からだ》を前《まえ》にかたむけ、目《め》にもとまらぬ早《はや》さで手《て》をふった。なにかがきらめき、空《くう》を切《き》る音《おと》がしたかと思《おも》うと、ナイフがレンガとレンガのあいだのセメントのすじに食《く》いこんだ。スタンリーの頭《あたま》から十センチとはなれていない。スタンリーはゆっくり顔《かお》をあげ、まだふるえているナイフの柄《え》を見《み》つめた。さすがに顔《かお》が少《すこ》し青《あお》ざめている。

「ほら、はずれた」フレッドはいいながら腕《うで》を組《く》んだ。「腹《はら》がへってるせいだ」

「すごーく調子《ちょうし》いいように見《み》えるけど」キティはいった。

「いいもんか。やつをねらったんだぜ」

「ナイフをさっさとフレッドにわたして、スタンリー」キティはとつぜん疲《つか》れを感《かん》じた。

スタンリーがナイフを壁《かべ》からぬこうと四苦八苦《しくはっく》しているとき、薪《まき》の山《やま》の奥《おく》の秘密《ひみつ》の壁《かべ》があいてアンが出《で》てきた。もって入《はい》った小《ち》さな袋《ふくろ》はもう手《て》にはない。

「またケンカ?」アンがぴしゃりといった。「さあ、行《い》くよ」

店《みせ》への帰《かえ》り道《みち》も、行《い》きと同《おな》じぐらいびしょびしょになった。店《みせ》に着《つ》くまでにキティたちの気分《きぶん》はすっかりなえていた。水煙《すいえん》をまといながら店《みせ》に入《はい》ると、ニックが興奮《こうふん》に目《め》をぎらぎらさせてかけよってきた。

「どうしたの?」キティがたずねた。「なにかあったの?」

「手紙《てがみ》がとどいた」ニックはいきおいこんでいった。「ホプキンスさんから。今週中《こんしゅうちゅう》にふたりでもどってくるって。すごく大事《だいじ》な話《はなし》があるらしい。新《あたら》しい仕事《しごと》だ。これまでのどんなものより大《おお》がかりだって」

「ウェストミンスターホールのときよりデカいのか?」スタンリーがいぶかしげにきいた。

ニックはにっこりした。「マーティンもすごかったけど、今度《こんど》はもっとすごいらしいぞ。手紙《てがみ》では内容《ないよう》にまではふれてないけど、国《くに》じゅうに衝撃《しょうげき》をあたえることになるだろうってさ。それこそぼくらがずっともとめてきたことだ。ぼくら全員《ぜんいん》が。それで未来《みらい》が一気《いっき》に変《か》わる。危険《きけん》だけど、もし成功《せいこう》すれば魔術師《まじゅつし》たちをたおすことができるだろうっていうんだ。そうすればロンドンはもう二度《ど》と元《もと》にもどることはないって」

「いよいよだね」アンがいった。「スタンリー、お茶《ちゃ》をいれよう」

15

夜《よる》のパトロール

ちょっと想像《そうぞう》してみてくれ。灰色《はいいろ》のロンドン。歩道《ほどう》に打《う》ちつけるはげしい雨音《あまおと》は砲撃《ほうげき》さながら。強《つよ》い風《かぜ》があちこちに雨《あめ》をまきちらし、ポーチや軒下《のきした》にまでふきつける。避難《ひなん》できそうなところはどこも、氷《こおり》まじりの水《みず》しぶきにぬれそぼっている。雨《あめ》はアスファルトではね、地下室《ちかしつ》や排水溝《はいすいこう》にたまっている。街《まち》の貯水《ちょすい》タンクは満杯《まんぱい》。水《みず》は排水管《はいすいかん》をいきおいよく流《なが》れ、屋根瓦《やねがわら》や壁《かべ》を伝《つた》い、レンガを血《ち》で洗《あら》ったみたいに赤《あか》く染《そ》める。雨《あめ》は梁《はり》や天井《てんじょう》のひび割《わ》れからもしたたり落《お》ち、冷《つめ》たい霧《きり》となって空中《くうちゅう》にたちこめる。さらに、家《いえ》のなかでちぢこまっている住人《じゅうにん》たちの骨《ほね》にまでじわじわしみこんでいく。

地下《ちか》の暗闇《くらやみ》では、ネズミどもが巣《す》に群《むら》がり、頭上《ずじょう》の雨《あめ》の音《おと》に耳《みみ》をすませている。まずしい庶民《しょみん》の家《いえ》では雨戸《あまど》をしめ、明《あ》かりをぜんぶつけて、家族《かぞく》が暖炉《だんろ》のまわりで身《み》をよせあい、湯気《ゆげ》のたつ紅茶《こうちゃ》のカップを手《て》にしている。閑静《かんせい》な邸宅《ていたく》に住《す》む魔術師《まじゅつし》でさえ、いつやむともわからない雨《あめ》をいやがり、召喚部屋《しょうかんべや》にとじこもって鉄《てつ》のドアにかんぬきをかけ、なじみの妖霊《ようれい》を呼《よ》びだして、遠《とお》い国《くに》の夢《ゆめ》にふける。

ネズミも一般人《いっぱんじん》も魔術師《まじゅつし》も、みーんな安全《あんぜん》な場所《ばしょ》にとじこもっている。ま、雨《あめ》のロンドンってのはそういうもんだ。通《とお》りには人気《ひとけ》がなく、すべてのものがとざされている。ときは真夜中近《まよなかちか》く。嵐《あらし》はさらにひどくなりつつある。

こんな夜《よる》に、外《そと》へ出《で》るなんてバカのやることだ。

ハア、やれやれ。

ふりしきる雨《あめ》のなか、七つの通《とお》りが合流《ごうりゅう》する交差点《こうさてん》の真《ま》ん中《なか》に御影石《みかげいし》の台座《だいざ》があり、大男《おおおとこ》の騎馬像《きばぞう》が飾《かざ》られている。像《ぞう》の男《おとこ》は剣《けん》をふりあげ、勇《いさ》ましくさけんでいる。馬《うま》はうしろ立《だ》ちのポーズで、前足《まえあし》を高《たか》く突《つ》きあげ、今《いま》にも戦《たたか》いに飛《と》びこんでいこうとする感動的《かんどうてき》なシーンなのだろう。それともただ、背《せ》中《なか》に乗《の》っているデブ野郎《やろう》をふり落《お》としてやろうとしているのか？　そのへんは永遠《えいえん》にわからない。だがよくよくごらんいただきたい。馬《うま》の腹《はら》の下《した》、台座《だいざ》のちょうど真《ま》ん中《なか》に、しっぽを優雅《ゆうが》に前足《まえあし》にまきつけた、体《からだ》の大《おお》きい灰色《はいいろ》のネコがすわっている。

ネコは容赦《ようしゃ》なくふきつける風《かぜ》に平気《へいき》なふりをしているが、びしょぬれの毛《け》がさかだっている。りりしい黄色《きいろ》い目《め》は暗闇《くらやみ》を見《み》つめ、その視線《しせん》は雨《あめ》を貫《つらぬ》いているかのようだ。ただ、ふさふさした耳《みみ》が心《こころ》もちたれてるのが、この状況《じょうきょう》への不満《ふまん》を表《あらわ》している。片方《かたほう》の耳《みみ》がときおりピクリと動《うご》く。それがなければ石像《せきぞう》に思《おも》えたかもしれない。

夜《よる》がふけるにつれて、雨《あめ》はさらにはげしさを増《ま》した。ネコの姿《すがた》のおれは、ふきげんにしっぽを丸《まる》めて七つの道《みち》を見張《みは》った。

時間《じかん》がのろのろとすぎていく。


四晩《ばん》というのは、人間《にんげん》にとっても大《たい》して長《なが》い時間《じかん》じゃないし、ましてやおれたちのような異世界《いせかい》から来《き》た身分《みぶん》の高《たか》い妖霊《ようれい》にとってはどうってことはない（✵19）。だが今回《こんかい》ばかりはほとほとうんざりした。毎晩《まいばん》ロンドンの中心地《ちゅうしんち》区《く》をパトロールし、正体不明《しょうたいふめい》の襲撃者《しゅうげきしゃ》を追跡《ついせき》する。もちろんおれひとりじゃない。ほかにも運《うん》の悪《わる》いジン数人《すうにん》とフォリオットが大勢《おおぜい》いた。フォリオッ

✵19　厳密《げんみつ》にいうと、異世《いせ》界《かい》では時間《じかん》というものは存在《そんざい》しない。たとえ存在《そんざい》しているとしても直線的《ちょくせんてき》な進《すす》み方《かた》ではなく、円環的《えんかんてき》な感《かん》じだ……うむ、ちょっと複雑《ふくざつ》な概念《がいねん》だから、これについてはぜひきみたちと意見交換《いけんこうかん》をしてみたいが、今《いま》はマズい。あとで声《こえ》をかけてくれ。

トってのはやっかいの種《たね》で、あわよくば仕事《しごと》をさぼろうと、しょっちゅう橋《はし》の下《した》にかくれたり、こっそり煙突《えんとつ》のなかにおりたりするし、そうでなくても、雷《かみなり》の音《おと》やたがいの影《かげ》にぎょっとして心臓《しんぞう》がとびでそうなくらいおびえていた（✵20）。そんな連中《れんちゅう》をなんとか率《ひき》いていたんだが、そのあいだも雨《あめ》は休《やす》みなくふり続《つづ》くし、おれたちの成分《せいぶん》にもいいかげんカビが生《は》えそうだった。

とうぜん、小僧《こぞう》には思《おも》いやりのかけらもなかった。もっとも、本人《ほんにん》もいってていたとおり、あいつ自身《じしん》がプレッシャーを感《かん》じていて、すぐに結果《けっか》をほしがっていたのもある。しかも同僚《どうりょう》の魔術師《まじゅつし》たちをまとめるのに苦労《くろう》していた。小人数《しょうにんずう》ではあったが、あいつの部署《ぶしょ》から魔術師《まじゅつし》たちが出《で》て、それぞれパトロールさせるジンを提供《ていきょう》していたのだ。だが、どうやらみんなあからさまに小僧《こぞう》に反抗《はんこう》しているようだ。成《な》りあがりのガキに命令《めいれい》されるのなんか、ごめんなんだろう。おれもその気持《きも》ちはよーくわかる。まあそれでも毎晩《まいばん》、ジンもフォリオットもむっつりした顔《かお》でホワイトホールの灰色《はいいろ》の瓦《かわら》ぶきの屋根《やね》に集《あつ》まり、パトロールの指令《しれい》を受《う》けた。

おれたちの目的《もくてき》はロンドンの有名《ゆうめい》な観光地《かんこうち》を守《まも》ることだった。ナサニエル

✵20　フォリオットはおどろくと文字《もじ》どおり皮《ひ》膚《ふ》がはりさけ、内臓《ないぞう》がとび出《だ》す。きたないし、ほんと迷惑《めいわく》なやつらだ。

と直属《ちょくぞく》の上司《じょうし》のタローとかいうやつは、観光地《かんこうち》が次《つぎ》の襲撃《しゅうげき》の標的《ひょうてき》だと考《かんが》えていた。監視《かんし》を指示《しじ》されたのは博物館《はくぶつかん》、美術館《びじゅつかん》、しゃれたレストラン、空港《くうこう》、商店街《しょうてんがい》、彫像《ちょうぞう》やアーチ門《もん》などの歴史的建造物《れきしてきけんぞうぶつ》……つまりロンドンの大半《たいはん》ってことじゃねえか。おれたちはそれぞれにわりふられた巡回経路《じゅんかいけいろ》をひと晩《ばん》じゅうまわって、ずっと監視《かんし》しなきゃならないはめになったわけだ。

この手《て》の仕事《しごと》は退屈《たいくつ》で（おまけにずぶぬれになる）とにかくイラつく。おれたちの敵《てき》は謎《なぞ》に包《つつ》まれているうえに、たちが悪《わる》い。フォリオットのなかでも臆病《おくびょう》なやつらが、あからさまにうわさしはじめていた。敵《てき》は凶暴《きょうぼう》なアフリートだ。いや、もっと残酷《ざんこく》なマリッドらしい。いつも黒《くろ》いもので全身《ぜんしん》をおおっているから、やられるほうは自分《じぶん》に死《し》がせまっていることに気《き》づかないそうだ。敵《てき》は息《いき》だけでビルを破壊《はかい》するらしい（✡21）。なんでも墓場《はかば》のにおいをただよわせ、人間《にんげん》も霊《れい》も同《おな》じように麻痺《まひ》させるって話《はなし》だ……。そこで、おれはみんなのやる気《き》を引《ひ》き出《だ》すために、わざと逆《ぎゃく》のうわさを流《なが》してみた。敵《てき》はふきげんなチビインプ程度《ていど》のものらしいぞ……。だが残念《ざんねん》ながら、だれもだまされなかった。フォリオットたち（とわずかなジン）はいつも恐怖《きょうふ》に目《め》

✡21 ちなみにおれはこの敵《てき》と似《に》たような力《ちから》をもつ魔術師《まじゅつし》たちを知《し》っている。しかも朝《あさ》一番《ばん》にこの力《ちから》を発揮《はっき》する。

をかっと見《み》ひらき、ためらいがちに翼《つばさ》をひるがえして夜《よる》の闇《やみ》に出《で》ていった。

意外《いがい》な収穫《しゅうかく》もあった。パトロール仲間《なかま》のジンのなかに、プラハ時代《じだい》にいっしょに仕事《しごと》をしたクィーズルがいたのだ。クィーズルは小僧《こぞう》と同《おな》じ部署《ぶしょ》の魔《ま》術師《じゅつし》に仕《つか》えていた。フォークスとかいう、ふてくされたやる気《き》のない男《おとこ》だ。やつのきびしいあつかいのわりに、クィーズルは昔《むかし》とかわらずきびきびして元気《げんき》だった。おれたちはできるだけいっしょに追跡任務《ついせきにんむ》にあたった（✵22）。

最初《さいしょ》のふた晩《ばん》はなにごともなかった。しいていえば、ふたりのフォリオットがロンドン橋《ばし》の下《した》にかくれているあいだに川《かわ》におし流《なが》されちまったぐらいだ。だが三日目《みっかめ》の晩《ばん》、そろそろ十二時《じ》になるかってころ、大《おお》きな破壊音《はかいおん》がナショナルギャラリーの西《にし》の翼棟《よくとう》から聞《き》こえた。ゼノって名《な》のジンがまっさきに急行《きゅうこう》し、おれもかけつけた。同《おな》じころ、小僧《こぞう》をふくめた魔術師《まじゅつし》たちの一団《いちだん》も到着《とうちゃく》し、美術館《びじゅつかん》を目《め》のこまかい防御網《ぼうぎょもう》でかこんで、おれたちに戦《たたか》いを指示《しじ》した。

ゼノは目《め》を見張《みは》るような勇《いさ》ましさを見《み》せた。迷《まよ》うことなく音《おと》のするほうに飛《と》びこんでいき、二度《ど》ともどらなかった。おれはやつに必死《ひっし》でついていった

✵22　クィーズルは気《き》に入《い》っている仲間《なかま》だ。若《わか》くぴちぴちしていて（人間《にんげん》にすればたった千五百歳《さい》ってとこだ）主人《しゅじん》にもめぐまれている。最初《さいしょ》はヨルダンの砂漠《さばく》に住《す》む仙人《せんにん》に召喚《しょうかん》された。ハチミツと干《ほ》しイモを食《た》べて暮《く》らす禁欲的《きんよくてき》な主人《しゅじん》で、クィーズルも礼儀正《れいぎただ》しくもてなされた。そいつが死《し》んで任務《にんむ》から解放《かいほう》されたあと、十五世紀《せいき》になってフ

が、足《あし》をけがしたのと、入《い》りくんだ廊下《ろうか》で道《みち》に迷《まよ》っちまったせいで、かなりおくれて西《にし》の翼棟《よくとう》にたどりついた。そのころにはもう、敵《てき》はその場《ば》を破壊《はかい》して立《た》ち去《さ》ったあとだった。

おれの言《い》い訳《わけ》は小僧《こぞう》には通《つう》じなかった。ふつうならここで、やつの考《かんが》えぬいた罰《ばつ》を受《う》けるところだが、あいにくおれにはやつの本名《ほんみょう》という切《き》り札《ふだ》がある。すると小僧《こぞう》はおれに、次《つぎ》に敵《てき》があらわれたとき、ちゃんと戦《たたか》わなければ鉄《てっ》のキューブに入《い》れると宣言《せんげん》した。おれはなだめるように適当《てきとう》にあいづちをうっていたが、やつが不安《ふあん》にとりみだしているのはあきらかだった。髪《かみ》はぼさぼさ、自慢《じまん》のそで口《ぐち》はたれさがり、さらにやせ細《ほそ》ったと見《み》え、細身《ほそみ》のズボンはたるんでいる。そこでおれは、さも同情《どうじょう》するような口調《くちょう》で指摘《してき》してやった。

「おい、もっと食《く》え。おまえはやせすぎだ。二年前《ねんまえ》から目《め》に見《み》えて成長《せいちょう》したところなんて髪《かみ》ぐらいのもんじゃねえか。気《き》をつけないと、髪《かみ》の重《おも》みでひっくり返《かえ》るぞ」

小僧《こぞう》は睡眠不足《すいみんぶそく》の赤《あか》い目《め》をこすった。「髪《かみ》のことをとやかくいうのはやめ

ランスの女魔術師《おんなまじゅつし》がクィーズルの名前《なまえ》を見《み》つけた。この主人《しゅじん》もめずらしく情《なさ》け深《ぶか》いタイプで、決《けっ》して〈死《し》のコンパス〉の一撃《いちげき》を食《く》らわせるようなことはしなかった。そんなわけでプラハ時代《じだい》には、おれみたいな罰《ばつ》ばかり食《く》らってる常習犯《じょうしゅうはん》とちがって、苦汁《くじゅう》をなめる経験《けいけん》も少《すく》なく、クィーズルの性格《せいかく》はいたっておだやかだった。プラハの主《しゅ》人《じん》の死《し》で、任務《にんむ》から解放《かいほう》されたあとは、

てくれ。食《た》べるのなんて、ほかにすることがないやつのためのものさ。バーティミアス、ぼくは今《いま》なんとか生《い》きながらえている状態《じょうたい》だ。おまえも同《おな》じ運命《うんめい》なんだぞ。おまえが敵《てき》をうまくたおしてくれたらいうことはないが、それがだめでも、せめて敵《てき》の正体《しょうたい》がなにかわかれば……。でないと、夜間警察《やかんけいさつ》に仕事《しごと》を奪《うば》われてしまう」

「だからなんだ？　おれとどんな関係《かんけい》がある？」

小僧《こぞう》は真顔《まがお》でいった。「ぼくが失脚《しっきゃく》する」

「だから？　おれとどんな関係《かんけい》がある？」

「大《おお》ありだろ！　もしぼくがおまえを鉄《てつ》のキューブに入《い》れたまま去《さ》ったら、どうなる？　銀《ぎん》のキューブでもいいし、もっとひどい苦痛《くつう》をあたえっぱなしにしておくことだってできるんだ。じっさいそうなるぞ。早《はや》く成果《せいか》を出《だ》さないと」

おれは口《くち》ごたえをやめた。いってもムダだ。小僧《こぞう》は変《か》わった。しかも悪《わる》いほうに。ごりっぱな師匠《ししょう》と出世《しゅっせ》のせいで、道《みち》をふみはずしたらしい。前《まえ》よりさらにがんこでとげとげしく、あつかいにくい人間《にんげん》になった。しかも前以上《まえいじょう》

中国《ちゅうごく》とセイロンの魔《ま》術師《じゅつし》に仕《つか》え、とくになにごともなく終《お》わったらしい。

にユーモアのセンスがなくなったのは、みごとというほかない。ま、いずれにしろ、おれは六週間《しゅうかん》が早《はや》く終《お》わってくれることを待《ま》ちのぞむだけだ。

だがそれまでは、見張《みは》りと危険《きけん》と雨《あめ》がひたすら続《つづ》く……ハア。

騎馬像《きばぞう》の下《した》に身《み》を置《お》くと、七つの通《とお》りのうちの三つが先《さき》まで見《み》とおせる。どの通《とお》りにもしゃれた店《みせ》がならんでいるが、店内《てんない》は暗《くら》く、防犯用《ぼうはんよう》の鉄格子《てつごうし》がしっかりおりている。小《ちい》さなランプがドアの真上《まうえ》にともっているが、雨《あめ》の勢《いきお》いにおされて光《ひかり》は弱《よわ》い。雨水《あまみず》が歩道《ほどう》を流《なが》れていく。

左側《ひだりがわ》の通《とお》りでなにかが動《うご》く気配《けはい》がし、おれはネコの姿《すがた》のまま顔《かお》を向《む》けた。何《なに》かが二階《かい》の窓《まど》の桟《さん》に落《お》ちてきて、少《すこ》しのあいだとどまっていた。暗闇《くらやみ》に黒《くろ》いかたまりがぼんやり浮《う》かぶ。やがてそれは軽々《かるがる》と窓《まど》の桟《さん》をとびこえると、壁《かべ》をおりはじめた。レンガの溝《みぞ》をジグザグにたどりながら、まるで熱《あつ》い糖蜜《とうみつ》がしたたるようにおりてくる。壁《かべ》を伝《つた》いおえて歩道《ほどう》におりると、また黒《くろ》いかたまりになり、今度《こんど》はさらに四本《ほん》の足《あし》がのびて、パチパチはじけるような音《おと》をたてながら、こっちに向《む》かってきた。

おれはその一部始終《いちぶしじゅう》をぴくりとも動《うご》かずに見《み》つめた。

黒《くろ》いかたまりは交差点《こうさてん》までやってくると、しだいに大《おお》きくなる水《みず》たまりを通《とお》って騎馬像《きばぞう》の台座《だいざ》にとび乗《の》った。そのとたん、大《おお》きな茶色《ちゃいろ》い目《め》をした上品《じょうひん》なスパニエル犬《けん》の姿《すがた》になった。犬《いぬ》はネコの前《まえ》で立《た》ちどまってちょっと考《かんが》えるそぶりを見《み》せてから、元気《げんき》よくブルブルッと体《からだ》をゆらした。

水《みず》しぶきが飛《と》び散《ち》り、ネコの顔《かお》にまともにあたった。

「ありがとよ、クィーズル。シャワーでも浴《あ》びようかと思《おも》ってたんだ」

スパニエル犬《けん》は目《め》をぱちくりさせて、こびを売《う》るように首《くび》をかしげると、あやまるように一度《いちど》吠《ほ》えた。

「なあ、その古《ふる》い手《て》はもうやめたらどうだ？　おれはつぶらな瞳《ひとみ》とぬれた毛《け》に魅《み》せられるようなバカな人間《にんげん》とはちがうんだぞ。おまえ、忘《わす》れてやしないか？　こっちは第《だい》七の目《め》でおまえの姿《すがた》がすっかり見《み》えてる。背中《せなか》の管《くだ》からなにからぜんぶな」

「しかたないでしょ、バーティミアス」スパニエル犬《けん》は片方《かたほう》のうしろ足《あし》をあげて、耳《みみ》のうしろをのんきにかいている。「犬《いぬ》になりすますって作戦《さくせん》なんだから。だんだん板《いた》についてきたところなの。あんた、電柱《でんちゅう》の下《した》にいたら、とんでもないもの浴《あ》びてたかもよ」

まったく、あきれてコメントする気《き》にもならない。「いったい今《いま》までどこにいたんだ？ 約束《やくそく》より二時間《じかん》も遅刻《ちこく》だ」

クィーズルは疲《つか》れた顔《かお》でうなずいた。「絹問屋《きぬどんや》でまちがって警報装置《けいほうそうち》が鳴《な》ったのよ。ふたりのフォリオットがなにか見《み》たってかんちがいして。だから、その場所《ばしょ》をしらみつぶしに調《しら》べたの。結局問題《けっきょくもんだい》ないとわかったんだけど、ほんとマヌケな初心者《しょしんしゃ》ね。もちろんこらしめてやったわ」

「足首《あしくび》にかみついてやったのか？」

スパニエル犬《けん》はつまらなそうにフンと笑《わら》った。「まあそんなとこ」

おれはわきによって台座《だいざ》の真《ま》ん中《なか》にクィーズルのすわる場所《ばしょ》を作《つく》ってやった。完全《かんぜん》に雨《あめ》をしのげるわけじゃないが、仲間《なかま》に対《たい》する礼儀《れいぎ》ってやつだ。クィーズルはとことことおれのとなりに来《く》ると、体《からだ》を丸《まる》めた。

「だがフォリオットのやつらもそう責《せ》められない」おれはいった。「なんたって臆病《おくびょう》だからな。それにこの雨《あめ》だ。ゼノがあんなことになっちまった直《ちょく》後《ご》だし。それに毎晩呼《まいばんよ》びだされるんだからたまったもんじゃない。何日《なんにち》もこんなことやらされれば成分《せいぶん》がヘロヘロになっちまう」

クィーズルは大《おお》きな茶色《ちゃいろ》い目《め》のはしでおれをちらりと見《み》ていった。「あんただってそうでしょ、バーティミアス？」

「おれは平気《へいき》さ。大《おお》げさにいってるだけだ」ほんとに平気《へいき》なことをしめすために、思《おも》いきり背《せ》を弓《ゆみ》なりにのばした。華麗《かれい》なネコののびってやつだ。ひげの先《さき》からしっぽの毛《け》まで一気《いっき》にのばす。「あー、これで少《すこ》しはいい。よく考《かんが》えたら、おれはこれまでにもっとひどいことも見《み》てきた。おまえだってそうだろう。今回《こんかい》は、ただ血《ち》の気《け》の多《おお》いインプがちょっとものかげにひそんでるだけだ。おれたちの手《て》にあまるものなんてない。見《み》つけちまえばちょろいもんだ」

「たしかゼノもそういってた」

「ゼノがいってたことなんか忘《わす》れちまったさ。それよりおまえの主人《しゅじん》はどこにいる？　安全《あんぜん》な場所《ばしょ》でぬくぬくしてるのか？」

スパニエル犬《けん》は小声《こごえ》でうなった。「合図《あいず》を送《おく》れる距離《きょり》にはいるらしいわ。

23 女《おんな》と酒《さけ》を片手《かたて》にもってての は冗談《じょうだん》だ。ひだえりのシャツを着《き》て、ぼさぼさの長《なが》ホワイトホールのオフィスにいるっていってたけど、ほんとは魔術師《まじゅつし》たちが集《あつ》まるバーにかくれて、右手《みぎて》に酒《さけ》、左手《ひだりて》に女《おんな》の肩《かた》をってとこでしょ」

　おれはのどを鳴《な》らした。「そういうやつなのか？」

「そう。あんたの主人《しゅじん》は？」

「まあ、同《おな》じようなもんだ。どちらかといやあもっとひどい。女《おんな》と酒《さけ》を片手《かたて》にもって、さらにあいた手《て》で出世《しゅっせ》までつかもうとするからな（★23）」

　クィーズルは同情《どうじょう》するようにクーンと鳴《な》いた。

　おれはゆっくり立《た》ちあがった。「さてと、そろそろ巡回《じゅんかい》に出《で》かけるぞ。おれはソーホーのほうまで行《い》ってもどってくるから、おまえはしゃれた店《みせ》がならぶジビット通《どお》りを行《い》って、その先《さき》にある博物館《はくぶつかん》の区域《くいき》まで見《み》まわってきてくれ」

「あたしはちょっと休《やす》んでからにするわ」クィーズルがいった。「もうへとへと」

「わかった。じゃあ、がんばれよ」

「あんたもね」スパニエル犬《けん》はだるそうに前足《まえあし》に頭《あたま》をのせた。おれはどしゃ

い髪《かみ》をたらしていても（だからこそ、といったほうがいいが）ナサニエルが女《おんな》を知《し》っているという気配《けはい》はまったくない。ま、やつが女《おんな》と出《で》会《あ》ったとしても、たぶんおたがいに悲鳴《ひめい》をあげて逆方向《ぎゃくほうこう》に走《はし》っていくのが関《せき》の山《やま》だろう。ただ、たいていのジンと同様《どうよう》、おれも自分《じぶん》の主人《しゅじん》の短所《たんしょ》を仲間《なかま》にいいふらすのが好《す》きなんだな。

ぶりのなかへ出《で》ようと、台座《だいざ》のはしまで行《い》って足《あし》を曲《ま》げ、とびだそうと身《み》がまえた。そのときうしろで小《ちい》さな声《こえ》がした。「バーティミアス?」

「なんだ、クィーズル?」

「いえ、なんでもないわ」

「いえよ」

「ただ……その、フォリオットだけじゃなくて、正直《しょうじき》いってあたしもこわい」

おれはさっきの場所《ばしょ》にもどると、少《すこ》しのあいだクィーズルのそばにすわって、しっぽでやさしく抱《だ》きしめた。「心配《しんぱい》ない。もう十二時《じ》すぎだが、おれたちはふたりともなにも見《み》てない。犯人《はんにん》はいつも十二時《じ》にはあらわれてるだろう? こわいのは朝《あさ》まで長《なが》く退屈《たいくつ》な夜《よる》をすごさなきゃならないことぐらいさ」

「そうね」雨《あめ》が小石《こいし》のように打《う》ちつけている。おれたちはそのなかにとじこめられていた。「ここだけの話《はなし》だけど」クィーズルは小声《こごえ》になった。「なんだと思《おも》う、敵《てき》の正体《しょうたい》?」

おれはしっぽをふるわせた。「わからん。知《し》りたくもないね。これまでのところ、そいつは向《む》かってきたものをかたっぱしから殺《ころ》している。だからクィーズル、しっかり見張《みは》って、もし見《み》なれないものが近《ちか》づいてきたら、すぐに回《まわ》れ右《みぎ》して逃《に》げるんだ」

「でも、敵《てき》をたおさないと。それがあたしたちの任務《にんむ》でしょ」

「じゃあ、逃《に》げてたおせ」

「どうやって?」

「うーん……たとえば敵《てき》に追《お》いかけさせといて、交通量《こうつうりょう》の多《おお》い道《みち》に誘《さそ》いこむとか、そういうことさ。やり方《かた》まではわからない。とにかく、ゼノがやったように、頭《あたま》からつっこんでいくようなことはするなよ」

クィーズルは深《ふか》いため息《いき》をついた。「ゼノはいいジンだったのに……」

「ちっとばかりまじめすぎたな……」

重《おも》い沈黙《ちんもく》が流《なが》れた。クィーズルはなにもいわない。雨《あめ》がひっきりなしに落《お》ちてくる。

「じゃあ」おれはようやくいった。「あとでな」

「ええ」

おれは台座《だいざ》からとびおりると、雨《あめ》のなか、しっぽを立《た》てて、水《みず》びたしの通《とお》りをわたった。それからひとっとびでだれもいないカフェの低《ひく》い塀《へい》にのぼり、塀《へい》からポーチへ、ポーチから窓《まど》の桟《さん》へ、桟《さん》から瓦《かわら》へとうつり、ネコの運動神《うんどうしん》経《けい》を発揮《はっき》していちばん手前《てまえ》の建物《たてもの》の樋《とい》にとびついた。

さっとふり返《かえ》り、広場《ひろば》に目《め》をやると、スパニエル犬《けん》が景色《けしき》についた小《ちい》さなしみのようにぽつんと馬《うま》の腹《はら》の下《した》で体《からだ》を丸《まる》めていた。ただ、強《つよ》い雨《あめ》にじゃまされて、あまりよく見《み》えなかった。おれは前《まえ》に向《む》きなおると、屋根《やね》のてっぺんを伝《つた》ってかけだした。

このあたりはロンドンでも古《ふる》い家《いえ》が身《み》をよせあうようにならんでいる。どの建物《たてもの》もおしゃべり好《ず》きな腰《こし》の曲《ま》がったバアさんみたいに、たがいに前《まえ》かがみになっていて、切妻《きりづま》どうしが通《とお》りの真《ま》ん中《なか》あたりでくっつきそうだ。こういう場所《ばしょ》なら、雨《あめ》のなかでもすばしっこいネコにはお手《て》のものだ。思《おも》いどおりの方向《ほうこう》に楽《らく》に動《うご》ける。で、おれもそうした。このとき運《うん》よく、雨戸《あまど》の奥《おく》の窓《まど》から外《そと》をのぞいていたやつがいれば、灰色《はいいろ》の稲妻《いなずま》が（それ以外《いがい》には見《み》えないな）きらめきながら屋根《やね》に線《せん》を描《えが》くように、煙突《えんとつ》の先《さき》から風見鶏《かざみどり》へととびうつるのが見《み》えただろう。足《あし》をふみはずすこともなく、なんとも華麗《かれい》な動《うご》きだ。

傾斜《けいしゃ》のきついふたつの屋根《やね》のあいだでちょっと立《た》ちどまり、うらめしそうに空《そら》を見《み》あげた。おれにとっちゃ、ソーホーまで空《そら》を飛《と》んでいったほうが速《はや》いが、つねに地上近《ちじょうちか》くで問題《もんだい》がないか見張《みは》るようにと小僧《こぞう》から命《めい》じられている。敵《てき》がどうやってあらわれ、どうやって立《た》ち去《さ》るか、正確《せいかく》にはだれも知《し》らないが、小僧《こぞう》は直感《ちょっかん》で犯人《はんにん》は地上《ちじょう》からはなれられないと考《かんが》えている。ジンのような妖霊《ようれい》ではないと思《おも》っているらしい。

おれは前足《まえあし》で顔《かお》についたしずくをぬぐうと、またかけだそうと身《み》がまえた。今度《こんど》は道幅《みちはば》ぐらいの長《なが》さを一気《いっき》にとんでやろうと意気《いき》ごんでいた。そのとき、あたり一帯《いったい》がオレンジの光《ひかり》の洪水《こうずい》につつまれた。一瞬《いっしゅん》、そばの屋根瓦《やねがわら》や煙突《えんとつ》、その上《うえ》に低《ひく》くたれこめる雲《くも》が見《み》え、あたりをおおう雨粒《あまつぶ》のカーテンまでもが浮《う》かびあがり、また暗闇《くらやみ》にもどった。

オレンジの閃光《せんこう》は緊急事態《きんきゅうじたい》の合図《あいず》だ。おれのすぐ後方《こうほう》から発《はっ》せられた。

クィーズル。

クィーズルがなにか見《み》つけたにちがいない。それか相手《あいて》がクィーズルを見《み》つけたか。

規則《きそく》どおりに動《うご》くのもここまでだ。おれは身《み》をひるがえしてワシに姿《すがた》を変《か》えた。黒《くろ》いかんむりをもち、翼《つばさ》の先《さき》が金色《きんいろ》に輝《かがや》くワシがすばやく空《そら》へ飛《と》び立《た》った。

そのときおれはまだ、馬《うま》にまたがる太《ふと》った男《おとこ》の像《ぞう》から二ブロックしか来《き》ていなかった。だから、たとえクィーズルが動《うご》きだしていたとしても、それほど遠《とお》くには行《い》ってないはずだ。十秒《びょう》でもどれる。問題《もんだい》ない。間《ま》にあうだろう。

三秒後《びょうご》、クィーズルの悲鳴《ひめい》が聞《き》こえた。

16

見《み》えない敵《てき》

ワシになったおれは、猛《もう》スピードで夜空《よぞら》を飛《と》び、牙《きば》をむく強風《きょうふう》に必死《ひっし》に向《む》かっていった。次々《つぎつぎ》に屋根《やね》をこえ、人気《ひとけ》のない交差点《こうさてん》にたどりつくと、騎馬《きば》像《ぞう》のほうへ急降下《きゅうこうか》して、台座《だいざ》のすみにおり立《た》った。雨《あめ》が台座《だいざ》にあたってはげしく飛《と》び散《ち》っている。一、二分前《ふんまえ》となにも変《か》わっちゃいない。ただ、クィーズルがいない。

「クィーズル、どこだ?」返事《へんじ》はない。うなるような風《かぜ》の音《おと》が聞《き》こえるだけだ。

おれはすぐに像《ぞう》の男《おとこ》の帽子《ぼうし》の上《うえ》に移動《いどう》すると、七つの通《とお》りを七つの目《め》を切《き》りかえながら調《しら》べた。だがスパニエル犬《けん》の姿《すがた》はどこにもなく、ほかのジンやインプ、それにほかの魔法《まほう》の存在《そんざい》も見《み》あたらない。どの通《とお》りにもまったく人《ひと》気《け》がない。おれだけだ。

おかしい。台座《だいざ》にもどり、念入《ねんい》りに調《しら》べた。石《いし》に黒《くろ》い跡《あと》がかすかに残《のこ》っているような気《き》がしたのだ。さっきふたりですわっていたあたりだ。だがそれが今《いま》さっきついたものか、前《まえ》からあったものかわからない。

そのときとつぜん、自分《じぶん》がまったく無防備《むぼうび》なことに気《き》づいた。台座《だいざ》の上《うえ》は三六〇度《ど》かくれるところがない。雨《あめ》にまぎれて背後《はいご》からこっそり忍《しの》びよられたら、とても太刀打《たちう》ちできない。おれはすぐに飛《と》び立《た》つと、彫像《ちょうぞう》のまわりを旋回《せんかい》しながら舞《ま》いあがった。雨粒《あまつぶ》が体《からだ》にぶつかる音《おと》がくり返《かえ》し耳《みみ》にひびく。そのまま屋根《やね》より高《たか》くあがった。ここまで来《く》れば通《とお》りにひそむ者《もの》がいたとしても、すぐには追《お》いつけないだろう。

そのときなにかがこわれる音《おと》がした。ビンをだれかのはげ頭《あたま》にぶつけて割《わ》るような小気味《こきみ》いい音《おと》じゃない。しいていえば広《ひろ》い森《もり》でオークの木《き》を引《ひ》っこぬいて、放《ほう》り投《な》げた音《おと》って感《かん》じだ。いや、巨大《きょだい》なにかが、通《とお》るのにじゃまだからとビルを丸《まる》ごとたたきつぶしたみたいな音《おと》といってもいい。とにかく、なんら期待《きたい》のもてる音《おと》じゃなかった。

おまけに、おれにはその音《おと》がどっちの方向《ほうこう》からしてきたかがわかった。雨《あま》音《おと》がもうちょっと大《おお》きいか、破壊音《はかいおん》がもう少《すこ》し小《ちい》さければ、うまくまどわされて、大手《おおで》をふってちがう方向《ほうこう》に調《しら》べに行《い》けたのに、まったくついてない。

だが、クィーズルがまだ生《い》きている可能性《かのうせい》もある。

そこでおれはふたつの行動《こうどう》をとった。まずオレンジ色《いろ》の閃光《せんこう》を放《はな》った。仲《なか》間《ま》の見張《みは》りが気《き》づいてくれるかもしれないという、なけなしの望《のぞ》みをかけて。おれの記憶《きおく》が正《ただ》しけりゃ、いちばん近《ちか》くにいるのはチャリングクロスのあたりが持《も》ち場《ば》のフォリオットだ。そいつは貧弱《ひんじゃく》で勇気《ゆうき》も決断力《けつだんりょく》もないが、今《いま》は少《すこ》しでも応援《おうえん》があればありがたい。たとえ殺《ころ》されるだけの戦力《せんりょく》であっても。

次《つぎ》におれは破壊音《はかいおん》が聞《き》こえた場所《ばしょ》から通《とお》りぞいを北《きた》へ向《む》かった。博物館《はくぶつかん》の集《あつ》まる地域《ちいき》につながる道《みち》だ。煙突《えんとつ》の高《たか》さをたもち、失速《しっそく》して落《お》ちない程度《ていど》になるべくゆっくり飛《と》びながら（✡24）、眼下《がんか》の建物《たてもの》にたえず目《め》を光《ひか》らせた。このあたりは高級品《こうきゅうひん》をあつかう小《ちい》さい店《みせ》がならんでいて、どの店《みせ》も薄暗《うすぐら》くものものしい雰囲気《ふんいき》だ。ドアの上《うえ》のペンキのぬられた古《ふる》い木《き》の看板《かんばん》が、魅力《みりょく》ある商品《しょうひん》をそろえています、と宣伝《せんでん》している。ネックレス、シルク、宝石《ほうせき》をちりばめた懐中時計《かいちゅうどけい》。このあたりは金製品《きんせいひん》も有名《ゆうめい》で、ダイヤモンドも人気《にんき》が高《たか》い。

✡24　できるやつは自分《じぶん》の翼《つばさ》をとにかく慎重《しんちょう》に上下《じょうげ》させてみてくれ。それがおれのやったことだ。

そのため魔術師《まじゅつし》たちがやってきて、自分《じぶん》の地位《ちい》をひけらかす極上《ごくじょう》の小物《こもの》を買《か》っていく。金持《かねも》ちの旅行者《りょこうしゃ》も集《あつ》まる場所《ばしょ》だ。

破壊音《はかいおん》はあれからまったく聞《き》こえてこない。どの店先《みせさき》も変《か》わった様子《ようす》はない。壁《かべ》のくぼみに照明《しょうめい》がともり、木《き》の看板《かんばん》が風《かぜ》にキーキー音《おと》をたてているだけだ。

雨《あめ》はあいかわらずふりしきっている。通《とお》りのところどころにできた水《みず》たまりにさらに雨《あめ》が打《う》ちつけ、下《した》の敷石《しきいし》も見《み》えない。あたりにはまったくなんの気配《けはい》もない。人間《にんげん》の気配《けはい》もほかの気配《けはい》も。ゴーストタウンの上空《じょうくう》を飛《と》んでいる気分《きぶん》だ。

道幅《みちはば》がわずかに広《ひろ》がり、両側《りょうがわ》に草《くさ》やきれいな花《はな》のならぶ植《う》えこみがあった。せまい通《とお》りに植《う》えこみとはそぐわない。そう思《おも》ってながめていると、草《くさ》の真《ま》ん中《なか》あたりにこわれた古《ふる》い支柱《しちゅう》があり、花《はな》にかくれるようにして敷石《しきいし》が目《め》に入《はい》った。なるほど……そうか。おれは、かつてそこがどんな場所《ばしょ》だったか気《き》づいた（✡25）。その夜《よる》はとにかくありとあらゆるものが雨《あめ》に打《う》たれ、風《かぜ》にふきさらされてひどい状態《じょうたい》だったが、それでも植《う》えこみのなかに気《き》になるもの

✡25 通《とお》りの名前《なまえ》〈ジベッ

を見《み》つけて、旋回《せんかい》しながら支柱《しちゅう》におり立《た》った。なにかの跡《あと》がある。足跡《あしあと》のようだ。しかもかなりデカい。ヘラのような形《かたち》で、幅《はば》の広《ひろ》いほうの先《さき》に足《あし》の指《ゆび》が一本《ぽん》だけくっきりきざまれている。足跡《あしあと》は植《う》えこみの一方《いっぽう》のはしから反対側《はんたいがわ》に向《む》かってつっきるように残《のこ》っていた。どの足跡《あしあと》も土《つち》のなかに深《ふか》くしずんでいる。

おれは頭《あたま》をふってかんむりの羽毛《うもう》から雨《あめ》のしずくをはらうと、支柱《しちゅう》の上《うえ》で足《あし》をふみならした。いや、なんと。こりゃあすごい。わが敵《てき》は謎《なぞ》につつまれた強《つよ》いやつってだけじゃなく、体《からだ》もそうとうデカくて重《おも》いらしい。どうやら今夜《こんや》はどんどんいい方向《ほうこう》に向《む》かっているらしい。やれやれ。

おれはするどいワシの目《め》で足跡《あしあと》がついている方向《ほうこう》を見《み》た。植《う》えこみをこえてからの数歩《すうほ》は、まだ足跡《あしあと》は部分的《ぶぶんてき》に残《のこ》っていて、泥《どろ》のかたまりが気《き》まぐれな歩《あゆ》みを物語《ものがた》っている。その先《さき》で足跡《あしあと》は消《き》えていたが、両側《りょうがわ》の店《みせ》はどこも変《か》わりなく、暴《あば》れん坊《ぼう》の餌食《えじき》になった形跡《けいせき》はない。追《お》うべき獲物《えもの》はまっすぐに進《すす》んだってことか。おれは支柱《しちゅう》から飛《と》びたち、通《とお》りを進《すす》んだ。

ジビット通《どお》りをはしまで行《い》くと、大通《おおどお》りに出《で》た。左右《さゆう》どちらもその先《さき》は

ト〉は絞首台《こうしゅだい》という意味《いみ》で、それもヒントになった。ロンドンの権力者《けんりょくしゃ》たちは一《いっ》般人《ぱんじん》への見《み》せしめをいつも得意《とくい》としてきた。もっとも近年《きんねん》では重罪人《じゅうざいにん》の首《くび》はロンドン塔周辺《とうしゅうへん》の刑務所《けいむしょ》地区《ちく》にさらされるだけだ。それ以外《いがい》の場《ば》所《しょ》だと観光《かんこう》に悪影響《あくえいきょう》をあたえるとされているからな。

真《ま》っ暗《くら》だ。ちょうど真向《まむ》かいに、高《たか》くりっぱな金属《きんぞく》フェンスがあった。支柱《しちゅう》は高《たか》さ五、六メートル、直径《ちょっけい》五センチの太《ふと》さがある。両開《りょうびら》きの門《もん》はあいていた。いや、正確《せいかく》にはそばの街灯《がいとう》も門《もん》の両側《りょうがわ》のフェンスも、ひん曲《ま》がっているといったほうがいい。何者《なにもの》かが急《いそ》いでなかへ入《はい》ろうとして、フェンスにぶつかっていったって感《かん》じだ。いやいや、大《たい》したもんだ。それにくらべて、こっちはまったくのおよび腰《ごし》。通《とお》りをのろのろわたりながらフェンスに近《ちか》づいた。

おれはねじれた支柱《しちゅう》の上《うえ》にとまった。ぽっかりあいた門《もん》の向《む》こうには私道《しどう》が続《つづ》き、その先《さき》に広《ひろ》い階段《かいだん》がある。階段《かいだん》の上《うえ》には八本《ぽん》のりっぱな柱《はしら》のある玄《げん》関《かん》があり、巨大《きょだい》な建物《たてもの》につながっていた。城《しろ》のように高《たか》く、銀行《ぎんこう》のようにつまらない建物《たてもの》だ。これがかの有名《ゆうめい》な大英博物館《だいえいはくぶつかん》か。建物《たてもの》は横《よこ》に大《おお》きく広《ひろ》がり、さらに翼棟《よくとう》ものびていて、はしまではとても見通《みとお》せない。一ブロック分《ぶん》はゆうにある（✡26）。

おれが小《ちい》さいせいか？　それともここの建物《たてもの》も、フェンスも、妙《みょう》な穴《あな》までもがみんなバカでかいせいか？　ワシの翼《つばさ》をいきおいよくひるがえらせてみたが、それでも自分《じぶん》がやけにちっぽけな気《き》がしてならない。おれは状況《じょうきょう》を

✡26
大英博物館《だいえいはくぶつかん》は数《かぞ》えきれないほどの古代《こだい》の遺物《いぶつ》を収容《しゅうよう》しているが、合法的《ごうほうてき》に手《て》に入《い》れたものはごく一部《いちぶ》だ。魔術師《まじゅつし》が支配《しはい》する前《まえ》の二百年間《ねんかん》、ロンドンの統治者《とうちしゃ》たちは外国《がいこく》に商人《しょうにん》を立《た》ちよらせては、興味《きょうみ》をひくものはなんでも奪《うば》いとる習慣《しゅうかん》があった。好奇心《こうきしん》と欲深《よくぶか》さで国家《こっか》をあげて遺物《いぶつ》収集《しゅうしゅう》に熱中《ねっちゅう》していた時期《じき》だ。紳士淑女《しんししゅくじょ》がヨーロッパ周遊旅行《しゅうゆうりょこう》

じっくり考《かんが》えた。正体不明《しょうたいふめい》の恐《おそ》ろしげな大足野郎《おおあしやろう》がなぜここに来《き》たのかはわからない。だがここなら、そいつでもこわしてまわるのに一週間《しゅうかん》はかかるだろう。いったいどこのどいつが英国政府《えいこくせいふ》に赤《あか》っ恥《ぱじ》をかかせたがっているのか知《し》らないが、ねらいはバッチリだ。もし、大足野郎《おおあしやろう》がこの大英博物館《だいえいはくぶつかん》でも、思《おも》う存分夜勤仕事《ぞんぶんやきんしごと》をしちまったら、小僧《こぞう》のシケたキャリアもまちがいなくおしまいだろう。

となると、もちろんおれは、大足野郎《おおあしやろう》を追《お》ってなかに入《はい》らなきゃならない（★27）。

低空飛行《ていくうひこう》で進《すす》み、玄関《げんかん》の柱《はしら》のあいだにおりたった。目《め》の前《まえ》に大《おお》きな青銅《せいどう》のドアがある。大足野郎《おおあしやろう》は例《れい》によってドアから入《はい》る気《き》がなかったらしく、かたい石壁《いしかべ》をつきやぶっていた。スマートなやり方《かた》じゃないが、相手《あいて》をびびらす効果《こうか》はじゅうぶんだ。おれは用心深《ようじんぶか》く柱《はしら》のかけらを調《しら》べたりして、なかに入《はい》るのをできるだけおくらせるという情《なさ》けない手段《しゅだん》に出《で》た。

建物《たてもの》には大《おお》きな穴《あな》が黒《くろ》い口《くち》をあけている。遠《とお》くからのぞくと、ロビーのような場所《ばしょ》が見《み》えた。しんとしている。目《め》を切《き》りかえてみたが、なんの気配《けはい》も

に参加《さんか》し、目《め》を皿《さら》のようにして小《ちい》さな宝《たから》物《もの》をさがしあてては、自分《じぶん》のカバンのなかにこっそりしのばせる。ヨーロッパ遠征《えんせい》に出《で》た兵士《へいし》たちが、盗《ぬす》んだ宝石《ほうせき》や聖人《せいじん》の遺物《いぶつ》で自分《じぶん》のふところをふくらませる。商人《しょうにん》にいたっては例《れい》外《がい》なく盗《ぬす》んだ貴重品《きちょうひん》の入《はい》った木箱《きばこ》をロンドンにもち帰《かえ》ってくるというぐあいだ。そして、そうした品《しな》物《もの》の大半《たいはん》がまわりまわって大英博物館《だいえいはくぶつかん》のふえ続《つづ》ける収蔵品《しゅうぞうひん》に

ない。床《ゆか》には木《き》や石《いし》やレンガの破片《はへん》がころがり、〈ようこそ大英博《だいえいはく》――〉という無邪気《むじゃき》な看板《かんばん》の一部《いちぶ》も落《お》ちていて、何者《なにもの》かがわがもの顔《がお》に通《とお》りぬけていったことがわかる。空中《くうちゅう》には大量《たいりょう》のほこりが舞《ま》い、左側《ひだりがわ》の壁《かべ》がつきやぶられている。おれは耳《みみ》をすませた。ややはなれたところ、打《う》ちつける雨《あめ》の音《おと》の向《む》こうから、貴重《きちょう》な古代《こだい》の遺物《いぶつ》がこわれる音《おと》がたしかにする。

おれはもう一度《いちど》オレンジの閃光《せんこう》を空《そら》に放《はな》った。さぼり魔《ま》のフォリオットが事態《じたい》に気《き》づくことを期待《きたい》して。それから姿《すがた》を変《か》えて、建物《たてもの》のなかに入《はい》った。

獰猛《どうもう》なミノタウロス（✵28）の姿《すがた》になったおれは、めちゃめちゃになったロビーをエラそうに見《み》まわした。鼻《はな》から白《しろ》い息《いき》を吐《は》き、鉤爪《かぎづめ》ののびた手《て》の関節《かんせつ》をポキポキ鳴《な》らして、ひづめで床《ゆか》のほこりをけちらす。おい、遠慮《えんりょ》なくかかってこい。そら見《み》ろ、だれも来《こ》ないじゃないか！　ま、当然《とうぜん》か。予想《よそう》したとおり、部屋《へや》にはだれもいないんだから。まあいい。そうなると、次《つぎ》の部屋《へや》に進《すす》まなきゃならないわけだな。うむ、お安《やす》いごようだ。おれは深呼吸《しんこきゅう》すると、つま先立《さきだ》ちで慎重《しんちょう》に瓦礫《がれき》の合間《あいま》をたどり、くずれ落《お》ちた壁《かべ》まで来《き》て、用《よう》心深《じんぶか》く穴《あな》の先《さき》をのぞいた。

加《くわ》えられ、各国《かっこく》の言《こと》葉《ば》で書《か》かれたきれいな説明板《せつめいばん》をそえて展《てん》示《じ》されている。海外《かいがい》からやってきた旅行《りょこう》者《しゃ》も、ここで自国《じこく》が失《うしな》った宝物《たからもの》をだれでも見《み》ることができる。その後《ご》、魔術師《まじゅつし》が収《しゅう》蔵品《ぞうひん》のなかから魔術《まじゅつ》用品《ようひん》を奪《うば》い去《さ》ったが、それでも大英博物館《だいえいはくぶつかん》は堂々《どうどう》たる文化遺産《ぶんかいさん》の安置所《あんちしょ》として今《いま》も健在《けんざい》だ。

向《む》こうは闇《やみ》に包《つつ》まれ、雨《あめ》が窓《まど》に打《う》ちつけている。アンフォラやフェニキアの壺《つぼ》が粉々《こなごな》になって床《ゆか》に散《ち》らばっている。どこか遠《とお》いところでガラスの割《わ》れる音《おと》がする。どうやら敵《てき》はまだ何部屋《なんへや》か先《さき》にいるらしい。よし。おれは堂々《どうどう》と穴《あな》の先《さき》に進《すす》んだ。

それから数分《すうふん》のあいだは、ネズミをのんきに追《お》いかけるネコみたいに、おれは何度《なんど》か同《おな》じことをくり返《かえ》した。次《つぎ》の部屋《へや》に入《はい》ってもだれもいない。音《おと》はその先《さき》から聞《き》こえてくる。どうやらわが敵《てき》は、きげんよく破壊《はかい》の道《みち》をつき進《すす》んでいるらしい。おれはそのあとをおぼつかなげに追《お》った。ぜったいに追《お》いついてやるという強《つよ》い意志《いし》はこれっぽっちもない。ま、いつもの貫禄《かんろく》あるパーティミアスでないことはみとめよう。用心深《ようじんぶか》すぎるといわれてもしかたない。だが、ゼノのあっけない最期《さいご》が心《こころ》に重《おも》くのしかかり、ぜったいに殺《ころ》されない安全策《あんぜんさく》はないかと、懸命《けんめい》に知恵《ちえ》をしぼっていたのだ。

これまでの破壊《はかい》を見《み》るかぎり、まず人間《にんげん》のしわざじゃない。いったい何者《なにもの》だ？　アフリートか？　ありえなくはないが、それにしちゃ、やり方《かた》が妙《みょう》に古《ふる》くさい。アフリートなら攻撃《こうげき》の魔法《まほう》をふんだんに使《つか》うはずだ。レベルの高《たか》

✡27
おれにとっちゃ、復讐《ふくしゅう》という別《べつ》の目的《もくてき》もあった。ここにいたってはもう、生《い》きているクィーズルに会《あ》える見《み》こみはなかったからな。

✡28
人間《にんげん》の敵《てき》をこわがらせるなら、雄牛頭《おうしあたま》のミノタウロスがもってこいだ。相手《あいて》に昔《むかし》ながらのショックと恐怖《きょうふ》を多少《たしょう》はあたえ

い〈爆発《ばくはつ》の魔法《まほう》〉とか〈地獄《じごく》の業火《ごうか》〉とか。だがこいつは野獣《やじゅう》のような怪力《かいりき》以外《いがい》、なにも使《つか》った形跡《けいせき》がない。じゃあマリッドか？　マリッドにしたって同《おな》じだ。やつらがやったのなら、魔法《まほう》の跡《あと》がとっくに見《み》つかっているはずだ（✡29）。しかし、なじみのある魔法《まほう》の反応《はんのう》はまったくない。どの部屋《へや》もしんとして冷《つめ》たい。前回《ぜんかい》の襲撃《しゅうげき》で小僧《こぞう》がいってたとおりだ。どうやら霊的《れいてき》なものは関係《かんけい》してないらしい。

それをたしかめるために、弱《よわ》い魔法《まほう》の波動《はどう》を穴《あな》の向《む》こうの派手《はで》な音《おと》のするほうに送《おく》って、波動《はどう》がもどってくるのを待《ま》った。行《ゆ》く手《て》に魔法《まほう》がなければ弱《よわ》く反応《はんのう》し、強力《きょうりょく》な魔法《まほう》が待《ま》ちぶせていれば、強《つよ》い反応《はんのう》が返《かえ》ってくるはずだ。

ところが、おどろいたことに波動《はどう》はまったく返《かえ》ってこなかった。

おれはミノタウロスの鼻《はな》をこすりながら考《かんが》えた。反応《はんのう》がないなんて妙《みょう》だ。だが、なんとなくおぼえがある。たしか以前《いぜん》どこかで同《おな》じことがあったような……。

穴《あな》のほうに耳《みみ》をすます。あいかわらず遠《とお》くで音《おと》がしているだけだ。おれはこっそり次《つぎ》の部屋《へや》へ足《あし》をふみ入《い》れた。

られる。しかもおれの場合《ばあい》、何世紀《なんせいき》もみがきをかけてきたから、バーティミアス版《ばん》ミノタウロスほどの傑作《けっさく》はちょっとない。角《つの》はほどよくカールしてるし、歯《は》はやすりでみがいたみたいに文句《もんく》なくするどい。肌《はだ》は青《あお》い光《こう》沢《たく》のある黒《くろ》で、胴《どう》は人間《にんげん》のままだが、そのかわり足《あし》はサテュロスのヤギの足《あし》とふたつに割《わ》れたひづめをつけるという凝《こ》りようだ。サンダルをはいた腰布姿《こしぬのすがた》の少年《しょうねん》そこは大《おお》きな美術品《びじゅつひん》の陳列《ちんれつ》ホールだった。天井《てんじょう》の高《たか》さがほかの部屋《へや》の二倍《ばい》ある。雨《あめ》が天井近《てんじょうちか》くにならんだ細長《ほそなが》い窓《まど》を打《う》ち、どこか遠《とお》くの塔《とう》から、白《しろ》い光《ひかり》がさしこんで、ホールの展示物《てんじぶつ》をぼんやり照《て》らしている。部屋《へや》には、けたはずれに大《おお》きい古代《こだい》の彫像《ちょうぞう》がびっしりならんでいるが、どれも影《かげ》にすっぽり包《つつ》まれていた。アッシリアの門番《もんばん》のジンの像《ぞう》がふたつあった。翼《つばさ》の生《は》えたライオンの体《からだ》に人間《にんげん》の頭《あたま》がのっかっている。当時《とうじ》ニムルードの門《もん》に立《た》っていたやつらだ（✡30）。エジプトの神《かみ》や妖霊《ようれい》の像《ぞう》もいろいろある。色《いろ》とりどりの石《いし》を彫《ほ》って作《つく》られていて、ワニ、ネコ、トキ、ジャッカルの頭《あたま》をかたどっている（✡31）。神聖《しんせい》なスカラベの巨像《きょぞう》に、年代《ねんだい》もわからない古代《こだい》の聖職者《せいしょくしゃ》の石棺《せっかん》もある。なかでもすごいのは、偉大《いだい》なファラオの巨石像《きょせきぞう》の一部《いちぶ》だ。こまかいひびの入《はい》った顔《かお》、腕《うで》、胴体《どうたい》、手足《てあし》。砂《すな》のなかから掘《ほ》り出《だ》されて、帆船《はんせん》や汽船《きせん》ではるばる灰色《はいいろ》の北《きた》の国《くに》まで運《はこ》ばれてきたとはねえ。

こんなときでなきゃ、なつかしい思《おも》い出《で》にひたりながら見《み》てまわり、かつての友《とも》だちや主人《しゅじん》の面影《おもかげ》をさがすこともできたろうが、今《いま》はマズい。ホールのなかほどには、ぴかぴかにみがきあげられた廊下《ろうか》があって、小《こ》ぶりのファより多少《たしょう》はこわいだろ？

✡29　マリッドはかなり強《つよ》い力《ちから》を発《はっ》するため、去《さ》ったあともそこに残《のこ》った魔法《まほう》の跡《あと》をたどれば行動《こうどう》がわかる。やつらはカタツムリが粘液《ねんえき》を出《だ》すみたいに魔法《まほう》を空中《くうちゅう》に残《のこ》していく。もちろん、カタツムリのたとえはマリッドの面前《めんぜん》で使《つか》うのはマズい。

ラオ像《ぞう》がいくつかたおれていた。ボーリングのピンさながらに、廊下《ろうか》のすみで重《かさ》なりあっている。夫婦《ふうふ》の神《かみ》の像《ぞう》もたおされて、生《い》きているときより仲良《なかよ》くよりそっている。ところが、そうかんたんにはたおれない大《おお》きな像《ぞう》がひとつあった。ちょうど大足野郎《おおあしやろう》の行《ゆ》く手《て》をふさぐ形《かたち》でラムセス王《おう》の座像《ざぞう》がそびえたっている。高《たか》さが九メートルあり、かたい御影石《みかげいし》でできている。その頭《あたま》の飾《かざ》りがゆっくりとゆれていた。その下《した》の暗闇《くらやみ》からなにかをこするようなくぐもった音《おと》が聞《き》こえてくる。どうやら行《ゆ》く手《て》に立《た》ちはだかるラムセス王《おう》を無理《むり》やりおしのけようとしているやつがいるらしい（✡32）。

あのアホなウトゥックでさえ、ちょっと考《かんが》えれば、こんなにデカいものはよけて通《とお》るもんだってことぐらいわかる。だがわが敵《てき》は、小犬《こいぬ》がゾウのすねの骨《ほね》をもちあげようとするみたいに、ラムセス王《おう》の像《ぞう》と格闘《かくとう》していた。つまり、そいつはたぶん（楽観的《らっかんてき》な見方《みかた》をするなら）かなりのマヌケだってことだ。それか、たぶん（こっちはあまり楽観的《らっかんてき》じゃないが）ただの野心家《やしんか》で、思《おも》いきり派手《はで》な破壊劇《はかいげき》をくりひろげようとしているのか。

いずれにしろ、やつが今《いま》、石像《せきぞう》と夢中《むちゅう》で格闘《かくとう》しているのはあきらかだ。つ

✡30 ここにあるのはただの石像《せきぞう》だが、アッシリアの全盛期《ぜんせいき》には本物《ほんもの》のジンがいた。やつらはスフィンクスのようによそ者《もの》が来《く》るとなぞかけをして、答《こた》えがまちがっていたり、文法的《ぶんぽうてき》に正《ただ》しくなかったり、ただ言葉《ことば》がなまっていたりするだけでもむさぼり食《く》っていた。ほんと細《こま》かいことにうるさいやつらだ。

まり、やつの正体《しょうたい》を間近《まぢか》で見《み》られるチャンスってことだ。

おれは音《おと》をたてずに暗《くら》いホールをそろそろ歩《ある》いて大《おお》きな石棺《せっかん》までやってきた。石棺《せっかん》は今《いま》のところ、まだやつの攻撃《こうげき》からのがれている。そこからラムセス王《おう》の台座《だいざ》のほうに目《め》をこらした。ん？　なんだありゃあ？

ジンはふつう、夜《よる》でもものがはっきり見《み》える。ま、それはジンが人間《にんげん》よりすぐれている数多《かずおお》い点《てん》のひとつで、暗闇《くらやみ》なんてのはおれたちにとっちゃ、大《たい》して意味《いみ》はない。たとえ人間《にんげん》と同《おな》じ第《だい》一の目《め》で見《み》てもだ。おれはすばやく頭《あたま》をはたらかせながらほかの目《め》に切《き》りかえたが、それでもラムセスの台座《だいざ》のところにある黒《くろ》いかたまりの正体《しょうたい》はいっこうにわからなかった。黒《くろ》いかたまりはふちの部分《ぶぶん》がふくらんだり縮《ちぢ》んだりしているが、第《だい》七の目《め》に切《き》りかえても第《だい》一の目《め》と同《おな》じ謎《なぞ》めいた黒《くろ》いかたまりが映《うつ》っているだけだ。どんなやつがラムセス王《おう》をゆらしているのか知《し》らないが、とにかく闇《やみ》の奥深《おくふか》くにかくれていて、なにも見《み》えない。

それでもやつのいる場所《ばしょ》はおおよその見当《けんとう》がついた。どうやらじっとしてくれているらしいから、不意討《ふいう》ちするチャンス到来《とうらい》だ。おれはあたりを見《み》ま

✡31　最後《さいご》のジャッカルの頭《あたま》をしたのはアヌビスで、おれはこれを目《め》のはしで見《み》ただけで気分《きぶん》が落《お》ちつかなくなった。だが最近《さいきん》では少《すこ》しずつ冷静《れいせい》になるようにしている。ジャーボウはもういないんだから。

✡32　ラムセス王《おう》は自分《じぶん》の像《ぞう》を動《うご》かすのがひどくやっかいだと証明《しょうめい》

わして、やつに投《な》げつけるのにちょうどいい石《いし》かなにかがないかとさがした。そばのガラスケースのなかに妙《みょう》な形《かたち》の平《ひら》べったい黒《くろ》い石《いし》がある。ミノタウロスの腕《うで》でかかえられるぐらいのものだが、一メートルほどの長《なが》さで、これならアフリートの頭《あたま》もくだけそうだ。平面《へいめん》に走《はし》り書《が》きしたような文字《もじ》がびっしりならんでいるが、読《よ》んでいるヒマはない。たぶん観光客《かんこうきゃく》のために館内《かんない》の規則《きそく》でも書《か》いてあるんだろう。三種類《しゅるい》の言葉《ことば》で書《か》かれているようだからな。まあ、なんにしろ、これならちょうどいい武器《ぶき》になる。

おれは音《おと》をたてないよう、そっと底《そこ》あきのガラスケースをもちあげ、静《しず》かにわきに置《お》いた。黒《くろ》いかたまり野郎《やろう》はあいかわらずラムセス王《おう》の足元《あしもと》に果敢《かかん》にぶつかっている。だが、像《ぞう》はびくともしない。よしよし。

おれは身《み》をかがめて石《いし》を抱《だ》き、ミノタウロスのたくましい腕《うで》でかかえると、やつをねらえる位置《いち》をさがしてひき返《かえ》した。小《ちい》さなファラオの像《ぞう》が目《め》にとまった。おれの知《し》らないファラオだ。きっとあまり記憶《きおく》に残《のこ》るようなやつじゃなかったんだろう。その証拠《しょうこ》になんだか申《もう》し訳《わけ》なさそうな顔《かお》をしている。それでも高《たか》い壇《だん》にすえられた玉座《ぎょくざ》にすわっているから、ひざの上《うえ》に立《た》つにはされたところでおどろきはしないだろう。なんたって人間《にんげん》のなかで一番《いちばん》のうぬぼれ屋《や》だからな。いやほんと、やつに仕《つか》えたのは運《うん》が悪《わる》かった。やつは、ほんとうはチビでガニ股《また》で顔《かお》はサイの尻《しり》みたいにあばただらけだったが、やつのおかかえ魔術師《まじゅつし》たちが強力《きょうりょく》で、しかも妥協《だきょう》をゆるさなかったから、おれは四十年《ねん》というもの、善悪《ぜんあく》の区別《くべつ》もつかない千人《にん》の妖霊仲間《ようれいなかま》といっしょにぎょうちょうどいい。

おれは石《いし》をかかえてまず壇《だん》にとびのり、玉座《ぎょくざ》を伝《つた》って、ファラオのひざに乗《の》ると、その肩《かた》ごしにねらいをさだめた。カンペキだ。ここから脈《みゃく》うってい る黒《くろ》いかたまりまでばっちりの距離《きょり》だ。おれはひづめの足《あし》をふんばり、力《ちから》こぶを作《つく》って鼻息《はないき》を吐《は》いて気合《きあ》いを入《い》れると、弧《こ》を描《えが》くように軽《かる》く石《いし》を放《ほう》りなげた。包囲《ほうい》した敵《てき》に石弓《いしゆみ》を放《はな》つような感《かん》じだ。

ほんの一、二秒《びょう》だったが、石《いし》にきざまれた文字《もじ》が窓《まど》からさしこむ明《あ》かりに反射《はんしゃ》し、それからラムセス王《おう》の顔《かお》の前《まえ》を落《お》ちていった。台座《だいざ》をすぎ、黒《くろ》い煙《けむり》のど真《ま》ん中《なか》に向《む》かっていく。

コンッ！　石《いし》が石《いし》にあたる音《おと》がし、煙《けむり》のかたまりから小《ちい》さな黒《くろ》い石《いし》のかけらがほうぼうへ飛《と》び散《ち》った。石《いし》がくだける音《おと》にガラスの割《わ》れる音《おと》がまじる。

ふむ、どうやらどこかに一撃《いちげき》を加《くわ》えたらしい。かたいもののようだ。

黒《くろ》い煙《けむり》は怒《おこ》ったように渦《うず》をまいて舞《ま》いあがった。それが一瞬《いっしゅん》うしろへさがったとき、黒《くろ》い煙《けむり》の真《ま》ん中《なか》に、やけにデカくてかたそうなものが、太《ふと》い腕《うで》をブンブンふりまわしているのがちらっと見《み》えた。だがすぐにまた煙《けむり》におお

ぎょうしい建物《たてもの》の建立《こんりゅう》のために苦労《くろう》してはたらかなきゃならなかった。

われて見《み》えなくなってしまった。煙《けむり》はだんだんとふくらみながら、近《ちか》くの彫《ちょう》像《ぞう》におおいかぶさった。まるで自分《じぶん》をおそった犯人《はんにん》を手《て》あたりしだいにさがしているみたいに。

じつはこのとき、勇敢《ゆうかん》なミノタウロスはすでに姿《すがた》をかくしていた。ファラオのひざの上《うえ》でできるだけ体《からだ》を丸《まる》め、大理石《だいりせき》の割《わ》れ目《め》からのぞいていたのだ。もちろん二本《ほん》の角《つの》も目立《めだ》たないよう少《すこ》しさげてある。そのまま見《み》つめていると、正体不明《しょうたいふめい》の黒《くろ》いかたまりは犯人《はんにん》をさがして移動《いどう》しはじめた。ラムセス王《おう》の台座《だいざ》からきっぱりはなれ、近《ちか》くの像《ぞう》の前《まえ》をもくもくと広《ひろ》がりながら行《い》ったり来《き》たりしている。にぶい衝撃音《しょうげきおん》が立《た》て続《つづ》けに聞《き》こえる。そして足音《あしおと》も。

なんといっても敵《てき》はかたい壁《かべ》もたたきこわすやつだ。石《いし》を投《な》げたぐらいで、どうにかなるなんて思《おも》っちゃいなかったが、おれの投《な》げた石《いし》がほとんど衝撃《しょうげき》をあたえなかったことに少々《しょうしょう》がっかりした。ま、それでも黒《くろ》いかたまりのなかにいる者《もの》の正体《しょうたい》をちらっとでも見《み》られたんだからよしとするか。それに、たとえやつをたおせなくても、おれの任務《にんむ》のひとつは正体不明《しょうたいふめい》のそいつの情《じょう》報《ほう》を得《え》ることだから、とりあえず調査《ちょうさ》を続行《ぞっこう》する価値《かち》はある。小《ち》さい石《いし》だとやつに小《ちい》さいへこみしかつけられないなら……大《おお》きい石《いし》はどうなるだろう？

はげしく渦《うず》まく黒《くろ》い煙《けむり》は、ホールの反対側《はんたいがわ》にならぶ彫像《ちょうぞう》に疑《うたが》いをもったらしく、そっちに向《む》かった。おれのほうはミノタウロスらしくないこそこそした動《うご》きでファラオのひざからおりると、すばやい身《み》のこなしで、かくれ場所《ばしょ》をさがしてホールじゅうを移動《いどう》した。やがて、壁《かべ》ぎわの砂岩《さがん》でできた別《べつ》のファラオの胴体《トルソー》の像までやってきた（✡33）。

このトルソーは高《たか》さが四メートルある。おれはそばにあった台《だい》の上《うえ》から小《ちい》さな埋葬壺《まいそうつぼ》をひったくると、像《ぞう》のうしろの暗《くら》がりに体《からだ》をおしこんでかくれ、もじゃもじゃの腕《うで》を片方《かたほう》だけ出《だ》して、埋葬壺《まいそうつぼ》を三メートルほど向《む》こうに放《ほう》り投《な》げた。思《おも》ったとおり、小気味《こきみ》いい音《おと》をたてて壺《つぼ》がわれた。

そのとたん、待《ま》っていたかのように、黒《くろ》い煙《けむり》のかたまりが向《む》きを変《か》え、音《おと》のしたほうへすばやく移動《いどう》をはじめた。荒々《あらあら》しい足音《あしおと》がする。獲物《えもの》をさがすように触手《しょくしゅ》らしきものがのびて、通《とお》り道《みち》にある彫像《ちょうぞう》をなぐっている。こわれた壺《つぼ》の近《ちか》くまで来《く》ると、やつは立《た》ちどまり、ためらうように渦《うず》をまいた。

よしよし、予定《よてい》どおりの場所《ばしょ》に来《き》たか。そのときおれはすでに砂岩《さがん》の像《ぞう》の

✡33 このファラオの胸元《むなもと》にあるカルトゥシュ（王《おう》の名《な》を記《しる》した楕《だ》円形《えんけい》の板《いた》）には、第《だい》十八王朝《おうちょう》アーフメスだと記《しる》されていた。「エジプトを統一《とういつ》した誉《ほま》れ高《たか》き人物《じんぶつ》」と。だが今《いま》ある姿《すがた》は頭《あたま》も両腕《りょううで》も両足《りょうあし》も失《うしな》っていて、このりっぱな言葉《ことば》も少々《しょうしょう》むなしくひびく。

途中《とちゅう》まで登《のぼ》り、背中《せなか》をうしろの壁《かべ》におしつけて体《からだ》をささえながら、渾身《こんしん》の力《ちから》をふりしぼってミノタウロスのひづめで像《ぞう》をおしていた。トルソーはすぐに動《うご》きだした。前後《ぜんご》にゆれながら、こすれるようなズッという音《おと》をたてている（✡34）。やつがその音《おと》に気《き》づいて、すばやくこっちを向《む》いた。

といっても、こっちは余裕《よゆう》たっぷりだ。最後《さいご》のひとゆれで、それまでバランスを保《たも》っていたトルソーが大《おお》きく傾《かたむ》き、暗《くら》いホールに風《かぜ》を切《き》る音《おと》をひびかせながら、黒《くろ》いかたまりの上《うえ》にいきおいよくたおれた。

その衝撃《しょうげき》で黒《くろ》い煙《けむり》はふっとび、無数《むすう》のちぎれたかけらになって、あちこちに飛《と》び散《ち》った。

おれはジャンプすると、すばやく横《よこ》にずれて着地《ちゃくち》した。それから急《いそ》いで黒《くろ》い煙《けむり》のほうを向《む》き、どうなったか目《め》をこらした。

像《ぞう》は床《ゆか》に平《たい》らにたおれてはいなかった。真《ま》ん中《なか》でくだけ、割《わ》れた先《さき》が床《ゆか》から一メートルほど浮《う》いている。なにかによりかかっているみたいだ。用心《ようじん》しながら近《ちか》づいていった。おれのところからだと、像《ぞう》の下《した》で気《き》を失《うしな》っているやつの姿《すがた》は見《み》えないが、どうやらうまくいったらしい。さてと、すぐ

✡34
黒《くろ》いかたまり野郎《やろう》はラムセス王《おう》をどかそうとする段階《だんかい》で、このてこの原理《げんり》を思《おも》いつくべきだったな。おれはかつてアルキメデスにこういったことがある。「おれに長《なが》いてこをくれ。そうすれば地球《ちきゅう》だって動《うご》かしてやる」と。まあ今回《こんかい》の場合《ばあい》は少《すこ》しばかり志《こころざし》が低《ひく》いが、六トンの頭《あたま》のない胴《どう》

にここから出《で》て小僧《こぞう》に合図《あいず》を送《おく》り、とっととおさらばしよう。

おれはさらに近《ちか》づいて身《み》をかがめ、割《わ》れた像《ぞう》の下《した》をのぞいた。

そのとき、巨大《きょだい》な手《て》が目《め》にもとまらぬ速《はや》さでとびだしてきて、おれのミノタウロスの足《あし》をわしづかみにした。青黒《あおぐろ》い指《ゆび》が親指《おやゆび》をふくめて四本《ほん》ある。土《つち》にまみれ、石《いし》みたいにかたくて冷《つめ》たい感触《かんしょく》だ。だがその手《て》には血《ち》が通《かよ》っていた。大理石《だいりせき》に血管《けっかん》がある感《かん》じだが、ちゃんと脈《みゃく》がある。万力《まんりき》のような手《て》の力《ちから》におれの成分《せいぶん》はおしつぶされ、苦痛《くつう》に悲鳴《ひめい》をあげた。とっとと姿《すがた》を変《か》えて、やつのにぎりこぶしからのがれなければマズい。だが頭《あたま》がくらくらして、姿《すがた》を変《か》えるだけの集中力《しゅうちゅうりょく》がない。恐《おそ》ろしいほどの冷気《れいき》が毛布《もうふ》のようにおれを包《つつ》んだ。命《いのち》の炎《ほのお》がしだいに弱《よわ》まり、傷口《きずぐち》から血《ち》が流《なが》れ出《で》るようにエネルギーがどんどん逃《に》げていく。

おれはよろめき、指《ゆび》をぬいた指人形《ゆびにんぎょう》のようにくたっとなった。ぞっとするような孤独《こどく》の死《し》の影《かげ》がおれを包《つつ》む。

ところが意外《いがい》にも、やつはそこで石《いし》の手首《てくび》を曲《ま》げ、にぎりこぶしをゆるめた。おれはそのまま空中《くうちゅう》に放《ほう》りあげられ、ぶざまな弧《こ》を描《えが》いて近《ちか》くの壁《かべ》にた

体《たい》ぐらいがおれにはちょうどよかった。

たきつけられた。もうろうとしたまま、真《ま》っさかさまに壁《かべ》をすべり落《お》ちて床《ゆか》にぶつかる。

おれはしばらく、ぼんやりとその場《ば》に横《よこ》たわっていた。なにかがこすれる音《おと》がし、砂岩《さがん》の像《ぞう》が動《うご》いているのがわかったが、おれは動《うご》けなかった。大《おお》きな像《ぞう》があっさりとどかされるときの床《ゆか》のゆれを感《かん》じても、じっとしていた。さらに、大《おお》きな石《いし》の足《あし》がドシッドシッと床《ゆか》をふるわせながら立《た》ちあがる音《おと》がしても、おれはまだその場《ば》にいた。少《すこ》しずつ、やつの手《て》につかまれたときの恐《おそ》ろしい冷《つめ》たさがやわらいで、おれの命《いのち》の炎《ほのお》も少《すこ》しずつもどってきていた。そして、いよいよやつが断固《だんこ》とした足《あし》どりでこっちに向《む》かいながら、冷《つめ》たい目《め》でおれを見《み》すえているのを感《かん》じたころには、動《うご》く力《ちから》がもどっていた。

目《め》をあけると、影《かげ》が立《た》ちはだかっていた。

おれはありったけの力《ちから》をふりしぼり、もういちどネコに姿《すがた》を変《か》えると、いきおいよくとびあがってやつの行《ゆ》く手《て》からのがれた。やつは足《あし》を床《ゆか》に深《ふか》くめりこませながら進《すす》んでくる。おれはわきに着地《ちゃくち》すると、首《くび》や背中《せなか》の毛《け》をさかだて、しっぽの毛《け》もトイレブラシみたいにふくらませて、悲痛《ひつう》な声《こえ》をあげてまたとびあがった。

そのとき、空中《くうちゅう》でちらりと横《よこ》を向《む》くと、やつの全身《ぜんしん》が目《め》に入《はい》った。

すでにやつの体《からだ》のまわりを黒《くろ》い煙《けむり》がふたたびおおいはじめていた。飛《と》び散《ち》った水銀《すいぎん》がすぐに集《あつ》まって球《たま》になるように、黒煙《こくえん》がつねにやつをつつみかくすように動《うご》いている。それでもやつの正体《しょうたい》をつきとめるだけの時間《じかん》はじゅうぶんにあった。その輪郭《りんかく》が月光《げっこう》に浮《う》かびあがる。やつは首《くび》をすばやく動《うご》かしておれの姿《すがた》を目《め》で追《お》っていた。

最初《さいしょ》は、ホールにある彫像《ちょうぞう》のひとつに生命《せいめい》がふきこまれたのかと思《おも》ったぐらいだ。人間《にんげん》のような体《からだ》つきをしているが、体《からだ》がやけにデカく、立《た》つと三メートルはある。手足《てあし》が二本《ほん》ずつと、ずんぐりした胴体《どうたい》、それにくらべて小《ち》さいつるんとした頭《あたま》。

やつの姿《すがた》は第《だい》一の目《め》にしか映《うつ》らなかった。ほかの目《め》には完全《かんぜん》に黒《くろ》一色《しょく》だ。

おれはワニの神《かみ》ソベクのうろこにおおわれた頭《あたま》の上《うえ》に着地《ちゃくち》すると、そこでちょっと息《いき》をつき、いどむようにうなり声《ごえ》をだした。やつの姿《すがた》はなにからなにまで異質《いしつ》なオーラを放《はな》っていた。目《め》にしただけで、こっちの成分《せいぶん》がむしばまれる気《き》がする。

やつはおどろくほどのスピードでこっちに向《む》かってきた。一瞬《いっしゅん》、やつの顔《かお》が――まあ大《たい》した顔《かお》じゃないが――窓《まど》からさしこむ明《あ》かりに照《て》らされた。それは古代《こだい》の彫像《ちょうぞう》とは正反対《せいはんたい》の顔《かお》だった。古代《こだい》の彫像《ちょうぞう》はどれもとても精巧《せいこう》に作《つく》られている。例外《れいがい》はない。そのへんは、組織化《そしきか》された宗教《しゅうきょう》や高《たか》い土木技術《どぼくぎじゅつ》とともに、エジプト人《じん》の得意分野《とくいぶんや》だ。だが、野郎《やろう》のほうは大《おお》きいだけであきらかに荒《あら》けずりで、いかにもつくりものっぽい。肌《はだ》の表面《ひょうめん》はざらざらしていて、だまになっていたり、ひびが入《はい》っていたり、かと思《おも》うとつるんとした部分《ぶぶん》があったりして、大《おお》ざっぱにたたいて形《かたち》にしたって感《かん》じだ。おまけに耳《みみ》も髪《かみ》もない。目《め》の位置《いち》には丸《まる》い穴《あな》がふたつあいていて、大《おお》きなエンピツの先《さき》で顔《かお》の表面《ひょうめん》をつきさしたみたいに見《み》える。鼻《はな》もついていない。口《くち》の部分《ぶぶん》はただ大《おお》きな切《き》りこみを入《い》れたって感《かん》じで、マヌケな腹《はら》ペコザメの口《くち》みたいにわずかにあいていた。そしてひたいの真《ま》ん中《なか》に、楕円形《だえんけい》のものがうめこまれていた。

たしか……以前《いぜん》に見《み》たことがある。しかもそれほど昔《むかし》じゃない。

ひたいの楕円《だえん》はかなり小《ち》さく、体《からだ》のほかの部分《ぶぶん》と同《おな》じ青黒《あおぐろ》い物質《ぶっしつ》でできている。顔《かお》や体《からだ》が大《おお》ざっぱに作《つく》られているのに、楕円《だえん》だけは精巧《せいこう》にできている。あれは目玉《めだま》だ。まぶたもまつ毛《げ》もついていないが、網状《あみじょう》の虹彩《こうさい》と丸《まる》い瞳《ひとみ》をそなえている。おれの目《め》の前《まえ》で黒《くろ》い帳《とばり》がやつを包《つつ》む直前《ちょくぜん》、その瞳《ひとみ》の中心《ちゅうしん》から、知的《ちてき》ななにかがひそかにこっちを見《み》つめているのが、ちらっと見《み》えた。

そのとき、黒《くろ》いかたまりが突進《とっしん》してきて、おれはあわててとびのいた。背後《はいご》でソベクがばらばらにくだける音《おと》がした。おれは床《ゆか》に着地《ちゃくち》すると、いちばん近《ちか》いドアに向《む》かっていちもくさんにかけだした。さてと、ズラかるとしよう。必要《ひつよう》な情報《じょうほう》は手《て》に入《い》れたし、これ以上《いじょう》ここでできることはない。おれはそこまでうぬぼれちゃいない。

やつの投《な》げたなにかがおれの頭上《ずじょう》を勢《いきお》いよく飛《と》びすぎ、行《ゆ》く手《て》のドアに穴《あな》をあけた。おれはその穴《あな》からとなりの部屋《へや》にとびこんだ。うしろからあたりをふるわす足音《あしおと》が近《ちか》づいてくる。

おれがとびこんだのは小《ちい》さな暗《くら》い部屋《へや》で、すぐにやぶれちまいそうな民族《みんぞく》調《ちょう》の布《ぬの》やタペストリーが飾《かざ》られていた。部屋《へや》のすみにある縦長《たてなが》の窓《まど》からなら、外《そと》へ出《で》られそうだ。おれはひげをなびかせ、耳《みみ》を頭《あたま》にぴったりつけて、爪《つめ》で床《ゆか》をひっかきながら、窓《まど》に向《む》かって助走《じょそう》すると、思《おも》いきりジャンプした。だが最後《さいご》の瞬間《しゅんかん》、およそネコらしくない悪態《あくたい》をつきながら、なんとか体《からだ》の向《む》きを変《か》えて窓《まど》をさけた。窓《まど》の向《む》こうに強力《きょうりょく》な防御網《ぼうぎょもう》の白線《はくせん》がきらめいているのが目《め》に入《はい》ったのだ。すでに魔術師《まじゅつし》たちが集《あつ》まり、おれとやつをとじこめていやがった。

おれは身《み》をひるがえして別《べつ》の出口《でぐち》をさがしたが、どこにもない。まったくクソッタレの魔術師《まじゅつし》どもが。

出入口《でいりぐち》は煙《けむり》のような黒《くろ》いかたまりにおおわれている。おれは身《み》を守《まも》ろうと、直感的《ちょっかんてき》に床《ゆか》にふせた。背後《はいご》で雨《あめ》が窓《まど》ガラスをたたく音《おと》がする。

少《すこ》しのあいだ、おれもやつもその場《ば》を動《うご》かなかった。やがて、やつの体《からだ》をとりまく煙《けむり》のなかから白《しろ》いものが勢《いきお》いよくとびだしてきた。ソベクの像《ぞう》からむしりとられたワニの頭《あたま》だ。おれは思《おも》わずとびのいた。ソベクの頭《あたま》は窓《まど》をつきやぶり、防御網《ぼうぎょもう》にあたってブクブクとあわだつような音《おと》をたてた。あいた穴《あな》から雨《あめ》がふきこみ、防御網《ぼうぎょもう》の切《き》れ目《め》にふれて湯気《ゆげ》をたてている。とたんに、部屋《へや》に風《かぜ》が流《なが》れこんできた。壁《かべ》のタペストリーや織物《おりもの》がひるがえる。

また足音《あしおと》がして、やつが近《ちか》づいてきた。黒《くろ》い煙《けむり》がどんどん広《ひろ》がっていく。どうやら部屋《へや》を煙《けむり》で満《み》たすつもりらしい。

おれはネコの姿《すがた》のまま、こそこそと部屋《へや》のすみにひっこみ、できるだけ体《からだ》を丸《まる》めて小《ちい》さくなった。だがすぐにでも、あの〈眼《め》〉がおれを見《み》つけるだろう……。

また強《つよ》い雨風《あめかぜ》がふきこんで、タペストリーがひるがえった。そのとき、パッとひらめいた。

まあ、大《たい》した作戦《さくせん》じゃないが、四《し》の五《ご》のいってる場合《ばあい》じゃない。

おれはいちばん近《ちか》くの布《ぬの》にとびついた。アメリカあたりからもってきたらしい、すぐにやぶれそうな代物《しろもの》だ。規則正《きそくただ》しいトウモロコシ柄《がら》の真《ま》ん中《なか》に、四角《しかく》い人間《にんげん》が描《えが》かれている。おれは布《ぬの》のてっぺんまでよじのぼると、しっかり壁《かべ》にくくりつけられたひもを爪《つめ》でひっかいてはずした。そのとたん、布《ぬの》は風《かぜ》を受《う》けて部屋《へや》のなかほどに向《む》かって流《なが》れ、黒《くろ》いかたまりのなかにいるなにかにぶつかった。

すでにおれは次《つぎ》のタペストリーにとびつき、爪《つめ》でひっかいてひもをはずすと、また次《つぎ》の布《ぬの》にとりかかった。あっという間《ま》にいくつもの織物《おりもの》が部屋《へや》の真《ま》ん中《なか》に向《む》かって舞《ま》い、雨《あめ》をふくんだ風《かぜ》を受《う》けて、幽霊《ゆうれい》のようにゆるやかに踊《おど》った。

野郎《やろう》は最初《さいしょ》にとんできた布《ぬの》を切《き》り裂《さ》いていたが、すぐに別《べつ》の布《ぬの》が向《む》かってくる。そのうちあちこちから織物《おりもの》の切《き》れはしが落《お》ちてきたり、くるくるまわったりして、やつの頭《あたま》を混乱《こんらん》させ、視界《しかい》をさえぎった。やつがデカい腕《うで》をふりまわし、デカい足《あし》で部屋《へや》のなかをうろうろしているのがわかる。

よし、今《いま》のうちにズラかろう。

だがそれは口《くち》でいうほどかんたんじゃなかった。すでに黒《くろ》い煙《けむり》が部屋《へや》全体《ぜんたい》に満《み》ちていたから、やたらに動《うご》いてやつに体当《たいあ》たりしたくない。そこでおれは用心深《ようじんぶか》く壁《かべ》をはうように移動《いどう》した。

途中《とちゅう》まで移動《いどう》したところで、あきらかにやつのいらだちが頂点《ちょうてん》に達《たっ》した。全体《ぜんたい》を見《み》る余裕《よゆう》さえないらしい。とつぜん、足《あし》をふみ鳴《な》らす音《おと》と、左側《ひだりがわ》の壁《かべ》を思《おも》いきりなぐる音《おと》がした。しっくいやほこりやこわれたものの破片《はへん》がどっと落《お》ちてきて、渦《うず》をまく風《かぜ》と雨《あめ》と古代《こだい》の織物《おりもの》がまざりあう。

やつの二度目《どめ》の一撃《いちげき》で壁《かべ》がくずれ、天井全体《てんじょうぜんたい》が一気《いっき》に落《お》ちてきた。

おれは目《め》を見《み》ひらいたままその場《ば》でこおりつき、それからボールのように小《ちい》さく丸《まる》まった。

次《つぎ》の瞬間《しゅんかん》、大量《たいりょう》の石《いし》、レンガ、セメント、鋼鉄《こうてつ》、そのほか各種《かくしゅ》の建築材料《けんちくざいりょう》が落《お》ちてきて、おれと野郎《やろう》のいる小《ちい》さな部屋《へや》の床《ゆか》を埋《う》めつくした。

本書は、
二〇〇四年十一月　理論社から刊行された
「バーティミアス　ゴーレムの眼」を改訳し、
三分冊にした1です。

ジョナサン・ストラウド 作

イギリス、ベッドフォード生まれ。7歳から物語を書き始める。子どもの本の編集者をしながら自分でも執筆。「バーティミアス」三部作は世界的なベストセラーになる。著書に『勇者の谷』(理論社)、「ロックウッド除霊探偵局」シリーズ(小学館)などがある。現在は家族とともにハートフォードシャーに暮らしている。

金原瑞人《かねはらみずひと》 訳

1954年、岡山生まれ。法政大学教授。翻訳家。訳書に『豚の死なない日』(白水社)、『青空のむこう』(求龍堂)、『さよならを待つふたりのために』(岩波書店)、『かかしと召し使い』(理論社)、「パーシー・ジャクソン」シリーズ(ほるぷ出版)など多数。

松山《まつやま》美保《みほ》 訳

1965年、長野生まれ。翻訳家。金原瑞人との共訳に「ロックウッド除霊探偵局」シリーズ(小学館)、「魔法少女レイチェル」シリーズ(理論社)などがある。他、訳書に「白い虎の月」(ヴィレッジブックス)など。

静山社ペガサス文庫

バーティミアス④
ゴーレムの眼〈上〉

2018年12月5日　初版発行

作者　ジョナサン・ストラウド
訳者　金原瑞人　松山美保
発行者　松岡佑子
発行所　株式会社静山社
〒102-0073 東京都千代田区九段北1-15-15
電話・営業 03-5210-7221
https://www.sayzansha.com
装画　YOUCHAN(トゴルアートワークス)
装丁　坂川栄治+鳴田小夜子(坂川事務所)
印刷・製本　中央精版印刷株式会社

ISBN 978-4-86389-473-0 Printed in Japan
Published by Say-zan-sha Publications, Ltd.

「静山社《せいざんしゃ》ペガサス文庫《ぶんこ》」創刊《そうかん》のことば

小《ちい》さくてもきらりと光《ひか》る、星《ほし》のような物語《ものがたり》を届《とど》けたい――一九七九年《ねん》の創業《そうぎょう》以来《いらい》、静山社《せいざんしゃ》が抱《いだ》き続《つづ》けてきた願《ねが》いをこめて、少年少女《しょうねんしょうじょ》のための文庫《ぶんこ》「静山社《せいざんしゃ》ペガサス文庫《ぶんこ》」を創刊《そうかん》します。

読書《どくしょ》は、みなさんの心《こころ》に眠《ねむ》っている想像《そうぞう》の羽《はね》を広《ひろ》げ、未知《みち》の世界《せかい》へいざないます。読書体験《どくしょたいけん》をとおしてつちかわれた想像力《そうぞうりょく》は、楽《たの》しいとき、苦《くる》しいとき、悲《かな》しいとき、どんなときにも、みなさんに勇気《ゆうき》を与《あた》えてくれるでしょう。

ギリシャ神話《しんわ》に登場《とうじょう》する天馬《てんま》・ペガサスのように、大《おお》きなつばさとたくましい足《あし》、しなやかな心《こころ》で、みなさんが物語《ものがたり》の世界《せかい》を、自由《じゆう》にかけまわってくださることを願っています。

二〇一四年《ねん》

静《せい》山《ざん》社《しゃ》